品味无限不循环的人生

暗刺星

嵇振颉 著

重庆出版集团 重庆出版社

图书在版编目（CIP）数据

暗刺星 / 嵇振颉著. -- 重庆：重庆出版社，2022.6
ISBN 978-7-229-16871-1

Ⅰ.①暗… Ⅱ.①嵇… Ⅲ.①长篇小说—中国—当代 Ⅳ.①I247.5

中国版本图书馆CIP数据核字(2022)第089687号

暗刺星
AN CI XING

嵇振颉 著

出　品：华章同人
出版监制：徐宪江　秦　琥
策划编辑：张铁成
责任编辑：王昌凤
责任印制：杨　宁
营销编辑：史青苗　刘晓艳
封面设计：末末美书

重庆出版集团
重庆出版社 出版
（重庆市南岸区南滨路162号1幢）

投稿邮箱：bjhztr@vip.163.com
北京盛通印刷股份有限公司　印刷
重庆出版集团图书发行有限公司　发行
邮购电话：010-85869375/76/78转810
全国新华书店经销

开本：880mm×1230mm　1/32　印张：12　字数：245千
2022年9月第1版　2022年9月第1次印刷
定价：49.80元

如有印装质量问题，请致电023-61520678

版权所有，侵权必究

目录

楔子

第 一 章　失踪的妹妹 / 001

第 二 章　曲折再相逢 / 026

第 三 章　前方现曙光 / 055

第 四 章　"空椅"吐真情 / 087

第 五 章　破碎与重生 / 118

第 六 章　小鲜肉作家 / 152

第 七 章　书中的秘密 / 182

第 八 章　蹊跷的遗书 / 203

第 九 章　救人身负伤 / 228

第 十 章　理想vs现实 / 249

第 十 一 章　人为的事故 / 274

第 十 二 章　致命的诱惑 / 300

第 十 三 章　真相不完美 / 331

尾　　　声 / 373

楔子

她真的不在这个世界了吗？

噩耗这只"靴子"重重落地，激起一股巨大冲击波，在陈雨婷的心田上硬生生地轰开一条难以用岁月的补丁缝合的口子。强忍剜心的疼痛，她迈着艰难的步子，独自来到走廊尽头的落地窗旁。阳光顺着玻璃窗照进来，照在有些褪色的墙纸上，从对面那栋高楼的玻璃幕墙反射过来的阳光，刺得她睁不开眼睛。

有个声音不停地在耳边叫喊："几乎没有生还可能！没有可能！"

这个盘山公路的"之字弯"，一边是陡峭的山峰，一边是深不见底的悬崖。为了让来往司机看清对面驶来的车辆，车祸现场竖有一块反光镜。可能是为了避让对面驶来的车辆，孙祉鑫驾驶的轿车急速转弯，不小心翻入深渊……

从车祸现场回到这家距离景区不远的酒店，一群客人在酒店门口兴高采烈地聚集。然而眼前的喧嚣与陈雨婷无关，那只是属于别人的欢闹。此刻，她的心电图如同一条直线般死寂。

"怎么会这样？"站在这面开阔敞亮的落地窗前，陈雨婷愣愣地眺望远方。一群飞鸟从眼前掠过，仿佛她就混迹在这群鸟中间，飞往根本无法到达的空间。

就在几天前，妹妹陈雨珊和孙祉鑫还在她身边。正值假期，在美国读博的孙祉鑫从千里之外赶回来见她。前两个假期，他或是留在异国他乡参加各类学术活动，或是在当地餐馆打工挣钱。然而这次，孙祉鑫为她放弃了宝贵的学术交流机会。因为他爱着这个女生，虽然明知这种爱，可能只是一厢情愿，可能永远不会有结果，但他无悔。

他们这次旅行的目的地，是这个闻名国内的5A级景区。旅行地点和食宿都是妹妹陈雨珊事先安排好的。到达目的地，陈雨婷觉得身体不适，第二天出发前一刻，她对妹妹说："我不想去了，想在宾馆休息。"

就在妹妹离开房间的那一刻，她的右眼皮重重地跳了一下。糟了！不祥的预感。她望了一眼东方的旭日，被乌云遮得只剩下一角。

就是这个小小的懒惰，居然让陈雨婷躲过一劫。

陈雨婷准确的第六感，曾经预言过家庭的不幸。现在，妹妹又成为"预言帝"的牺牲品。

陈雨婷浑浑噩噩地赶到事故现场，她顾不上疲惫，疯狂地进行寻找。仿佛下一秒就会出现令人不忍直视的画面。陈雨婷害怕与两张沉睡的面容相遇,他们都是自己在这个世上不能失去的人,失去任何一个都会让她心痛。

突然,她眼前一黑累得晕倒在地上,全身开始抽搐。

醒来时,陈雨婷不停地念叨着两个名字。医生告诉她,事发现场只找到一个男人,目前正在手术室抢救,能否救得回来就看当事人的造化。她尖叫"不可能",明明是两个,怎么会只找到一个?妹妹怎么凭空就没了?

陈雨婷的眼前,出现一个穿着黑色西装、打着领结的孙祉鑫。他深吸一口气,缓缓走到发言席,坚毅的眼神注视着台下。他对着在座的几百位学术翘楚,深深鞠了一躬,淡定自若地吐出第一个单词。

这句话还没有念完,麦克风突然中断,台下一阵骚动……

那面诡异的反光镜里,突然出现一辆疾驶而过的大巴车……

第一章
失踪的妹妹

1

大病一场，痊愈后回到公司的第一天，就收到这份美妙的问候。

陈雨婷端着一只纸箱子，里面装着笔记本、陶瓷小猫的不倒翁、轮胎闹钟、相框、小香水瓶子等私人物品。原以为几位说得来的"姐妹"在离别时会送上祝福，毕竟她热心助人，自认为在同事间颇有人缘，然而现实……

从自己的办公桌到门口，其他同事的目光不曾离开电脑屏幕。从他们身边经过，除了引发气流上微弱的变化，没人肯为她暂停手头的工作。她，变成了透明的空气。

也许所谓的"办公室友情"，如同一朵塑料花，表面上艳丽夺目，实则虚假脆弱。大家只是为了生计聚到一起，彼此之间还存在利害关系。前有生存压力，后有盘根错节的关系，谁会为一个即将离职的同事说句公道话?

即便身着长袖衬衫,陈雨婷还是能感到空调吹出的冷气顺着毛孔钻入体内。

这是她为这家公司"当牛做马"的最后一天。她确实不喜欢文员这份工作,离职的念头始终萦绕心头,然而因为这份工作清闲、无须耗费过多心力,有很多时间和精力构思作品,她才一直狠不下心递交辞职信。

3年多来,她享受着撕裂成两半的生活——白天在公司打好腹稿,晚上回到出租房势如破竹地成文。尽管这些文章,不能为她带来实实在在的收益。但她不在乎,因为喜欢写作,所以不会在意文字带来的回报。作家这个高大上的称呼,她可承受不起,她给自己起了一个雅号——"跨界心理学的十九流写手"。本科是中文专业,研究生阶段转行心理学专业,她的专业跨度说大不大,说小也不小。心理学有数学模型的内容,考研时,荒废多年的数学让她这个文科生头疼不已。好在她躲过这群"数字怪物"的"魔法攻击",一头钻进心理学的世界,她的作品中对于人性、心理的刻画,得以更深入一个层次。

虽然写作上不断"打怪升级",但是在职场中她却始终处在食物链的最底端。既然是这样的地位,沦落到眼下的境遇也就不足为奇。

她放下箱子,从里面取出相框。相框中的照片上,两个长相几乎一模一样的女生站在一起。那是高考结束后,她们在考场外的合影。个子不高的她笑得非常自然，如一朵盛开的百合花，散发着淡淡的幽香。她的妹妹，笑容中却掺杂着其他因素。两个圆脸的双胞胎姐妹，虽说算不上严格意义上的美女，不过白色的连衣裙，清新脱俗的容貌，还是让整张照片散发出浓郁的青春气息。

她抚摸着相框，抚摸着妹妹的脸部，泪水湿润了眼角，顺着脸颊如两道小溪缓缓流淌。她不想去擦，嘴角慢慢品尝到那股咸咸的味道。

"陈雨婷，假如我是老板，肯定不会是这个结果。"有人在背后说话，陈雨婷赶紧擦了擦这张被"哭花"的脸，转过头，一双红肿的眼睛注视着虚情假意的主管。这位女上司见她流泪了，还颇为关心地递上纸巾。

她没有接下那张带着刺鼻香味的纸巾。倘若换作其他同事，她会感激涕零地说上几句客套话。可是这个心胸狭隘的中年女人，一向将她的才华视作最大的威胁，时刻有除之而后快的念头。主管会给自己求情？还不知道在老板面前说过多少坏话，给自己泼了多少脏水。不过，陈雨婷不想追究这些恩恩怨怨，只回了一句："哎哟，等您做到老板，那是什么时候呀？"

主管的脸色开始发青，下了最后通牒："你已经不是公司的员工，别打扰其他人工作。"

陈雨婷留给她一个昂首挺胸的背影。

刚才室外还骄阳似火，此刻如墨鱼汁般的积雨云布满天空，沉沉地仿佛要坠下来，压抑得整个世界都透不过气来。雷声由远处传来，声声作响。势不可当的风凌厉地穿梭着，世界末日般的场景，笼罩着整个城市，正所谓"山雨欲来风满楼"！

陈雨婷拦下一辆出租车，慵懒地说出住址。就在后排座椅上，她又从箱子中翻出那张和妹妹的合影。她此时的心情，比肩于车外低沉压抑的天气。她不为失去这份工作难过，而是为失踪一年多的妹妹。从那起车祸后，再没有妹妹陈雨珊的消息。她究竟是死了，还是活着？不确定性让人挣扎和不安，这一年多来，陈雨婷一直在寻找，找得浑浑噩噩，却一无所获。

也许妹妹确实死了，也许那份即将发出的失踪两年"宣告死亡"的报告，将给这条年轻而无辜的生命画上句号。

可是陈雨婷不甘心，总觉得妹妹不会离开自己。她想起一个很重要的人。只要能找到他，妹妹失踪的谜团或许能解开。

她几次联系那个人，只能听到一句语音提示："您拨打的电话是空号。"

他换手机号码了？为什么他要躲着自己？

2

很多东西，如果别人不再提起，也许就遗落在记忆的角落中，比如档案。

研究生毕业后，陈雨婷的档案一直存放在学校中。她懒得去挪动档案，反正这东西对跳槽、升职帮助不大，而办理转档的手续却相当繁琐。直到几天前,一个陌生的固定电话让她想起还有这码子事。F大迎来上级的档案检查,毕业生档案不能长时间存放在档案室中,学院办公室通知她尽快来校办理档案迁移手续。

接到这个电话时,她刚巧收到公司人力资源部发来的电子邮件:请尽快交接好手头的工作,于3个工作日内办理离职手续。感谢您对公司发展的贡献,祝愿您在今后的职业生涯中有更好的发展。

简短客套的措辞,也算是离职过程中收到的最"温暖"的祝福。

档案将要离开学校,她也要离开这家公司,一个崭新时刻,即将拉开帷幕。下一份全职工作可以过段时间去找,陈雨婷想去做一件重要的事——找到妹妹的下落。尽管妹妹失踪后,她从未停止过追寻。可是工作和写作间歇非常有限,搜索进展不大。现在有大把空余时间,她会尽力找到那个人。

当然,这段时间不能彻底荒废。陈雨婷需要一件让精神和灵魂愉悦的事,比如参加某个公益项目。

相比于昨天的疾风骤雨,今天的雨下得悠闲雅致,不大也不小,滴滴答答把路面淋得湿漉漉的。地处江南的S市,每到这个季节就雨水不断。

离开F大快要3年了,校园在陈雨婷的记忆中渐渐模糊。3年了,这里似乎什么都没变,又似乎什么都变了。比自己小几岁的学弟学妹,成群结队地并排走在学校内的道路上。爽朗的笑声、激扬的话语,一颗颗还未受过现实残酷打磨的小心脏,演绎着F大崇尚

"自由而无用的灵魂"之要义。正门内矗立着建校初始的老校门,斑驳的黑色木头上,见证过F大的沧桑。那片篮球场上,永远不缺年轻的身影。球场边站着几个女生,手中撑着花花绿绿的伞,含情脉脉地看着球场中被雨水淋湿头发的男生。

雨渐渐停了,陈雨婷收起手中的雨伞。

倏然,他出现在球场中。那只篮球听话地追随左右,从后场一直游走到对方半场的篮框中。"哇!好帅!"闺蜜冯诺涵情不自禁地喊出来。他顺着声音的方向望去,注意力却落在静若处子的陈雨婷身上。

就是这一眼,这个男生得以走进她的世界。

那是一段尘封在记忆中的爱恋。

起初,陈雨婷有过犹豫和抗拒。原生家庭的影响,让她对于婚姻、对于爱情存有一份不安全感。此外,她的心里还住着另一个男生。哪怕这个只比她大11个月的男生,一直以哥哥的身份出现。

陈雨婷对他说:"我还没准备好。"

"我可以等你,没有期限。"

那天晚上的月亮特别明亮,月光的清辉下点缀着她的笑靥如花、温婉秀丽,衬托着他的丰神俊朗、温润如玉。特别是这句没有期限的等待,让她的心彻底醉了。她渴望有个宽阔的肩膀呵护自己,现在,这个肩膀近在眼前。

他吻了过来,她没有抵抗,配合着,两个渴望爱的灵魂,在舌尖缠绕的过程中慢慢走近。

一只篮球飞过来，一下子将陈雨婷从前男友的回忆中砸出来。她摸了摸被砸得有些疼的头皮，对着那个连续道歉的男生说："没事。"

"你是不是看上她了？"

"对呀！很多美好姻缘都是这样砸出来的。"

"你要感谢我这个月老。要不是今天强行拖你出来打球，你会遇到她？"

球场上的几个男生，对着砸球男生和陈雨婷开始起哄。

爱情，总是来得猝不及防。也许几年前，陈雨婷会试着去了解这个男生，试着开始一段新的感情。可是，她已经过了一见钟情的年龄，岁月在她的脸上刻下明显的印迹，也在心中留下难以抹去的伤痕。

陈雨婷对有些恍惚的男生说："快去打球吧，我有男朋友了。"

这个男生显然很茫然，刚才被兄弟们停在杠头上，现在陈雨婷名花有主，一下子让他很难收拾眼下的局面。他怀疑陈雨婷在故意搪塞他，不死心地追问道："方便告诉我你的名字和手机号码吗？"

"这个不太好吧。刚才不是说了吗？我有男朋友了，我不想脚踏两只船，相信你也不希望以后的女朋友是这副德性。"

"别误会，我不会影响你和你男朋友，只是做个朋友，普通朋友。"

陈雨婷指了指还在飘着细密雨丝的天空："我的名字中，有一个字可以描写现在的天气。"

他顿时醒悟过来:"那叫你小雨好吧。我叫林惠伦,喜欢写作,偶尔出来打打球。今天本来要完成一部作品的结尾,可是兄弟们执意把我拽出来……"

他也喜欢舞文弄墨?一直以来,陈雨婷深感身边缺少知音。毕竟写作是一件费神费力的事,每个人都有趋乐避苦的本性。每当闺蜜们拖着她出去逛街、血拼、品尝美食,她拿出写作这个理由予以拒绝,总会迎来别人不屑一顾的回应。这个人和自己有着同样的喜好,会为同一件事彻夜难眠,真乃人生一大幸事。她心里一冲动,几乎准备掏出手机。

可是妹妹的那张脸,让她放下口袋中的手机。

学院办公室的来电打断了两人之间的谈话。陈雨婷就这样走了,留给林惠伦一个美好的念想,一个关于雨天美好的念想。

人生苦短,很多时候我们就靠这些美好的念想支撑下去,渡过种种苦厄。

3

就在和陈雨婷相隔几十公里外的机场,那个让他魂牵梦绕的男生,同样响应F大的召唤,从大洋彼岸回到东海之滨。

"冯老师,麻烦您再等我一小时。"孙祉鑫淡淡地说着,慢条斯理地走向行李领取处。飞机晚点近一个小时,对方迫切想知道他目前的位置。

28岁的孙祉鑫外貌俊美，个子偏高、身材伟岸，皮肤是健康的古铜色。他长着一张长脸，中分发型，鼻梁很挺，额头饱满，眉毛浓密，乌黑深邃的眸子里，闪耀出智慧的光芒，眼神里透着刚毅、果决。上身穿着绛紫色休闲西服，下身一条深黑色西裤，映衬出他的稳重内敛。

领取托运行李的地方，一大堆旅客如同多日未食的饿汉，行李箱一出现在传送带上，便从四面八方聚过来，仿佛晚到一刻就会和宝贝行李箱错过。孙祉鑫不紧不慢地等在旁边，凝视焦急的人群，在头脑中整理着自己的思绪。

就在几天前，他明确拒绝了导师冯雄岚的善意。这份善意，夹带着一份很多学成归来的海归们梦寐以求的工作。

F大是"211""985"高校，心理学专业是国内心理学排名前三的专业。名校和王牌专业的副教授，显然和他不到30岁的年龄有些不相称。在高校内苦熬多年的"青椒"——青年教师，常常为一个副教授的职称熬白了头、熬红了眼。只要答应下来，职称和待遇便唾手可得，无须经历同道们面对的重重炼狱。

能拿到如此优渥的待遇，和导师冯雄岚对他青睐有加分不开。

可是，他不知被施了什么巫蛊之术，电话里斩钉截铁地说："冯老师，把这个机会留给更优秀的人吧。"

就像他拒绝国外导师路易斯那样，他的决定同样令对方吃惊不已。哈佛大学心理学系终身教授路易斯，是全世界赫赫有名的心理学者。上次能参加世界心理学大会,就是沾了这位名师的光。可是轮到孙祉鑫发言时,他竟不争气地晕倒在演讲台上。

因为他突然察觉到陈雨婷正坐在台下,用渴盼的眼神看着他。她不是死了吗?坐在前排的陈雨婷,也许只是一个幻影。即便只是幻影,依旧在这个瞬间令他拾起那段痛苦的记忆。

孙祉鑫的情绪特别低落,甚至觉得多年潜心研究都是徒劳无益的。一晃又过去一年多,这段记忆被人体内的防御机制,强行"囚禁"在潜意识的层面,最终被理智主动过滤。就在孙祉鑫以为走出这段阴影时,坐在前排的那个和陈雨婷长得很像的亚裔女生,成功地揭开记忆的"封印"。记忆不断地诘问,他无法回答这些诘问,就在满地的思维碎片中,他失去了意识。

好在导师的心理疏导,才让孙祉鑫这个心理学博士暂时堵上这个"黑洞"。但是,他无法彻底消灭这个"黑洞"。

就在博士学位答辩前,导师路易斯找到他。

"孙,希望你留下来做我的助手。"这位外国老头说话完全不拐弯抹角。成为路易斯的助手,就是将来通往哈佛心理学系教授的捷径。从他的眼神中,孙祉鑫清晰感受到路易斯愿将毕生所学倾囊相授。

"谢谢教授您的赏识,不过我想回国效力。"孙祉鑫特地在"回国"这个词上加上重音。

"我钦佩你的爱国心,也知道中国未来的发展前景不可限量。不过眼下,心理学的研究中心还是在欧美,哈佛更是中心的中心。

留在我身边,一定比你回国更明智。"路易斯做着最后的努力,多年教学研究生涯中,孙祉鑫是他最中意的弟子。

但这个弟子让他彻底失望:"这是我的最后选择,实难从命。"他的眼神瞬间黯淡下来。不过,老教授终究是有涵养的,不会把情绪长时间写在脸上:"祝福你,希望以后能在国际学术会议上再次相见。"

也许在老教授的观念中,孙祉鑫将在学术道路上继续走下去。可是在孙祉鑫的心中,早就酝酿着一个出乎所有人意料的计划。

4

出了地铁口,孙祉鑫拖着沉重的行李,带着欣赏的目光走在熙熙攘攘的街道上。这里有鳞次栉比的高楼,有流光溢彩的霓虹,有脚步匆忙的路人,更有一颗跳动有力的心脏。白天可能还不易察觉,在夜深人静时,分明能听到有力的跳动声。

生活在这座快节奏城市的白领族,必须时刻保持武装到牙齿的状态,长此以往必然心累无比,各种心理问题频发,由此催生心理学的大热。心理学本是西学舶来品,在国人眼中带着不可捉摸的神秘性。外行看来,心理学研究者或心理咨询师好比古代的智者或巫师,通过他人不理解的玄妙之术,洞悉人心,找出破解心理问题的妙方。

其实心理学也没有人们想象的那么管用。世间万物,唯有人心最为复杂。人类可以"上九天揽月,下五洋捉鳖",将认知的触角延伸到河外星系,可以摸清小得无法想象的夸克粒子的门道,却始终无法彻底破解人的心灵密码。即便是心理学泰斗,也不敢说能洞悉一切、了悟众生。

对于当时血气方刚的孙祉鑫来说,心理学就是无所不能的学科。当初选择这个专业,他抱着"拯救者"的初心,把自己想象成慧根和悟性很高的智者,了悟他人心中疾苦,用各种手段拯救迷茫心灵于水火之间。

现实一次次剥下理想的外衣,把丑陋、阴暗的一面暴露出来。从本科到硕士再到博士,他逐步认识到心理学的功效是有边界的,做研究呈现出喇叭口的趋势,越往上开口越小。孙祉鑫的研究方向是变态心理学,整天和各种变态心理"耳鬓厮磨",时间一长,难免怀疑自己是否也沾上病态心理的病毒。

冯老师的办公室到了,他轻轻地叩门。

明明听到里面有说话声,却始终不见开门。孙祉鑫尴尬地站在门口,为"是走是留"犹豫。

"Spend all your time waiting for that second chance. For the break that would make it okay.(枉费所有的时光,去等待再次的奇迹/等待一次转机,一切释然。)"孙祉鑫的手机铃声是 Sarah Mclachlan 的 *Angel*(《天使》),他喜欢这支悠扬中带着轻微忧伤的歌曲。

这首歌曲唱出了孙祉鑫的心声,还曾一度令他泪流满面。

"是孙祉鑫先生吗?"一个成年男子的声音。

"你是谁?"就在回国前,孙祉鑫接到过恐吓性的电话。他为人低调谨慎,又到了陌生国度,不该得罪什么仇家。他不想接这个电话,尤其在导师办公室门口,但是铃声响个不停,大有一种不达目的誓不罢休的精神。是祸躲不过,也就接个电话,不如见机行事。

"不要管我是谁?我们老板有事找你。"神秘人对于自己的身份守口如瓶。

孙祉鑫的脑海中,闪出一幅可怕的画面:心怀不轨者将自己骗到郊区一间很久无人居住的屋内,正当他对着空旷破旧发呆时,门突然诡异地"啪嗒"一声合上。从门后闪出两个彪形大汉,一个手持尖刀,一个手持铁棒,拿着凶器对着自己招呼。尽管自己练过几年跆拳道还是黑带二段,依旧难敌这两个训练有素的杀手。鲜血从体内不断喷射而出,染红了墙面,他的意识开始模糊……

"你听得见我说话吗?"话筒里的男声,将他从这个恐怖场景中拽出来。

"我最近很忙,以后再约吧。"孙祉鑫刚准备挂断电话,那个声音突然切换:"你这小子还枉称心理学大师,怎么连兄弟我的声音都听不出来?"

孙祉鑫擦了擦额头的汗珠:"能不能不玩这套?都什么岁数了。"

打电话给孙祉鑫的,正是他的死党巩志杰。富二代巩志杰的家族企业，横跨地产、金融、珠宝等领域。以前两人读书期间，一般都是巩志杰承包吃用开销。土豪就是不一样，出手阔绰，眼睛都不眨一下。

只是这位巩志杰不满足继承偌大的家业，突然对咖啡产生浓厚的兴趣。为了拿到咖啡师的证书，他报名参加一些咖啡大师主讲的专业培训。听他说曾在3个多月中日喝咖啡200杯，至于是不是"不辞长作岭南人"，倒是犹未可知。

50000杯咖啡的高强度训练，巩志杰出现既兴奋又疲惫的"奇特"状态，兴奋是咖啡中的咖啡因所致，疲惫则是神经太过亢奋缺少休息的缘故。这两股力量相互撕扯，不知道会被裹挟到什么境地。他有时笑称，"因为缺少睡眠，眼前出现各种幻觉，我怀疑自己是否患上精神分裂症"。好在3个多月后，他没被送进精神卫生中心，而是拿到一纸盖有权威机构认证的证书。他可以通过香味和口感，快速识别出咖啡豆的产地、烘焙程度，感受到每一杯冲泡的手法，记忆每种咖啡之间几乎无法分辨的差别。

本以为能马上和巩志杰见上一面，孰料他的话语中带着惋惜："真不凑巧，刚准备和你见面，就接到国外咖啡大赛评委的邀约，今天下午3点的航班，估计要过一段时间才能回来。"

"反正我又不是紧俏商品，短期内不会再'销往国外'，以后有的是见面机会。"孙祉鑫刚挂断电话，又敲了一下门，里面传来一声洪亮的"请进"。

走进冯雄岚的办公室，孙祉鑫总感觉有些异常。办公桌后有一排书橱，里面摆放着各个门派的心理学专业书籍。对面墙壁上，是一幅弗洛伊德的油画，办公桌一角摆放着弗洛伊德的石像，可见冯老师对于这位精神分析大师是何等推崇。此刻，冯老师的办公桌上各种物件凌乱堆放，还有一些散落到沙发上和地上。估计冯老师刚才在找东西，要不然不会罔顾门外的敲门声。

"你终于来了，再晚一会儿我就要离开了。"冯雄岚从头到脚扫了一眼孙祉鑫，"是从飞机场直接赶过来的吧？难得你把老师放在这么重要的位置。"

孙祉鑫把行李箱放到墙角，又将沙发上的一些文件挪开，姿态优雅地坐下来。

"你应该知道这么着急找你的目的。"冯雄岚递来一杯绿茶，目光炯炯地凝视孙祉鑫。这个得意门生，为何突然放弃到手的美好前途？他不想放任自流，让孙祉鑫在今后因为一时的冲动而后悔。

导师亲自泡茶，可见他对自己有多么器重。一般性的说辞可能无法搪塞，必须要找出有说服力的理由，这样才能让自己全身而退。

"教条的话我不想多说，你受过高等教育，应该知道利害关系，估计你猜到了我刚才在找东西。"冯雄岚从一堆泛黄的纸张中，抽出年代久远的几张，双手奉过来。

孙祉鑫哪收得起这样的大礼？赶忙从沙发上站起来，郑重地从老师手中接过这几张纸。

看字迹，应该是冯老师几十年前的手书。

"这是我写给导师的一封自荐信,距今有近30年了,那一年,我的岁数和你差不多。"

出生在农村的冯雄岚,是恢复高考后的第一届大学生。那一代大学生怀着改变命运的心态进入象牙塔,自然是头悬梁锥刺股,一门心思苦读圣贤书。毕业时,冯雄岚想留校深造,除了复习应考,他还给当时的系主任写了一封信,不能说这封信起了决定性作用,但一定给系主任留下了深刻印象。正是在这位心理学前辈悉心指教和提携下,冯雄岚一步步迈上学术巅峰。

就在刚才,他将这封信从岁月的尘埃中翻检出来,想用活生生的例子说明"知识能够改变命运"的道理。孙祉鑫在F大求学数载,冯雄岚知道他出身普通人家,自然有向上流动的迫切愿望。

遥想几年前,冯雄岚几句话点醒孙祉鑫,他才义无反顾去了大洋彼岸。

孙祉鑫把信还给冯雄岚,探出半个身子,用低沉有力的语气说:"冯老师,改变命运是我曾经的梦想,然而现在的我,已经不是几年前的我。学术研究,不再是我终身追求的事业。"

"还有什么比前途更重要?因为她?"

"有她的因素,还有我对人生的思考,希望老师能理解我的决定。"

冯雄岚的身子往后一仰,喟然长叹道:"人各有志,我不会强求你。不过这扇门依然会向你敞开着。哪天你在外面厌倦了,还能回来。"

"谢谢老师。"

6

就在孙祉鑫进入冯雄岚的办公室时,陈雨婷刚巧从学生办公室出来。她在档案转移书上签字时非常坚决,仿佛那是一堆和自己毫不相干的材料。神秘的档案,在过去能决定一个人的命运,在这个时代,只能在档案柜中吮吸悄无声息的灰尘。

档案的命运在不断变化,人的命运亦是如此。见识过人生的无常,生命的无常,陈雨婷突然发现自己老了,似乎活了很久很久,有一种看破红尘的味道。不过在还未弄清真相前,她的人生终究是不圆满的。

失踪的妹妹,就像墨西拿海峡上的塞壬女妖,不断诱惑她去探究。

这场淅沥的雨,让室外的空气变得非常清新。雨渐渐停了,F大最高的双子楼旁的草坪上,多了一些年幼的孩子和他们年轻的父母。

一只小皮球从草坪上滚过来,滚到陈雨婷的脚边。一个蹒跚学步的孩子,迈着小脚追逐着这只皮球。不知是被脚下什么东西绊到,孩子摔倒在草地上。可能是摔疼了,孩子"哇"的一声哭起来。

"你对着天空发呆,成天胡思乱想什么?"丈夫听到孩子的哭声,放下手机,对着一旁的妻子埋怨。

"妈妈,弟弟摔倒了。"女人的身旁还有个年龄大一点的孩子,摇着她的手,着急地提醒她。但是她无动于衷,头部半仰,眼神迷离地看着空中的云朵和飞鸟。丈夫意识到埋怨毫无效果,自个儿走过去把孩子扶起来。孩子依然在哭,哭得撕心裂肺,丈夫哄了许久才让他止住哭泣。

陈雨婷捡起地上的皮球,走过来递给孩子说:"小朋友,皮球又回来啦。"

孩子的欢乐与忧伤的切换频率很快,刚才痛哭流涕,脸上还挂着泪痕,现在开始"咯咯"笑着,如银铃般清脆悦耳,微微泛红的脸蛋像一朵盛开的小花,红润的小嘴让人觉得软软糯糯的。

"你的妻子好像不太开心。"

那个男人耸耸肩道:"是啊!拿她没辙。我不让她出去工作,只是在家里带孩子,还有保姆帮忙。她倒好,成天跟我玩抑郁。我本来就很忙,还要应付她的'作',真让人受不了。"

"我觉得你们之间需要一次深度沟通。"

"沟通什么!都过了恋爱阶段,还玩什么浪漫?起风了,走吧。"男人对着女人摆手招呼。一家4口,就这样在沉闷的气氛中越走越远。

或许这就是大多数家庭的真实写照,有了孩子以后,孩子就成了中心,恋爱时的甜蜜浪漫,只能成为记忆中的明日黄花。同为女人,陈雨婷理解那位妻子,她正在炉火上"炙烤",她最亲密的人却将这种"炙烤"理解为"作"。

陈雨婷开始恐惧：难道婚前再美好、再甜蜜的感情，婚后也会被柴米油盐、被哭闹的孩子、被各种鸡零狗碎，搅得只剩下厌烦、冷漠和相互埋怨？如果真是这样，前男友的背叛倒不值得痛心，孤独终老也不再是那么可怕。

不敢再顺着这个思维模式继续想下去。悲欢离合、新欢旧爱，每时每刻都会在身边上演。与其纠结，还不如带着一份释然的心情去感受。这份豁达，也许是这几年学习心理学所赐予的，也可能是从那些随感文字中领悟出来的。

从冯雄岚的办公室出来，孙祉鑫徜徉在F大的校园中。突然，一个窈窕的身影吸引了他的注意。

不可能！一定是我的幻觉！陈雨婷已经死了，他清晰地记得：陈雨婷坐在他驾驶的车上，事发后没有找到她的遗体。如果她活着，车祸后一定会有她的消息。他原来的手机在车祸中遗失，连同关于陈雨婷的信息，一起遗失。

难道她又死而复生？

这个世界上有太多不可解释的谜团，孙祉鑫忍不住跟上那个身影。

那个和陈雨婷长得很像的女生，走路速度极快。她出了校门，钻进一辆大众出租车，孙祉鑫飞奔过去，只能嗅到一股淡淡的汽油味。

她究竟是谁？和死去的陈雨婷是什么关系？

7

  陈雨婷急急忙忙地往学校外走，想把刚才那些感悟扩展成一篇几千字的故事。灵感总是稍纵即逝，必须尽快回到电脑旁，她在路边拦下一辆出租车。

  阳台上的花草，好几天没有浇水，叶子有些枯萎。陈雨婷歉意地对着这些植物笑笑，为它们送来一阵久违的甘霖。那只憨态可掬的乌龟，听到她的脚步声变得活跃起来，贴着收纳箱的塑料壁往上爬。陈雨婷从冰箱里取出冷冻的肉末，剪下一大块，随后一小块一小块喂着乌龟。一连十几口，乌龟终于不再那么热衷于"运动"，重新把头缩回龟壳里。

  这些花草，还有这个可爱的小玩意儿，陪伴陈雨婷走过人生的荒漠。

  Word文档上，她将自己和前男友的恋爱经历，复制到主人公身上。至于故事结尾，还是那种皆大欢喜的喜剧结果。人生中有太多悲伤和不幸，她只能在小说中享受那份缺位的幸福。

  离开电脑，她的注意力转移到玻璃橱里那些沾着沙粒的贝壳。那是大三时的暑假，她和前男友在海南三亚海滩上捡来的。尽管外表和经过加工的工艺品无法相比，却记录着两人肆意嬉闹的影像。他们的感情，就像这些未经雕琢的贝壳，纯粹、干净、不矫揉造作。

生命里，总有那么一个人，那么远，又那么近，不在眼前，却一直在心里。虽然分离，却又融合；总有一种幸福，如此近，又如此远，仿佛触手可及，却又相隔分离。他就是这么一个人，哪怕已经离开这么长时间。

还有这件空手道服，是他在全国大学生空手道锦标赛领奖后送给陈雨婷的。上面沾着臭臭的汗渍，在陈雨婷眼中却是一幅最美丽的图画。他练习空手道十多年，终于有机会问鼎全国冠军。他人生的高光时刻，陈雨婷亲眼见证。

关于他的记忆，太多太多，怎么也抹不掉。

陈雨婷又回到电脑旁，随手打开豆瓣。她每天要逛一逛豆瓣，被里面充满文艺细胞的灵魂愉悦。一条信息引起她的注意，尤其是那个名字，让她将这条招募启事从头看完，一个字也不落。

孙祉鑫，这个名字时隔一年多，再次浮现在眼前。

那次车祸，孙祉鑫身受重伤，陈雨婷曾在医院重症室外，焦急地等待里面的抢救结果。就在孙祉鑫神志不清时，她曾经陪在他身边。等到他神志即将清醒，陈雨婷却阒然离开。

这场车祸，就是因为两人纠缠不清而引发。她不想让自己再和孙祉鑫产生纠葛，只能强忍伤痛离去。随后孙祉鑫又去了国外，两人中间的这根绳儿，断了。

现在想来，当时不该就这么走了。

不管这个孙祉鑫是不是自己要找的那个人，先联系上他再说。

"陈雨婷"3个字出现在微信好友申请，孙祉鑫点击"同意"的手有些颤抖。看来，那天在校园中看到的钻进出租车的女生，不是他的幻觉。

他放弃教职，全身心投入心灵小组这份公益事业，除了一份为人服务的善念，更是为了爬出内心中那个黑洞。

作为心理学博士，他一直不敢去触碰这个黑洞。这个黑洞有着强大的吸引力，任何被吸进去的物质，都会被撕扯、碾成粉末。孙祉鑫自觉"道行尚浅"，也不愿为这件事去麻烦导师。他想建立一个平台，通过和一些人敞开心扉地聊天，找到医治这个创伤的良方。

可是他没想到，心灵小组还未正式开始活动，他就要直面心中最大的"毒瘤"。

陈雨婷，来吧！只要你还活着，纵使有再多坏消息、再多磨难，这就是我愿意听到的最好的消息。

8

陈雨婷走在朦胧中……

站在苍茫的山巅，只有她一个人。雾气渐渐散去，只露出灰蒙蒙的天空。一览众山小的感觉不好受，寒冷顺着每一个毛孔，毫无阻拦地沁入体内。

她感到冷，从未体会过的冷。

仿佛是从前世穿越过来的。她的体内，没有一丁点儿温度。

"姐姐……姐姐……"这声音仿佛从很远的地方传过来,经过一连串山谷的阻隔,带着混响的效果。

是她!不会错的。

"妹妹!你在哪里?我听到你的声音。你出来呀!你去了哪里?"

"姐姐,我就在你身后。"有人拍了一下她的肩膀。

她转头,妹妹一袭白衣,表情冷淡地凝望她。姐妹俩,竟一时无语凝噎。

山体开始晃动,天崩地裂的声音,妹妹拽着她的手,一起跃入无底的深渊。

不要……

落地,睁开双眼,发现平躺在出租房的床上。窗外天色蒙蒙亮,还有淅沥的雨声。

啪嗒、啪嗒……皮鞋敲击地板的声音,听声音的力度,鞋的主人应该是个女生。

门被推开了。

妹妹穿着粉红色的皮鞋,身上是芭蕾舞剧《天鹅湖》女主角的舞蹈服,头上还有一顶皇冠。

"姐姐,我来了。你怎么还在睡觉,看看我美吗?"

她用右手掐了掐胳膊,有疼痛的感觉,不像是虚幻的梦境。

一阵感动!妹妹没死!连呼吸都带着感动!

"姐姐,你怎么流泪了?是我不漂亮吗?"

"不，你很漂亮，你是最漂亮的舞者。"

"那我给你跳支舞好吗？"

妹妹脱掉粉红色皮鞋，从床边取出一双芭蕾舞鞋，灵巧地换上。

一支美妙的芭蕾舞，即将在眼前华丽上演。

白天，瞬间来到黑夜。天空中一轮宁静皎洁的明月，一只不愿被世俗沾染的、高傲的"白天鹅"，忧伤地抖动着翅膀。它的双足踮起，缓缓地在湖面上徘徊。哀伤的大提琴伴奏，似乎预示着这只天鹅即将面对的宿命。

这也许是每个生灵都必须面对的宿命。从出生的那一刻开始，就进入这个看不见却时时刻刻存在的"死亡倒计时"。

"白天鹅"忍受着巨大的伤痛，想用尽最后一丝气力，在世间留下最悲怆的舞蹈。它轻轻地挥动翅膀，企图借助气流离开湖面，哪怕只是几厘米，也是这种抗争的成果。

可是，它做不到了。飞翔——鸟儿最基本的生存功能，在这一刻被命运之神剥夺。

它还是要抗争，就是耗尽最后一丝生命力，它也要用力挥动。终于，它的双脚离开了湖面。

它笑了，带着死亡气息的笑。一道流星从夜空划过，"白天鹅"缓缓屈身倒地，渐渐合上双眼，一阵阵战栗似闪电扫过它全身。它用尽最后的力气，抬起一只翅膀指向天际。

翅膀落下，"白天鹅"也不动了。

妹妹一直没动。

"妹妹，你醒醒！"

跳完生命之舞，妹妹的人生也谢幕了。

不，妹妹，你要坚持住，再坚持一下。

妹妹的身体开始变得透明。先是身上的舞蹈服，接着是每一寸肌肤，都化作肥皂泡，带着从未闻到过的异香。

妹妹最终变成一团空气，刚才那段震撼人心的舞蹈，仿佛从未在眼前上演过。

陈雨婷终于醒了，结束这段"梦境套着梦境"的奇幻之旅。

从妹妹失踪以后，这种梦中梦的场景就会经常出现。

第二章
曲折再相逢

1

睁开惺忪的睡眼,摸到枕头旁的手机,见到的却是漆黑一片的屏幕。

凌晨写完那篇爱情故事,陈雨婷直接累倒在床上。这几年来,她经常熬夜写作,明知这样对身体非常不好,一次次用"过劳死"的惨痛案例提醒自己:这是最后一次,下不为例。可是对写作的挚爱,她克制不住体内不断燃烧的创作烈焰。

如果不是早上9点半要去见孙祉鑫,她可能在床上一直赖到晌午。想到这个重要"约会",陈雨婷一激灵爬起来。没想到手机在这个节骨眼上坏了,来不及去修理,反正时间、地点已事先约好,不带手机问题也不大。

正值上班高峰,地铁车厢内非常拥挤。穿着高跟鞋、皮鞋、帆布鞋、凉鞋的脚紧挨在一起;香水的味道、汗液的味道、大蒜的味道，各种气味在空气中搏杀。男人女人贴得很紧，换作在其他公共空间，不会挨得这么近，近到对方身上的毛孔都看得清清楚楚。陈雨婷闭上眼睛，本能地用手护住包内的财物。

列车驶出站点，穿梭在黑暗的隧道中。陈雨婷睁开眼睛，瞥了一眼身旁的妙龄少女和一个体型肥硕的胖子。也许我们一辈子要遇见成千上万的人，绝大多数只是匆匆过客。列车上的这些乘客，等到离开这个拥挤的空间，你就忘了他们的模样，更不可能知道他们叫什么名字，以及他们未来的命运。也许那个陪你走完一长段路的人，就夹在这些过客中。不去仔细观察，他就会被这股人流带走，等到你意识过来，早已不见他的踪影。

好在上天给她一次机会，一年多前匆忙离开孙祉鑫，因为这个心灵小组得以再次相遇。

突然，列车发出"咯噔"一声，随即停在黑漆漆的轨道中。车厢内开始骚动，人们讨论着各种故障的可能性。这种混乱局面维持了几分钟，列车广播阻止了各种小道消息的进一步扩散。

"信号故障"，一个说大不大、说小也不小的问题。卡在黑暗的隧道中，陈雨婷和其他乘客只能等待，等待信号恢复的那一刻。时光的洪流仿佛在这一刻被截断，人生被按下暂停键。利用这段边角料时间，陈雨婷的思绪飘到过去。

陈雨婷的童年，被硬生生地切成两段。前半段，幸福甜蜜；后半段，支离破碎。

就像列车信号出现故障，人生有太多猝不及防。就在15岁的那次郊游前夕，陈雨婷无意中听到父母间的争吵。

　　此前她傻傻地认为，爸爸妈妈会陪伴她和妹妹长大，永远不会分离。不承想母亲只是一再忍气吞声，其实早就知道父亲和几个年轻女人的暧昧关系。为了维护父亲的公众形象，为了她和妹妹有良好的成长环境，母亲从不当着姐妹俩的面和父亲吵架，对于父亲的那些行为，也只是睁一只眼闭一只眼，相信自己能挽回这个男人的心，可是父亲却一意孤行，并将这种宽容视作母亲的软弱。感情堤坝上的裂痕越来越大，苦难的洪水漫过来，将这颗幼小的心灵淹没。

　　父母离婚后，母亲在外辛苦打拼，不允许她和妹妹与父亲有任何来往。父亲有过探视姐妹俩的想法，均被母亲果断拒绝。他毁了这个家，这个错误和内疚，要让这个负心汉用一辈子去背负。

　　原生家庭的解体，让懵懂的陈雨婷过早触及婚姻的本质。也许父母曾经相爱过，可这些终究只是过眼云烟。各种诱惑，会让曾经的爱恋死亡、腐烂。男人这种生物都是喜新厌旧的，陈雨婷不再相信王子和公主的童话，不再相信婚姻，更对男人和婚姻带有深入骨髓的恐惧。

　　一年多前孙祉鑫表白时，也是因为这种恐惧，这朵爱之花开了一半便告凋谢。即便在陈雨婷的心里，他是无所不能、体贴入微的哥哥。陈雨婷推开那双温暖的手，宁愿在渴望爱与害怕被伤害的旋涡中迷茫地翻滚。

　　接着就是那场带走妹妹的车祸。

2

半小时后，地铁列车再次开始挪动。她习惯性地一摸小包，手机不在身边，懊恼出门时把手机落在家中。空等的滋味不好受，但是摊上这种列车故障，大度的孙祉鑫应该不会过分计较。

出了地铁站，陈雨婷几乎是一路小跑。站在防盗门口，她"呼哧呼哧"喘着气，有一种想呕吐的感觉。深吸一口气，尽力调整快跑丢失的优雅姿态，她按响了门铃。

一段轻快的音乐完整地播放完毕。

又播放了一遍。

他会不会也遇到了尴尬？

等了半个多小时，陈雨婷还不见孙祉鑫的身影。她愈发想念家中那只宝贝手机，此刻如果有它，自己也不至于像个傻子一般，呆兮兮地戳在门口。

随着智能手机的普及，以前随处可见的公用电话早就销声匿迹，就连以前马路边的电话亭，也因为乏人问津被逐一拆除。陈雨婷走出很远一段距离，还未找到联系孙祉鑫的工具。

只能求助于路人，正巧迎面走过来一位30岁出头的男子。

"先生，借用一下手机好吗？"

那人没反应，似乎没听懂这句话。

明明表达得非常清楚，可能是他听力不好吧，陈雨婷又复述了一遍。

"问我借手机？这个……不太方便吧……"对方眼神警惕，上下打量内心被无数焦虑小虫啃噬的陈雨婷。

"我不会白用你的手机。"

"不是钱的问题，我还有事。"那人不肯多说一句话，速度很快地走了。

又问几个路人借手机，还是同样的结果。

就在陈雨婷灰头土脸时，一个女老板模样的人，对着手机一通发火："我要你们有什么用？这点儿小事都办不好，还要找理由，我只看结果。不管你们采用什么方法，尽快把单子签下来。不然，就去HR那里结算工资。"

这人真够狠的，做她的下属一定步步惊心。她用不解的目光看了一眼陈雨婷，怀疑她借手机的动机。陈雨婷瞬间明白：如今各种诈骗手段横行，也许在别人眼里自己借手机只是幌子。可能打一个电话，就会趁机在手机里植入木马病毒或者更加直接趁人不备撒腿就跑。手机本身价值不大，可是与之关联的银行卡、支付宝、微信账户，几乎是每个人的全部家当。难怪人们会这么小心谨慎！

只好原路返回，路过一家甜品店，陈雨婷的双眼开始放光。

这个人是她的闺蜜冯诺涵，F大辅导员，标准的"吃货"一枚。她叫陈雨婷出去，基本上就是为了吃。即便这家伙这么爱吃，身材还是保持得很苗条。陈雨婷不是那种"百吃不胖"的体质，只要一段时间内集中"胡吃海喝"，体重秤上的读数就会噌噌地往上蹿。陈雨婷对这个贪吃的闺蜜非常头疼，害怕被她拽去"摧残"标准的体型。可是今天,居然一点儿也不讨厌她。她出现得太及时了,这意味着自己不必傻乎乎地返回家中。

"你刚才不是在家里?"孙祉鑫此言一出,立刻让陈雨婷蒙圈。

"我一早就出门,在你家门口等了很长时间。"

"不好意思,我还以为是你。"

搞错姐妹俩的绝不止孙祉鑫一人。陈雨婷和妹妹陈雨珊几乎一模一样,从小到大穿衣打扮的风格也近乎一致。只有两人凑在一块儿,仔细看才能分辨出细微的差别。陈雨婷眼睛大一点儿,鼻子稍微挺一点儿,陈雨珊的眉毛颜色深一点儿,嘴巴小一些。她们经常冒充对方,随后透露真实身份,让被戏耍的人目瞪口呆。

长得像还是有好处的。有一次,陈雨婷和大学同学出去吃自助餐。其他同学大快朵颐,空盘子在桌上垒起一大摞,各种食物残渣也堆成小山。陈雨婷的胃口相对较小,吃了一圈就不再去取食。同学们觉得陈雨婷吃亏,灵机一动说不如把你妹妹叫来,由不得她反对,就拨通了陈雨珊的手机。

陈雨婷借口有事,领取自助餐厅的号牌出了大门。陈雨珊从她手中接过号牌,大摇大摆地从餐厅门口的工作人员面前过去。别人不知道她有个双胞胎妹妹,自然而然地从她妹妹手中收走号牌。就这样,自助餐花一份钱,她和妹妹各吃一顿。

临走时,这家自助餐厅的老板特意过来,很不好意思地对陈雨珊说:"美女真是好饭量,不过我是小本经营,麻烦您下次就别来了好吗？"

不过，陈雨婷也因为长得和妹妹太像吃过苦头。"你家长是怎么教育你的？"她出门去倒垃圾，一位40岁左右的妇女一把将她揪住。"阿姨，您认错了吧。我一直在家里做功课！"这位妇女却不依不饶："我不会认错人，你就是烧成灰我也认得。走，现在就去找你家长。"进门后，这位妇女就傻眼了。客厅的沙发上，坐着和自己认定的肇事者完全相同的"生物"。这时，陈雨婷才知道妹妹在外面闯祸，由于相貌极其相似，自己替妹妹背了黑锅。

3

孙祉鑫怎么会来到陈雨婷住处？这还要从昨天晚上说起。

创办心灵小组，他本人可以不拿钱，免费为人服务，可是场地租用、装修、活动开销等，都要花钱。孙祉鑫做了初步预算，一年开支大约在50万元左右。他在国外有些积蓄，不过禁不住坐吃山空。只有遇见一位好心的企业家，才能解决这个小组在经济上的难题。

一些所谓的企业家朋友，很多人只是有过一面之缘。在某些特定场合，这些人对以心理学博士身份示人的孙祉鑫毕恭毕敬，可等到产生经济上的依存关系，这样的温情也就荡然无存。很多人直接挂断电话或者在通话时不耐烦地打断他："近期公司事务繁忙，等忙过这一阵，再资助孙博士的公益事业。"这种说辞，深谙心理的孙祉鑫心知肚明,这一忙,不会有尽头。只好放弃,再找下一家。

这位公司总部在K市的私营企业主,耐心听完孙祉鑫的陈述,还提出当面洽谈的意向。孙祉鑫下午4点到达K市,老板在电话里抱歉地说,他临时有一个饭局,不能和孙祉鑫共进晚餐。用了简餐,孙祉鑫在公司会议室一直等到晚上9点,这位老板才打着饱嗝、带着浑身酒气赶回来。

"你是谁呀?我不认识你!"老板说话带着酒劲儿,一张口一股浓烈的酒精味道。孙祉鑫连连后退,避开那股难闻的味道,挺直身子道:"戴总,和您约好汇报我的公益项目。"

"哦,是孙博士呀。我是个粗人,一喝酒就会犯糊涂,刚才对孙博士失敬了。小张,怎么如此怠慢孙博士?吩咐过你几次,这茶叶是给业务员喝的,快去泡上等好茶。"

那个秘书唯唯诺诺,赶忙撤了桌子上的茶。

"哎呀,孙博士,您大老远来一趟也不容易,我要为您洗尘接风,小张,快去叫一些夜宵。"老板歪着头指挥着秘书。

"戴总,不用麻烦。时间也不早了,我们还是直接进入正题吧。"

"这哪是麻烦,等吃完再说也不迟。"

只过了几分钟,小张和另一位员工进来,手中提着一些餐盒,里面装着一些港式点心:蟹子烧卖皇、虾饺皇、凤爪、流沙包……最后的餐盒中,装着养胃的生滚海鲜粥。孙祉鑫晚餐吃得不多,到了这个点肚子里也有些饿。即便如此,他也不能在外人面前丢了优雅气质，只是每样点心都尝了几口。

在此期间，这位戴老板对孙祉鑫国外求学的经历刨根问底。他装模作样地点点头，仿佛对心理学颇有研究。孙祉鑫给他留着面子，故意不予点穿，慢慢将话题转移到心灵小组上。

为了今天的交流，昨晚孙祉鑫一宿没睡，删去项目策划案中的一些专有名词，把某些概念讲得通俗易懂。20分钟后，这位戴老板头搁在双手之间，发出的鼾声，隔壁办公室都能听见。

他叹了一口气，没有吵醒对方，一头钻入黑夜中。

在K市住了一晚上，孙祉鑫乘坐首班长途汽车赶回S市。就在陈雨婷住处附近的地铁站，孙祉鑫要换乘直达自己家的8号线。

这个身影再次出现，如同上次在F大那样遽然。

4

自以为陈雨婷出事后，孙祉鑫一直关注着后续的救援情况。只是从救援队那边传来的消息，一次次浇灭他心中希望的火苗。陈雨婷消失了，生不见人、死不见尸。他还不死心，费尽心机才打听到陈雨婷曾经的住处。当从那扇门后走出来一位头发凌乱的中年油腻大叔时，孙祉鑫的心彻底碎了。

他不得不接受陈雨婷离世的事实。

可是今天，陈雨婷又"活"了。

像被施了咒语，孙祉鑫不由自主地跟上去。那个女生浑然不知背后有人跟踪,只顾闷头朝前走。他和女生控制好距离,一路尾随进入这个小区。以前陈雨婷不住在这个小区,失去联系后,孙祉鑫也没有再去问她的住址。进进出出的人很多,为了不引起旁人注意,孙祉鑫尽力控制超过正常速度两倍的心跳。

"哈哈,终于逮到你了。你这个坏蛋!"这个头发散乱、领口外翻、嘴角沾着饭粒、鼻子下面淌着鼻涕的人,冷不丁拦在孙祉鑫的面前。

"明明,不能对陌生人这么没礼貌。"旁边出来一位鹤发童颜的老者,拽住那人呵斥道。他对孙祉鑫打招呼:"孩子有些那个,您别介意。"对于精神病症患者,孙祉鑫还能计较?这么一搅和,那个女生即将在一条弄堂转弯,再晚一步就不见踪影。这条弄堂内有两个门牌号码,她住在几号楼?要不要这个时候上楼?本来约好在自己家见面,这么出现在她面前,是否显得很唐突?孙祉鑫猫在一棵香樟树后,徘徊许久也没出来。他想过离开,可是又不甘心。

就这样一直等着,等着,过了30分钟,那个身影又款款出来。想这样迎上去,脚步都开始挪动,可是大脑内即刻发出一条指令:隐蔽!立即隐蔽。孙祉鑫把身子侧在树干后,直到那个身影消失。

正巧有人进入陈雨婷居住的6号楼,孙祉鑫跟着那人进去。一路问过去,终于来到这扇老旧的房门前。门口放着一些多肉植物,似乎近期刚浇过水,不过褶皱的茎秆,控诉着主人对它们疏于照顾。一个人,如果种植的植物生存状况不好,只有两种可能:一种是为人处事比较随意、大大咧咧,不注意小节;还有一种可能是近来情绪不好，根本没心情去伺候花草。

　　陈雨婷不算前一种人，她在近期遇到了什么麻烦？这些瘦瘪的多肉植物，仿佛让孙祉鑫看到受伤的她。他透过开着的窗户朝屋里张望，也是乱糟糟的情景。

　　"你是谁？在做什么？"也许孙祉鑫朝房间里探头探脑，引起这位戴着红袖章大妈的警觉。

　　"您别误会，我是这个女孩的朋友。"

　　"既然是朋友，为什么如此鬼鬼祟祟？"

　　"路过这里顺路看看她，不巧她不在家。"

　　孙祉鑫好不容易摆脱大妈审讯式的盘问。当他怅然若失地看着那棵香樟树时，接到陈雨婷打来的电话。

　　他们终于可以见面了。

　　孙祉鑫把陈雨婷整整看了几分钟，仿佛他们分别的时间不是一年多，而是三生三世。他激动得红了眼圈，哽咽着说不出话。

　　那些旧时光已远去却又再相遇，埋藏太多不忍卒看的记忆。这场重逢真是一个奇迹，就像撒哈拉沙漠迎来一场百年未遇的甘霖。孙祉鑫是陈雨婷今生未完的相遇，倾尽佳话执笔，绘一场风花雪月，浅相遇，薄相知，淡相忘，只问浅笑安然，不问花开几许。

　　陈雨婷的身子也在微微颤动。太想找到这个人，这样失踪的妹妹就能回到身边。孙祉鑫刚才描述的那位女生，不就是朝思暮想的陈雨珊？看来，妹妹并未远离自己，也许就躲在自己视线之外的角落。只是由于某种原因，暂时不能出来与自己相认。

她清楚妹妹非常恨自己，恨之入骨，但她们终究是亲姐妹，血浓于水，这点误解肯定能化解。

寻觅到孙祉鑫，得知失踪多日却又忽隐忽现的妹妹的消息，也不枉这一天状况连连。

5

命运真是奇妙，一次次将陈雨婷和孙祉鑫拆开，又一次次让他们相聚。

那时，陈雨婷还住在那个小镇上，拥有着一个表面完整的家。隔壁搬来一户新人家，平日里深居简出，基本上不和周围邻居打招呼。"这户人家有问题，雨婷、雨珊，你们不要随便和他们搭讪。"陈雨婷和妹妹素来以听话著称，父母的嘱咐他们自然照办。

有一天放学回家，陈雨婷和妹妹陈雨珊看到隔壁神秘人家大门打开。一个和她们岁数差不多的男生从门里出来，手中拿着一个空玻璃瓶。陈雨婷想拽着一脸好奇的妹妹钻入屋内，那个男生发话了："请问附近有小杂货店吗？"从他手中的空瓶判断他是去杂货店打酱油之类的调味品。这些家务活，父母偶尔也让她或妹妹干过。

父母的叮嘱让她有些迟疑，要不要回答这个问题？看着这张和自己一样稚嫩的脸庞，与想象中的坏人扯不上关系。她给男生指明方向，男生非常礼貌地感谢。等男生走远，妹妹忽然说："姐姐，爸爸妈妈不让我们和这家人说话，你刚才？"

陈雨婷急忙捂住妹妹的嘴："今天的事，你别和爸爸妈妈说，免得他们不高兴。"妹妹尽管不乐意，撅了撅小嘴巴，还是点点头。

那天要完成一篇作文，题目是《一件让人印象深刻的事》。很自然，当天的经历成为陈雨婷笔下的素材。当时她不会想到，这篇作文的主人公会和她产生如此之多的交集。

第二天上课前，老师把一个浑身黑色的男生领进来。同桌对陈雨婷轻轻咬耳朵："黑衣服、黑裤子、黑鞋子，穿着打扮得和他如出一辙。"同桌口中的他，是当时火热的一本青春小说的男主人公。这位男主人公也喜欢黑色，性格高冷，智商极高，是绝大多数女生心目中暗恋的男生类型。

也许对于情窦初开的学生来说，青春小说就是情感启蒙的读物。小镇上有3所初中，陈雨婷就读的一中独占优质的教育资源，绝大多数一中的毕业生都能考上管辖小镇的K市的重点高中。只不过为了保住一中这块金字招牌，老师对学生们的管教极为严厉。这类无益于学习的读物，自然不让在公开场合阅读。

学生们充分发挥自己的聪明才智，明处摆着教辅读物，书桌下藏着借来的小说。当时学生的零花钱不多，这本书定价10块钱，大家都舍不得买。正巧校门口杂货店里有一个小书吧，一本书借阅两个星期只要两毛钱，满足了不少书虫的需求。

陈雨婷从这里读到这本热门的青春小说，读到很多严肃的、通俗的文学著作。这间小书吧，点燃了陈雨婷最初的文学梦想。

他的双手很放松地放在讲台上，视线覆盖了教室内的所有同学，说话的声音也特别洪亮："大家好，我叫孙祉鑫，孙悟空的孙，福祉的祉，三个金的鑫。以后在学习中，还请大家多多指教。当然大家遇到问题，我也会帮助大家。"

这个开场白简短、谦逊，又不失自信。因为个子偏高，他坐在教室最后一排。孙祉鑫在自我介绍结束时，目光不经意间停留到陈雨婷的身上，对着陈雨婷淡淡一笑。陈雨婷恨不得挖个坑把自己埋了，不光是那天的相遇，还有那篇作文中极为写实的文字。

几天后，这篇作文被当作范文在班上朗读。尽管她用了化名，其他人不知道作文中的原型是谁，可是孙祉鑫知道。陈雨婷的头越埋越低，低得只能看见自己的脚面。下课后，孙祉鑫敲敲她的书桌："谢谢你，把我写得这么帅气，我自觉配不上你文中的那些形容词。"留给她的是与那天一样的充满阳光的笑容。

6

没过多少时间，孙祉鑫似乎成了班上多余的人，男生不愿与他为伍，女生也不愿靠近他。体育课的自由活动时间，他被打篮球或踢足球的男生丢在一边，独自在双杠或单杠上展示他的手臂、腰腹力量。课余时间，大家都会谈论一些娱乐界的明星绯闻，班上或其他班某某男生和某某女生的八卦。谈得最起劲时，只要孙祉鑫一进教室，大家似乎是达成默契一般，谈话戛然而止，用一种诡异的眼神扫过他的身体。

他能感受到这份"特殊待遇"，倒也不低头、不自卑，从这些"同盟者"身边经过时，故意把头抬得很高。

他在什么地方惹大伙不高兴？陈雨婷从班上那位"消息灵通人士"的口中，得知他的特殊身世。

"他的妈妈在外面和野男人跑了，爸爸被活活气死。他是个没人要的野孩子。"十几岁的女生，对于婚姻家庭懵懵懂懂。这位同学说出这句话时，仿佛孙祉鑫犯下了不可饶恕的罪过。

被母亲抛弃，随后又成为孤儿，没看出这张带着笑容的脸庞背后，竟有如此悲惨的身世。

这些都是真的吗？孙祉鑫知道自己的身世吗？

或者这些，只是口口相传的谣言？

陈雨婷的倔劲上来了：你们不和他接触，我偏要贴近他。

一个月后的春游，陈雨婷主动坐到孙祉鑫的旁边。单就这个举动，就引发班上同学的一阵骚动。陈雨婷绕了很大一个弯子，总算切换到她想了解的内容。

孙祉鑫清了清嗓子说："哎呀，你没必要弄得这么麻烦，不就是想知道我亲生父母的情况吗？这个我可以告诉你。"

他讲的内容和那位"消息灵通人士"出入不大。陈雨婷非常惊诧：如此让人难以接受的事实，他居然可以讲得这样云淡风轻。他只是一个15岁的少年，却有着35岁甚至45岁的成熟。

"我的养父母执意要搬家,让我转学,就是想让我避开那个环境中的流言蜚语。他们想得太简单了,我还是没躲开言语攻击。班上有一个我的小学同学,没想到她在我之前转学到一中。"

"你的养父母是？"

"我妈妈的妹妹,我的亲姨。"

看来,孙祉鑫的阳光是有原因的。养父母爱他,为他遮风避雨,让他走出那个破碎家庭带来的阴霾。但是陈雨婷不能领悟：即便是孙祉鑫的养父养母再爱他,也不能化解他失去亲生父母的痛楚。只是这些伤痛,被孙祉鑫压抑在意识深处,就连他自己也无法觉察。

异类的日子很难过,陈雨婷的行为引起其他同学的反感,有人好心提醒她离孙祉鑫远一点,免得成为人见人厌的"孙祉鑫二号"。就连孙祉鑫也这么说,他不希望自己牵连这个女生。可是陈雨婷的脾气很倔,宁愿成为第二个被别人孤立的对象。

那天放学后,教室里只剩下他们两个人。陈雨婷对孙祉鑫说,我已经是孤家寡人,你要对我负责。面对"负责"这个含义颇深的词,孙祉鑫的目光勇敢地迎上来。两人的视线在空中相遇,一种奇妙的化学反应在此期间发生。他们都带着理智,深知学习对于自己的重要性。等到进入大学,他们就可以光明正大地相处。当前最主要的任务就是考进他们自认为最好的高中。

他们的目标是升学率在省内排名第一的K市一中。

只是后来,孙祉鑫在中考前搬走了。这个消息,就连陈雨婷这个喜欢过他的人，孙祉鑫也未提前告知。望着隔壁新搬来的人家，陈雨婷又流泪了。她发现，自己对这个哥哥产生了依恋。

记得父母离婚的那天，妹妹陈雨珊跑得没有踪影。寻不到妹妹的陈雨婷，失魂落魄地走进孙祉鑫家的院子。正巧孙祉鑫在浇花，陈雨婷顾不上他的感受，直接扑在他的怀里，哭得非常肆意。这种畅快就连和妹妹在一起时都没有过。

他为她擦干眼泪，点了点她的鼻子，温润地说："我知道你很伤心、很难过。不过现在，有一个比你更惨的人在你面前，你不是世上最倒霉的人。"

原以为这个和自己一样倒霉的人，会和自己一同进入K市一中。可是他食言了，"无耻"地食言了。

陈雨婷并不知道，孙祉鑫一再拖延离开的时间，就是希望等到陈雨婷回家。养父母为孙祉鑫请了一天假，即便搬家过程中他根本帮不上忙。也许他们通过某种途径得知，这个孩子喜欢上同班的一个女生。他们害怕这个孩子被冲昏头脑，执意不让他去学校与女生道别。

这天，陈雨婷鬼使神差地晚回家。孙祉鑫带着遗憾坐在候车大厅的座位上，他还欠陈雨婷一个道别，哪怕这辈子只能天各一方，一声道别也好过这样默默地离开。

和两人当年渴望考上一中相似，陈雨婷和孙祉鑫都期望能再次遇见对方。也许他们中间有一条纽带，一条连无坚不摧的时光剪刀都无法剪断的纽带。

两人在孙祉鑫的住处对视许久，终于孙祉鑫开口说话，夹带着颤音："雨婷，你还活着，我还以为你……"

"那天和你在一起的，是我的妹妹。"

"看来记忆欺骗了我。你活着就好，比什么都好！我一直在等你，等你原谅、接受我。给我一个机会好吗？"

"我是来应聘你的助手的。"陈雨婷强行压制内心不断涌起的各种欲念。

孙祉鑫把身体凑过来，将陈雨婷逼到墙边："你还不能原谅我吗？我知道，当时我的做法确实不妥。可是不这样，你的妹妹只会越陷越深。我不想看到她被痴恋嫉妒的黑洞吞噬，不想看到你为妹妹的堕落伤心。"

7

时间回到7年前，当时孙祉鑫、陈雨婷姐妹还在F大的象牙塔内。自从中考前搬家后，姐妹俩有6年没见到这个"邻家男孩"。孙祉鑫变得越发成熟，而陈雨婷姐妹也出落得愈发俏丽。

妹妹陈雨珊因为孙祉鑫的再次出现性情大变。以前姐妹俩有过一些矛盾，不过属于"床头吵，床尾和"的小矛盾。当孙祉鑫划过她们的夜空，陈雨婷有过动心，但她始终把他当作哥哥，家庭变故、前男友背叛的伤害，都让她离这个男生渐行渐远。哪怕他的爱情攻势再猛烈，她也很难找回年少时炽热的感觉。倒是陈雨珊逐渐在孙祉鑫的泥淖中无法自拔。

她开始拼命接近孙祉鑫。她清楚姐姐以前喜欢过这个男生，陈雨婷在姐妹俩的卧谈会上说起过。至于姐姐口中的不在意，她片面地认为是言不由衷，正话反说。对于大多数女生来说，越是在乎的人，表面上越会故意不当回事。作为孪生姐妹，陈雨珊在心里暗笑：这点儿小伎俩就想骗过自己，太小看我的智商了吧。

她要把姐姐喜欢的人抢过来，只不过在抢人过程中，她越来越发现孙祉鑫身上的魅力。

爱情就是这么残酷无情。越是你喜欢的人，他偏偏不喜欢你。陈雨珊的痴情，不能激起孙祉鑫心中一丁点儿的感觉。她按照恋爱秘籍故意创造的情境和桥段，被孙祉鑫逐一识破。厌恶、嫌弃、鄙视……孙祉鑫用尽一切办法，让这个被爱冲昏头脑的女生死心。

可是陈雨珊已经停不下来。她上了这艘"贼船"，不可能再回头。

半夜，还在教室通宵看书的孙祉鑫，突然得到陈雨珊要自杀的消息。他叹了一口气，慢悠悠地收好书本和笔记本，朝着陈雨珊的宿舍赶过去。

陈雨珊第一次登上楼顶。这里风有点儿大，患有恐高症的她，如果不是为了他，打死也不会来这种地方。时间一分一秒流逝，她近乎绝望、沮丧：难道连自己的死，都不能让他回心转意？

好在他还是来了，这场自编自导的闹剧还要演下去。

陈雨珊狂野地嘶喊，揣着一颗跳得胜过兔子的心，拖着两条已经软得没有力气的腿，一步步来到楼顶的边缘，她恐惧意外发生，那可真就便宜了姐姐。可是如果她不将自己置于危险的绝境，就不可能挽回眼前这个男人的心。

孙祉鑫站在原地不动，仿佛身后就有一架摄像机，眼前不过是剧本设计好的镜头。他厌烦地说："你闹够没有？明天还要上课，我也累了，还是快下来吧。我料定你没有去死的念头。"

"我还上什么课？没有你，上课还有什么意思？上大学还有什么意思？活着还有什么意思？你说我不想死？好！我就死给你看。"为了达到破釜沉舟的效果，陈雨珊连用3个"什么意思"。同时，她迈出一只脚悬在半空。

她多么希望这个男人会从身后抱住她，不断地说："宝贝别这样，是我错了，我道歉还不行吗？"可是孙祉鑫哪会顺从她的意思："你的演技真差，我没兴趣继续看你这场拙劣的演出。"

"孙祉鑫，你不是人。我都这样了，你难道没有一点儿同情心吗？我在你心里，难道没有一点儿位置吗？"陈雨珊继续使用排比句式。

"你就是死了，我也不会掉一滴眼泪。我走了，至于你想不想跳，随意。"

陈雨珊愣在原处。

孙祉鑫开始往回走，走到一半停下来，漫不经心地掏出手机，悠然地拨通一个号码。通话后，他对石化的陈雨珊说："我要让你见一个人。"

20多分钟后，陈雨婷稀里糊涂地出现在楼顶。她不知实情，问孙祉鑫遇到什么麻烦。孙祉鑫一把将陈雨婷搂在怀里，当着陈雨珊的面亲吻陈雨婷。

"孙祉鑫，我恨你，我要你死，立刻死，永世不得超生。"陈雨珊愤愤离去。

陈雨婷这才清楚孙祉鑫叫自己来的目的。她指责孙祉鑫："你不该这么伤害我妹妹的自尊，毕竟她爱你爱得这么深。"

孙祉鑫来到楼檐边，楼底下陈雨珊依偎在一棵树旁痛哭流涕。他振振有词地对陈雨婷说："她能体会我的感受吗？被一个不喜欢的人疯狂追求，换作是你，你会接受吗？"

"这句话同样适合我和你，我也不能接受和你在一起。"陈雨婷在妹妹面前道出此言，也算挽回她的一些面子。

孙祉鑫的表情开始忧郁，呆立在原地。

8

记忆的帷幕合上，再次回到孙祉鑫的住处。

"我理解你当时很为难，我妹妹把你逼得很紧，让你左右为难，可是……"陈雨婷故意躲避孙祉鑫灼灼的视线。

"可是什么？"孙祉鑫反问。

"不聊这个好吗？给我，也给你一些时间，让我们对于未来、对于我们之间的关系，有个清醒、完整的思考，肯定要好过仓促的决定。"

陈雨婷理性的态度，让孙祉鑫从炽热的爱恋中惊醒过来。自己这是怎么了？平时对待任何事物都能做到冷静理智，怎么一到陈雨婷面前，就会切换到另一套思维模式，变得像孩子那般冲动、非理性？还是要镇静下来。

孙祉鑫搬了一把椅子给陈雨婷，也给自己搬了一把。陈雨婷坐下来以后，缓缓地说："我想知道，那次车祸你醒过来以后发生过什么？"

这是孙祉鑫不愿意面对的提问。顷刻间，仿佛有钝器击中头部，让记忆陷入紊乱状态，让肉体和意志分离。他只能走在这条幽暗的隧道中，朝着前方那个光点摸索。

他醒来的第一时刻，带着错误的记忆，询问身边的医生和护士："和我一起进来的陈雨婷，现在脱离了危险吗？"

他努力去拼接思维的碎片：就在那个弯道，对面有一辆大巴车疾驰过来。他转弯躲闪，车子骤然失控，以极快的速度从山腰坠落。凛冽的山风从开着的窗户灌进来，吹得他睁不开眼睛。尽管有草丛的缓冲、有安全气囊的保护，他还是伤得不轻。陈雨婷的身体不太好，能承受得起这么大的冲击力吗？也许，她在隔壁的抢救室，也许……

医生的话让他差点儿坐起来："救护车只送过来你一名伤者，哪有陈雨婷？"医生说的是实话，孙祉鑫的车从山上坠落，砸到一名正在忙碌的采茶女。那个女生当场身亡，不过她的名字并不叫陈雨婷。

搜救人员还未找到陈雨婷？这可就麻烦了，灾难的黄金救援时间是72小时，现在早超过这个限期。即便陈雨婷还活着，如果不能被救援人员发现，找不到吃的、喝的也会被渴死、饿死。

他越想越哀痛，只是脸部缠着绷带，连哭泣的机会都没有。所有负面情绪积聚在内心，如同一个正在病变的肿瘤。孙祉鑫的精神状况极不稳定，医生只能为他注射镇静剂。

镇静剂维持了一段时间的平静，孙祉鑫的状况再次出现恶化，医生甚至下了病危通知书。就在悲伤的多米诺骨牌效应达到顶峰阶段，有两个女人来到他的身边。一个是年纪大的，眼中满是怜惜，还有一个是年轻的，怎么和陈雨婷长得这么相似？

孙祉鑫重新拥有活下去的勇气。他想看清楚这两个女人的模样，特别是那个年轻的女人。她们不该是幻觉，没有如此真实的幻觉。他想握住她的手，却被轻轻推开。

想到陈雨婷已经死了，幻觉的可能性似乎更大一些。

这些讲述，勾起陈雨婷陪护昏迷不醒的孙祉鑫的一些记忆。原来他还有残存的意识。原来他这么在乎自己，甚至在乎到顾不上自己的生命，也要关心她的安危。她只能按住心中那只躁动的"小猫"，将话题转回到心灵小组上："作为你的助手，我想了解你创办这个小组的初衷。"

这个绕不开的问题，孙祉鑫愿意坦诚相告。

这个心灵互助小组，主要针对饱受抑郁、焦虑等心理问题困扰的人群。网上有数据显示,国内抑郁症患者高达9000万,每15个人中间就有1个;至于焦虑,更是将"黑色的披风"覆盖在众多的人群身上。这些心理问题不像生理疾病那样来势凶猛,却能在日积月累中展现出自身实力,属于"钝刀子杀人"。等人们意识到麻烦,通常很难摆脱它们的魔掌。

抑郁和焦虑相互交织。除了自身原因,外在因素同样不可忽视。说到底,就是缺少一个解压阀。国外有发泄室,还有各种途径提供给人们宣泄内心负面的情绪。在国内,抑郁和焦虑常常被人误解,甚至被当作精神失常。哪怕受到负面情绪的侵害,人们的首选就是隐藏真实想法,将自己伪装得坚强、乐观。

每个笑容的背后,是否真的藏着一颗欢愉的心灵?也许微笑的另一面是低沉的、悄然的哭泣。

孙祉鑫参加过国外一些心灵互助小组,那是一些自发性的小团体。通常由资深心理咨询师等精通心理学的人士发起,身边积聚一批渴望脱离苦恼的组员。他们定期开展活动,互相倾诉衷肠。倾诉过程中,由心理咨询师分析负面情绪背后的情结,找出被当事人忽略的心灵创伤。

其实很多精神上的痛苦,只是一种表现形式。而在痛苦背后,藏着一个被压抑的情结。这个情结和每个人的成长环境、家庭背景以及父母教育方式有关。也许只是童年时父母一次不经意的伤害,就会在内心埋下一颗心灵"炸弹"。这颗"炸弹"引爆的时间不确定,特定的情境会点燃它的引信。

由于相隔的年代久远，人们通常无法从一团"心灵乱麻"中找出线头。心灵小组，就是帮助人们理出头绪。相比一对一的心理咨询，这类团体交流能屏蔽心理咨询师可能带来的二次伤害。因为心理咨询师也是人，既然是人便会带有情绪、带有偏见。有时候，这些情绪和偏见可能会伤害到咨询者。

这些心灵互助小组，确实起到了非常重要的作用。那段时间，孙祉鑫误以为陈雨婷离世。即便多年深受心理学的浸润，一旦应激事件降临到自己身上，理智同样会隐退，无序和歇斯底里会乘虚而入。好在那个心灵互助小组施以援手，让他安然度过这段人生最黑暗的岁月。

对着这些素不相识的人，孙祉鑫声嘶力竭地说出那些憋了许久的话。一直说到虚脱无力，他躺倒在地上，一把眼泪、一把鼻涕地抽动。蒙眬中，感觉很多双手轻柔地抚摸自己，一股股暖流从不同方向进入体内，仿佛回到初生婴儿的阶段，这份温暖持续了很长时间。

孙祉鑫想把自身能量传递给更多被现实伤害的人。可是国内没有类似的小组，这让他有点儿失望。失望之余，想到自己可以创办这样的小组。

9

春末夏初时节，天气开始变得闷热。接二连三的降雨，没能给人们带来清凉，反而让空气能拧出水分。陈雨婷和孙祉鑫从有空调的室内出来，走在阴沉沉、潮湿闷热的室外，不一会儿汗水就浸透了衣裳。

她和孙祉鑫忙活了一天，从远郊回到市区，再从市区出发去近郊，东南西北跑了4家企业，只为获取对心灵小组的赞助。这些人表面上特别客气，盛赞孙祉鑫热心公益，随后谈到作为一家有社会责任的企业，他们有义务帮助这样的热心人士。

前面的会谈看上去颇有成效。谁料对方话锋一转，询问在小组活动开展过程中，能否植入一些关于他们企业产品、业务的介绍，适时向社会大众发布。

心灵小组的活动带有私密性，一般不向社会大众公布活动情况。即便为了某种需要，比如社会调查、研究，也必须征得全部小组成员的同意方可实施。孙祉鑫讨厌被资本裹挟，反感成为资方手中的玩偶，拒绝植入广告，这是他必须坚守的底线。

对方收回刚才的热情，一再强调公司目前在资金方面有些偏紧。只要熬过这段瓶颈期，一定对这个项目鼎力相助。

来到最后一家公司所在的商务楼，陈雨婷忍不住对孙祉鑫说："你身边有什么土豪朋友吗？去找他们吧，免得再受这些窝囊气。"

"人生就是用来受气的，没有气，我们连几分钟也活不下去。"孙祉鑫自嘲地回答，他有过找巩志杰帮忙的想法。可是这位土豪哥哥去世界咖啡大赛做评委，为了竞赛公平起见，在此期间手机不能接听。从初赛到复赛再到最后的决赛，这项比赛前后持续近两个月。只剩下最后一家企业，实在不行再去找这厮。

只是让陈雨婷跟着自己受累，孙祉鑫有些过意不去。

这家商贸公司的老板忙着开会、见客户，把陈雨婷和孙祉鑫晾在会议室，只用陈年旧茶招待他们。这些摆谱都可以接受，谁让他们有求于对方？

这位老板身体肥硕，脑袋像煮熟一半的胖老板，好不容易千呼万唤始出来。他没有关于姗姗来迟的客套话，一屁股坐在椅子上，歪着头说这个项目的想法不错，让孙祉鑫详细阐述活动策划和项目预算。坐在老板身边的是他公司的市场部总监，不时打断孙祉鑫的陈述，对策划方案中的内容吹毛求疵。

反观这个胖老板，眼睛没有一刻离开手机，不时语音回复他的客户。孙祉鑫结束陈述，市场部总监用请示的眼光看着老板，他还沉浸在繁忙的业务往来中。

"周董，凯鑫公司的赵总正在贵宾室。"秘书敲门进来。

胖老板抬起头环顾四周，用手指了指孙祉鑫和市场部总监："我有事，你们先谈！"

孙祉鑫收好纸质版策划案，关闭笔记本电脑上的PPT页面，站起来说："周董，我想说的都说完了，您的意见？"

"我还有重要客户，等我接待完再回复你们。"胖老板出去不久，这位市场部总监也被叫了出去。

会议室只剩下孙祉鑫和陈雨婷。

陈雨婷去了一趟洗手间，正巧路过贵宾室。透过门缝，里面只有胖老板和市场部总监。陈雨婷停住脚步向四周打量,走廊里空无一人,她就猫在贵宾室的门口。

胖老板一拍桌子,发出很响的声音:"老子的每一分钱都是辛辛苦苦挣来的,他一开口就是100万,眼睛都不眨一下,以为老子这里是慈善中心?"

"周董息怒,我觉得这个项目有创意,能吸引大众的眼球。只要包装、营销措施得当……"

对方朝门这边走来,陈雨婷赶紧闪开。

"我们还要考虑考虑,毕竟……"与刚才的粗鲁无礼相比,胖老板在此刻完全变了一个人。

"是不是考虑如何帮你们公司赚钱?"陈雨婷的话,直接让胖老板和市场部总监的脸色发绿。

从这家公司出来,陈雨婷的脸上还挂着怒容。人可以穷,可以过得不如意,但是不能与这种沾满铜臭的人为伍。

孙祉鑫的手机响了。

"听说你要办什么心灵小组?想法不错、勇气可嘉!不过是不是有些自不量力?就凭你这个撮鸟,能让人脱胎换骨?"

"你是谁?和我说这些,想表达什么意思?"即便面对如此挑衅,孙祉鑫还能使用这样中性的词汇。

"别管我是谁,不过在今后某个时候,你一定会知道我的名字。这个破心灵小组也会麻烦重重。哈哈哈……"对方在一阵狞笑中挂断电话。

"报警吧,让警察把这个垃圾抓起来。"陈雨婷怒道。

就在此刻,第二个电话打进来。

"这家伙还想怎样?孙祉鑫,别接。"陈雨婷按住孙祉鑫的手。

孙祉鑫冲陈雨婷使了个眼色,她的手慢慢地松开了。

"明天,我们老板想见你。"对方只留下这一句冷冰冰的话。

第三章
前方现曙光

1

两个神秘电话，搅得这个晚上不再安宁。

陈雨婷当即反对孙祉鑫去见那个"老板"。在她心中，前面恐吓他们的人与后来不肯透露身份的人，都是一伙不怀好意的歹人。

"放心，见面地点在市中心最热闹的地段。即便他们想对我下手，也不会选择这种作案地点。"尽管从常理上来说，此行凶险的可能性不大，但是不能完全排除危险系数。为了安全起见，他不让陈雨婷和自己一同前往。

陈雨婷非常不乐意："我是你的助手。"

孙祉鑫轻轻地捋了捋她被风吹乱的头发："我担心你一冲动……"

这次陈雨婷倒没有发火："这次我不会冲动。"

翌日一早，出租车停在大厦门口。陈雨婷刚准备一起上楼，孙祉鑫就将她往后推:"你还是别上去了。万一真有危险,你还可以通风报信。"

"那我更要上去。"

"听话。"孙祉鑫的口气不容置疑。

陈雨婷望着孙祉鑫上楼,仿佛是两人此生的诀别。她越是克制对孙祉鑫的感情,越是发现这种防御机制在某些时候是无效的。

但愿他无事!

交流非常顺畅,听完对方的表态,孙祉鑫还在质疑这一切的真实性。

前面十多位企业家,他主动把热面孔贴上去,迎接他的是鄙夷、不屑,还有一副"利益至死"的丑陋嘴脸。这位叫魏亚玲的女老板,不仅主动联系自己,还愿意豪爽地赞助心灵小组活动的全部经费。

孙祉鑫怀疑豪爽背后附带着利益诉求,完全免费的午餐让他不安。对方觉察出孙祉鑫的心思,带着他参观公司。这里是魏亚玲公司的总部,全国各地还有十几家分公司,每年的营业收入数亿元。人有了钱就会考虑更高层面的需求,为他人、为社会做点实事。这正应了马斯洛的"需求层次理论",满足生存、安全等基本需求,人会追逐自我价值实现这个更高层次的需求。

就在过道上,孙祉鑫和魏亚玲遇见一个穿着阿玛尼西装的男人,身上散发着古龙水的味道。他的右手食指上戴着一枚铂金镶钻的戒指。从他的举止穿着上，就能猜出他是这家公司的高管。

这位高管看看魏亚玲，又看看孙祉鑫，将一沓报表塞到魏亚玲的手中："魏总，公司正值发展之际，钱要花在刀刃上。"

"钱花在刀刃上"，这句话就是针对他这个外人说的，潜台词是钱不该花在心灵小组这个公益项目上。对于此人的反对，魏亚玲显然早有准备："姚峻峰，请注意你的头衔前面还有一个'副'字，要不要我把你叔父的遗嘱再拿出来看看。"

姚峻峰攥紧拳头，眉毛拧成麻花，脸上的肌肉绷得特别紧。正巧有属下找他汇报，他踩着铿锵的步点离开。

魏亚玲刚回到办公室，又有一个中年人敲门进来。他递上一份报告，大概有十几张纸。魏亚玲粗略瞟了几眼，就发现几处明显的错误。孙祉鑫就在身边，她不方便训斥下属，婉转地说："老方，是不是最近家里遇到事情了？看你有些魂不守舍。"

这位方总监擦了擦额头上的汗珠，声音很轻地说："魏总，对不起，我不该把情绪带到工作上。"

"你是元老，这些年为公司做了这么多贡献，我和已故的先生应该对你表示感谢。人都会遇到事情，实在不行，我给你放一个假，调整一下状态。"

"不用了，魏总，谢谢您的关心！"

对于敢于冒犯自己的高管，魏亚玲表现得不卑不亢。现在训斥下属都这么得体，既表达出自己的意愿，又不让下属过分难堪，孙祉鑫对于魏亚玲的第一印象还是非常不错的。

只是魏亚玲的下一步安排，孙祉鑫实难从命。

她想安排孙祉鑫在她的公司中担任重要职务，毕竟他是哈佛大学的心理学博士，完全能胜任企业管理的需要。只是她表面上这么说，心中的真实想法还不便在这一刻点破。

"谢谢魏总好意，眼下我只想着做好心灵小组。"

魏亚玲给了孙祉鑫一辆730Li尊享型宝马车、一处面积超过200平方米的场所作为他的工作室。对于后者，孙祉鑫没有过多推辞，只是那辆宝马车让他有些不安。魏亚玲把车钥匙硬塞到他手中："你配得起这辆豪车。"

孙祉鑫走后，魏亚玲从办公桌的抽屉里，取出一张男孩子的照片。照片是在一家肯德基餐厅内拍摄的，面对香喷喷的炸鸡腿、薯条，男孩子吃得非常欢快、毫无顾忌。就在他嘴角上、手上满是油腻之时，拍摄者悄然按下快门。她又从另一个抽屉中翻出一张纸，是一家医院的检验报告。对着报告上的一串数字，她凝视着、思索着。

2

孙祉鑫喜欢低调，如一株外表不起眼的白杨树，默默扎根，悄悄成长，为往来路人遮挡风沙。他没在各类媒体上大张旗鼓地宣传，只在略显小众的豆瓣网上发布一则招募启事。正如他用招募启事迎回日夜思念的陈雨婷，他相信缘分，相信这条不足200字的启事，会迎来真正有寻求帮助愿望的组员。

整整半个月，终于来了第一位报名者。

接到这个电话，孙祉鑫的面前放着一杯玫瑰红的葡萄酒。他喜欢葡萄酒的味道，浓烈但不刺激。经常熬夜的人，肠胃或多或少都有问题。每天小酌一杯，既能满足雅兴，又能起到保护肠胃的作用。这次品酒，却被这个叛逆的小男生打断。

"我在水深火热中生活了十几年，父亲这个专制暴君，剥夺了我的全部自由。我要让他身败名裂！"年轻人难免有冲动和不成熟，孙祉鑫也是从那个时期走过来的。他有过叛逆期，那期间看什么都不顺眼。叛逆是幼稚走向成熟的过渡期，每个人终将会放下怨怒，走向平静。就像现在的孙祉鑫，不会轻易让某件事搅扰自己的情绪。

即便对父母有意见，也不至于将其比喻为暴君。如此畸形的父子关系，绝非一朝一夕所能形成。孙祉鑫优雅地放下酒杯，耐心地听对方讲完故事，随后说了一句意料之外的话："你有过抗争吗？"

那边沉默了几秒钟："当然，是个人都有脾气，有几次我走在死亡的道路上，很不幸被那个暴君拦了下来。不然，今天也不会和你通话。"

"希望心灵互助小组，能帮你找到解决问题的办法。"

"我不指望找到办法，只是在临死前把想说的话都和陌生人说出来。有时候，陌生人比亲人更值得信任。"

小男生的最后一句话，讲得有哲理意味。和熟人说话，心中难免顾虑重重,担心某句话给自己带来麻烦。

如果说上一个报名者过于亢奋,那么这个男人窝囊得前所未有。

"孙博士,您好!不好意思,冒昧地占用您宝贵的时间。我这个人就是钦佩有文化的人,对于您海外留学的经历和渊博的心理学知识,我佩服得五体投地。如果有机会,希望能当面聆听您的教诲。"如果不是孙祉鑫打断朱丞聪,估计肉麻的恭维说到明天也不会结束。

"我不想听你的赞美,说说你自己吧。"

"我都不好意思说,我现在和今后的人生,已经被两个女人'挟持'。这两个女人,一个是我的妻子,另一个是我的老母亲。"

人们都以为被恶婆婆欺负的小媳妇很可怜,其实夹在母亲和妻子之间的"三夹板丈夫"更值得同情。两个女人,对他来说都不可或缺,天平不知该往哪一边倾斜。左右摇摆之间,引来冲突双方的不满。

"我的一只脚已经踏入死亡之河,另一只脚什么时候踏进去,就看阎王的兴致。"郑浩轩在电话里的描述,让孙祉鑫嗅到死亡的气息,还有医院太平间里福尔马林消毒水的味道。

"她像吸食海洛因的瘾君子,一忙起来就没时间。经常看到她在朋友圈里喊累,时不时蹦出'我有永久睡去的趋势'这类极端的言辞。真担心有一天,她会将这些玩笑话变成现实。"罗夕瑶,创业者一枚,拥有大多数女人追求的财务自由。可是事业上的压力,就连这位"女汉子"也不堪重负。替她报名的是闺蜜,也许在旁观者眼中,她的"病"确实得治治。

拥有一份安逸工作的黄墨萱用低沉的语调说:"我是一颗被理想和现实不停抽打的陀螺,转了很多圈依然在原地打转。我没用,是个不能改变任何状况也不敢去改变的懦夫。每天的工作和生活,在我眼里只有灰霾和无意义。我的人生,就是在不断挣扎中走向死亡。"

8位成员的故事,在一张张白纸上铺陈开来。他们的讲述凌乱,甚至前后有逻辑矛盾。放下这些通话记录,独自来到阳台上,孙祉鑫望着头顶上那轮明月,天上没有云,深蓝色的夜幕上,散布着很稀落的几粒星点。月光撒下来,给这座沉睡的城市轻轻涂上了一层薄粉。

每个人的心中都有一个黑洞,或大或小,一旦失去控制就会吞噬快乐和希望。当这个黑洞从里到外包围我们,该如何从里面爬出来?

以前是参与者,现在是组织者,孙祉鑫的内心难免有些忐忑。

幸好这个时刻,他的身边有陈雨婷。

3

对某件事专注、精益求精,这点孙祉鑫和她的前男友非常相似。与孙祉鑫重新相逢,陈雨婷总是有意无意地将这两个男生进行比较。

在感情上，孙祉鑫会不会像前男友一样，无情地抛弃自己？也许这一秒还十指相扣，下一秒只能独自黯然神伤。一转身、一回头，或许就是一辈子的情伤。

陈雨婷有过一段刻骨铭心的恋情。这场恋情是一根刺，深深地扎进体内。

她不是那种能被轻易打动的女生。父亲无情的出轨，母亲对于男性的负面评价，让她从小对异性怀有挥之不去的戒心。好不容易有个男生，用他的真诚、宽容、体贴走进她的世界。陈雨婷见过男生的父母，准备在研一时的暑假把男生领回家让母亲瞅瞅。

就在两人准备赶赴小镇的前一天晚上，男友说要出去买点儿陈雨婷最喜欢的绿豆糕。出门前，他忽然对她笑起来，陈雨婷有种不安，这笑容中带有不着痕迹的伤感，似乎预示着离别。

陈雨婷撒娇不让他出去，还说自己已经不喜欢吃绿豆糕了。男友以为她在考验自己，关照她不要忘了喝下专门为她熬的红糖水。陈雨婷时不时会痛经，红糖水几乎是她的救命水，更是男友为她私人定制的营养汤。

她不再阻拦，回到电脑旁，屏幕上正在播放一个以悲剧收尾的韩剧。

她为韩剧中的男女主人公的命运哭得梨花带雨，却突然接到警方打来的电话。她这才想起来，他已经出去快两个小时了。小区楼下就有便利店，买个绿豆糕根本不需要这么长时间。

那天在医院的场景，陈雨婷已经记不清楚。只记得白布蒙上他的头部,她哭得晕了过去。

男友在路上遇到一伙歹徒打劫一对母女。那天他在与歹徒搏斗的过程中身中数刀。由于失血过多,医生和护士没法让他的心电图"再起波澜"。

第一个值得她相爱一生的男生,竟以这种悲惨的方式结束短暂的生命。

可当得知男友晚上急着出去的真正原因,陈雨婷差点又晕过去。

原来他是去见初恋女友。

一年前,初恋女友和一个富二代出国,与他分手。就在这天早上,初恋女友从国外回来,想和他再续前缘。

陈雨婷宁愿不知道这个真相,男友高大威猛的形象瞬间在她心中崩塌。背叛,绝对的背叛。陈雨婷怒不可遏,准备销毁有关男友的一切旧物。

可是看到伤心欲绝的男友父母,她的心还是软下来,没有把事实真相说出来。出于对中年丧子夫妇的同情,她只能继续维护男友见义勇为的英雄形象。

对于每一个正在恋爱的女生来说,你来,我信你不会走。她们都是如此自信,自信到即便真相大白,还在编造宽慰自己的理由。

陈雨婷以为可以将这些流毒都从体内肃清,却发现这些已经扎根,就像一株阴暗世界中的菌菇,越长越大,越长越茂盛。

也许她和前男友的爱情,就像一棵树爱上了马路对面的另一个棵树,如果硬要问到最后的结果,其实根本就没有结果。陈雨婷在此之前还不明白这个故事背后的含义，直到前男友死后，她才懂得：有些恋情，开始就是结束。

陈雨婷和他走在这条路上，这条路通向哪里，谁都不清楚。

可能不久前下过雨，路面上有些湿滑泥泞。双脚踩在泥泞中，每一步走得都很艰难。好在身边还有他，他和陈雨婷相互搀扶，如一对落难鸳鸯，携手走向前方。

突然，他停住了，说了一句，我不想走了，我想回去，回到最熟悉的地方。可是这次远行，不是他提出来的吗？

陈雨婷不肯松开他的手，他硬生生用力甩开，折返身子往回走。才走几步，密密麻麻的人头就阻隔了那个熟悉的身影。

陈雨婷想回去找他。前面的人故意作对，不肯让开一条能容纳她的身体顺利通过的路。

只好用力推开阻拦的人。那些人的身体像石头那般坚硬，脚下如同大树生根，一个也推不开。前面的人也停住了，陈雨婷被困在中间，进不得，也退不得。

此刻，她多么希望身上生一对翅膀。

大地开始沉陷，露出炽热发红的岩浆。前前后后的人，如同孩子爱吃的糖果那样，被自然之力倾倒到地心。

陈雨婷带着笑，随着沉陷的大地，坠入黑暗。

醒来时，周围没有一丝光亮。刚才的塌陷，如同这段时间的沉沦，那般绝望无助。

只因他走了。

也许这是陈雨婷这一辈子唯一一次全情投入的爱情。

4

"你的作品中带着淡淡的忧伤,这种忧伤不是完美结局所能掩盖的。冒昧问一句,现实生活中你是否受过伤害?"这位叫"星如雨"的微信好友,是陈雨婷最近认识的笔友。两人在文学创作上颇有共同点,都喜欢那种含蓄内敛、反映现实生活的文字。

"星如雨"好几次提出线下见面,甚至约好见面地点。只是这些邀请,被陈雨婷用很委婉的方式拒绝了。成为微信好友的那一刻,她就将"星如雨"定格在"精神伴侣"的角色。她不想让"星如雨"走进自己的生活,也没有勇气面对生命在自己身上留下的印痕。

正如日本至今仍未露面的神秘作者美嘉所著的小说《恋空》中的那句话:"如果那时没有遇见你,可能这一生,都不会知道如此爱一个人的滋味吧。"虽然后面知道惨不忍睹的真相,但前男友毕竟燃烧了他的生命,让陈雨婷有了刻骨铭心的爱的体验。这种体验,有一次就够了。也就是从那一刻她把自己包裹起来,不仅认识不久的"星如雨"无法敲开这个心灵结界,就连认识十多年的孙祉鑫都不能。

陈雨婷在对话框内留下一串省略号,既给对方充分的遐想空间,也给自己思考的余地。

她放下手机,凝望窗外F大的校园风景。就像以前读书时,她经常会坐在这家位于人工湖边的咖啡厅,左手边放一本她喜欢的作家的作品,诸如博尔赫斯的《恶棍列传》《小径分岔的花园》《阿莱夫》《死亡与罗盘》《布罗迪埃的报告》,约瑟夫·海勒的《第二十二条军规》,贝克特的《等待戈多》等。

尤其是这本《等待戈多》,陈雨婷读了不下5遍。《等待戈多》表现的是一个"什么也没有发生,谁也没有来,谁也没有去"的悲剧,初读可能会觉得作者和读者开了一个大大的玩笑。只有深入进去,才能体会到人生和命运的虚无。这种感觉,在妹妹陈雨珊失踪后显得尤为强烈。

陈雨婷一直在等待她的"戈多",等待妹妹的归来,等待机会向她道歉。可是她就像小说中的人物,也许永远等不到戈多。"戈多"成为一种符号,一种期盼的符号。她不希望妹妹成为这个符号,也许这个心灵小组,也许重逢的孙祉鑫,会撕开遮在她和妹妹之间的帷幕。

离开F大前,她目睹了一场"惨案"。一只通体绿色叫不出名字的鸟儿,一下子撞上了新建造的研究生大楼。也许在这只鸟儿的记忆中,这栋楼是不存在的。它凭借过去的主观认识飞行,却忽略客观环境发生的变化。

这只鸟儿,多像自己的妹妹。

陈雨婷捡起还在地上扑腾的鸟儿,回到住处为她精心包扎伤口。一个月后，她双手一松，鸟儿振翅高飞，变成蓝天白云中的一个黑点。

心灵小组的首次活动即将到来，陈雨婷凝望着高空中的那个黑点，若有所思。

5

孙祉鑫的心灵工作室装修期间，魏亚玲不止一次打电话关心装修进度。这个奇怪的投资人，投了钱给了场地不算，还这么操心装修的细节，莫非今后她还有什么想法？但凡操心过了头，总会引起别人的怀疑。

魏亚玲确实不带其他自私的想法，可是方总监在工作中接连出错，她说话的口气从温婉变得不那么友善。公司创立初期，方总监就是魏亚玲丈夫的左膀右臂。20多年来，风风雨雨，方总监不离不弃，也算是忠心耿耿的老臣。她再次提出"让他休息"的建议，方总监那双布满血丝的眼睛里，流露出乞求的目光。他不想就这么空下来，魏亚玲读出这眼神背后的意味，心还是软了下来。

再给他一次机会吧，尽管这违背了魏亚玲多年以来的原则。

经过3个月的布置，孙祉鑫的心理工作室终于迎来它的主人。从玻璃门进来，最先映入眼帘的是心理接待前台，高光烤漆，远看如钢琴般豪华大方，近看如水晶般晶莹剔透。接待台上放着一盆绿萝，旁边立着一棵杏叶藤，给访客带来温馨舒适的感觉。接待台背后的墙上，一个大大的爱心，彰显出心灵小组"关爱受伤内心"的宗旨。来到这里，每个人都可以放下怨恨、放下苦恼，找回自信、快乐和幸福。

再往里走是接待室和大厅，北边是沙盘室，五层的柜子上放着几百样物件，就是通过这些形形色色的物件，让来访者展露出内心的真实想法。沙盘室旁是音乐放松教室，里面放着一张舒适的按摩椅，来者平躺在按摩椅上，可以静心欣赏耳机中优美的音乐。往左手边转弯是情绪宣泄室，安放着几个沙袋和假人。有些情绪不能用言语宣泄，只有通过击打这些沙袋和假人，将它们当作痛恨对象，才能彻底排出体内的"毒素"。隔壁的心理测评室，主要通过表格和数据的形式，反馈来访者真实的心理状况。再往里面走是团队活动室，几张圆形的桌子，用颜色不同的桌板拼成，不分主人和客人，大家可以平等地坐在一起。

最里面的是个人心理咨询室。墙壁上，挂着一张大海的油画，画面的左边，海水波涛汹涌，似乎要吞噬一切胆敢擅自闯入的弄潮儿。画面的右边，白色的沙滩上躺着来海边休闲的人。一动一静，仿佛就是人生起落浮沉的写照。油画下面摆放两只沙发，套着淡绿色的沙发套，沙发上放着乳白色的靠枕，沙发旁边的茶几上放着一盆多肉植物和一盒纸巾。沙发对面是孙祉鑫的办公桌，桌上摆放着台历、文具和一盆株型优雅的文竹。所有房间都铺了浅色的地毯，给人温暖、恬淡的感觉。

第一次活动开始前，孙祉鑫带着几位组员在工作室走了一圈。

世界小得像一条街的布景，就在这些组员中，陈雨婷发现几张熟面孔。

赵紫莹就是F大校园中，对孩子摔倒在地上无动于衷，被丈夫认为很"作"的妻子。那天去见孙祉鑫时，陈雨婷问朱丞聪借手机未果，还被正巧路过的罗夕瑶嗤之以鼻。

还有那个叫黄墨萱的女孩，反复打量陈雨婷，似乎有话要说。碍于公共场合，她只好先保持沉默。

陈雨婷心想：会不会她也曾经见过自己，只不过自己把她忘了？

早过了活动开始的时间，众人的脸上开始显露出不悦。

"他怎么还不来？"

"第一次活动就这样，不想来就别来，凭什么浪费我们的时间？"

"别等他了，我们先开始吧。"

面对团队活动室中乱糟糟的局面，陈雨婷忍不住想出来发话，孙祉鑫对她摆了摆手，借口有事将她拽到个人咨询室。这件咨询室兼办公室内，有监控整个工作室情况的屏幕。

"你就是心急，心理学不是巫术，没有未卜先知的特异能力。只有让他们把话说出来，才能在后面帮助他们。"

"就让他们这么说吗？"

"对，这是排毒阶段。"

抱怨接近尾声，孙祉鑫才和陈雨婷一同回到团队活动室："刚才大家说的话，我都听见了。对于郑浩轩迟到这件事，你们会产生几种情绪。首先是愤怒，他郑浩轩是哪根葱，不是领导，也不是大老板或社会名流，凭什么摆谱让我们等他？他不把我们这些人放在眼里，真是一个不懂道理的讨厌鬼。除了生气，你们还会产生好奇心。人的某个行为的背后都带有动机，尤其是让人不舒服的行为，更会去探究深层次的原因。你们在心里问自己，什么原因阻止郑浩轩准时出现在这里？是他故意出门偏晚还是某种突发因素，比如交通拥堵或者意外事故？也许，人的一生都活在探究原因、探究真相的路上。这种人类的本能，大多数情况下对于我们安身立命、为人处世具有很大的帮助。然而有时候真相并不完美，这种苦苦求索会让我们陷入莫名的痛苦中。"

众人不住地点头，注意力聚焦到他的身上，露出还没听够的眼神。

"大家再耐心等候一会儿。我估计10分钟内，郑浩轩必定会到来。"

"孙博士不仅仅是心理学博士，还可以去改行给别人算命。"穿着宝蓝色连衣裙，右手小指戴着一克拉钻戒的罗夕瑶，话语中带着嘲讽。

孙祉鑫的视线，落在罗夕瑶戴戒指的小指上："罗小姐又给我指出一条谋生之路，有机会我可以去试试。顺便说一句，在这个小组中，大家都是平等的，我从不以一个心理学博士或专家的身份自居，我们之间不是老师与学生、医生与患者的关系。如果你们在生活中遇到一些困惑，我愿意和大家一起探讨、一起哭、一起笑。希望通过一年的时间，我们小组中的绝大多数人能找回丢失已久的笑容。"

黄墨萱不自然地搓着手说："真有这么神吗？我听过一些心理学讲座，也看过不少心理学著作，那些表面上看起来非常有用的理论，都不能改变我灰暗无助的生活。或许，我就是那个绝大多数人之外的少数。"

孙祉鑫笑吟吟地说："看来黄小姐对于心理学非常失望，您做过非常多的努力，也想尽快走出目前的困境，这些尝试逐一失败，的确非常令人沮丧。请问黄小姐，您觉得造成现在困局的原因是什么？"

"这个问题应该由您回答，您是心理学博士，肯定比我这个心理学爱好者懂得多。"

"不，只有你自己才能找到这个答案。主动报名参加这个小组，说明你对小组能帮助到你充满信心。不过我对你的帮助，只能是外在的，属于外因。我的职责只是引导，引导你发现原有思维模式中的问题，发现导致内心苦闷的诱因。我相信通过我和其他组员的陪伴，你能找到心灵迷宫的出口。"

"希望如此吧。"黄墨萱努努嘴。

门外响起敲门声。

6

刚进入秋天，天气还谈不上寒冷，郑浩轩却穿了厚厚的外套，和其他人相对单薄的衣物形成鲜明反差。他瞧瞧在座的其他人，一屁股坐到那个空位上，居然一句道歉的话也不说。

"他怎么这样？"赵紫莹小声嘀咕。

郑浩轩一脸无辜地转向孙祉鑫，咧着嘴说："大家好像不欢迎我。"

"大家等你半个小时，换位思考，你会乐意吗？"黄墨萱还是憋不住怒火。

"我迟到了？不是说好两点半开始吗？"

"谁通知你两点半？我们得到的通知是两点，总不至于大家的记性都没你好。"这次罗夕瑶从黄墨萱手中接过"批判的武器"。

"孙博士，这究竟是怎么回事？"郑浩轩打开微信，把手机放在桌上，"这微信记录不会骗人吧？"

这个叫"知心"的微信好友，大家再熟悉不过，众人的目光"百川东到海"，聚拢在孙祉鑫这片深不见底的海中。

"是我所为，故意让郑浩轩晚到半小时。"

"无聊。"

"这是玩我们吧？"

组员们的脾气本来就不好，他们被生命的重锤不断锤击，内心早已扭曲变形。孙祉鑫这玩笑开得有些不合时宜，瞬间点燃他们的肝火。

"听我解释完，大家再做评论好吗？刚才讨论郑浩轩迟到，大家受制于思维定势，总认为问题出在郑浩轩身上，根本不会想到这是我的安排。我受过多年高等教育,绝无戏弄人的雅兴。只是想让你们明白,生活中有诸多不如意和委屈,不一定是我们主观上认为的某些人刻意所为,很可能是外界原因所致。因为这些不正确的认识,最终形成很难解开的心结。通过这件小事,希望大家能重新审视自身的苦恼。这些苦恼,很可能不是意识层面能觉察到的原因,隐藏着某些深层次、潜意识的因素。心灵小组不同于一般的心理咨询,这个交流、互助成长的平台,就是给大家做一次心灵SPA。作为心灵小组的创始人,我愿意帮助大家直面苦恼,降低过高的期望值,缓解内心的焦虑不安,坦然接纳不完美的自我。"

这个小插曲总算过去了。接下来的自我介绍环节,组员们不像刚才表达愤怒时那么"热情",场面陷入僵局。

正当孙祉鑫准备启发组员们开口时,郑浩轩站起来:"我是最晚到的人,那就从我开始吧。原以为癌症是倒霉的下限,可是命运不想轻易放过我这个可怜虫,我的妻子又准备离开我。"

郑浩轩只说了几句话,就开始哽咽。

"真可怜!怎么可以抛弃身患绝症的丈夫?如果我是你的妻子,一定会陪你走到生命的尽头。"一身素衣的杨晓燕,一改刚才的沉默,表达出对郑浩轩的同情。

"是呀!本来认为世上负心汉很多,现在看来不论是男人或女人,共富贵很容易,同患难确实很难做到。"刚才还一脸愤怒的罗夕瑶,听到郑浩轩述说的悲惨遭遇,说话的语气顿时变了。

陈雨婷递给郑浩轩一张纸巾,他擦了擦眼泪开始回忆生病前的幸福画面。从电气自动化专业毕业后,他成为一家电力国企的普通员工。打小他就喜欢漫画,曾系统学习过绘画和动画制作,工作之余,他舍不得放下这个兴趣爱好,还会悠闲地画上几笔。7年前,他遇到心爱的女人,相恋一年多,有了幸福美满的小家庭。又过了10个月,他和妻子收获"爱情结晶"。老婆、女儿,还有一条狗,他的生活简单而幸福。

谁能想到这次体检,会对他下达"死刑宣判"。尽管在体检前,他有过长时间断断续续的疼痛。去医院看过几次,只让他做例行的拍片检查,况且最新的X光片结果显示,他只是患上肋间神经炎而已,回家静养一段时间,再吃些消炎药就没事了。

体检B超环节,郑浩轩这只安静的"小猫"躺在床上。负责检查的医生,在他身上涂上不明液体,医疗器具从他皮肤上轻轻拂过。仪器在他肚子上停留很长时间,他瞥了一眼医生,对方眉头紧锁,眼睛一眨不眨地盯着监视屏。他的心里咯噔一下:难道这地方有什么鬼?

很快这位年轻的医生跑出去,叫来一位看上去经验丰富的医生助阵。两人对着屏幕指指点点,不时对他抛来或惊诧或同情的眼神。"肝脏多发占位",这是两位医生写下的诊断结果。面对这个陌生名词,年长的医生向他解释:"肝脏多发占位,说白了就是你肝里有东西。为了保险起见,你最好快去挂号做个螺旋CT照清楚,以免耽误病情。"

做螺旋CT需要一千多块钱,还不属于医保报销的范围,对于郑浩轩来说是一笔不小的开销。但身体要紧，花点儿钱就花点儿钱吧。

这张薄薄的螺旋CT报告单，倏然从郑浩轩的手中滑落。肝脏、肺部、淋巴系统、骨骼系统多发转移，俗称癌症晚期。"这不是电视剧里上演的桥段吗？怎么会发生在我身上？我还这么年轻啊！"很快，他将自己和"英年早逝"联系到一起。那一刻，他的内心是崩溃的。电视剧里的人物查出癌症，不都在3个月左右离开这个世界？离世前，病患会对妻女、亲人有一大堆感叹和嘱托，再配上伤感的哭泣声。郑浩轩的脑海中，自编自导了一出生离死别的场景。

郑浩轩瞒着妻子和父母去做的这些检查，如何让几位最亲的人接受这个结果？特别是痴恋自己的妻子，要是自己不在人世，她会多伤心？不行，得想个周全的办法，让妻子的痛苦程度减轻一些。

7

"最近菜做得真咸，让人难以下咽。"

"孩子不听话，你也不管教一下？"

平日里，郑浩轩从未用这么凶的态度对妻子说话。妻子尝一口刚做的菜，去房间看一眼正在画画的女儿，郑浩轩的责怪纯属无理取闹，他究竟吃错了什么药？

只能加倍对他好，妻子把更多精力分给家庭。然而郑浩轩的脾气却越来越臭，经常动不动就发火。有一天，他偷偷打开卧室房门，透过门缝看到在客厅收拾房间的妻子正用手轻轻地抹眼泪，他没有控制住自己，泪水夺眶而出。然而妻子做完家务回到卧室，他又恢复"暴君"的角色。

最终，妻子还是知道了郑浩轩的病情。她把头伏在他的肩膀上，号啕大哭："浩轩，我不能没有你，不能！"

妻子决心陪郑浩轩踏上四处求医的道路。她不相信身体一向强壮的丈夫，会这样被病魔夺走生命。尽管查出癌细胞已经转移，但是原发位置在哪里，具体是什么类型的癌症，还得做更深入的检查。

郑浩轩躺在比螺旋CT还要强大的PET-CT机上，得到"淋巴癌"的初步诊断。根据被切除的颈部淋巴结的病理活检，经过影像学和病理学的综合判断，才知道自己得的是神经内分泌肿瘤（NET）。这种癌症的发病率只有十万分之三，是占所有癌症不足1%的"奇葩癌"。从PET-CT可以看出，郑浩轩的"肿瘤君"已经"遍地开花"——胸膜、肝脏、肺部、骨骼系统、淋巴系统都遍布着它的病灶。

由于是癌症晚期，癌细胞已经扩散，手术已经无法进行。此外，神经内分泌肿瘤对放疗、化疗是不敏感的，导致主治医生都不知道该采用什么治疗方式。郑浩轩只能先出院，等病症恶化再试试化疗。

为了控制病情，他尝试了中医保守疗法。药性本来就很温和的中药，对付这个来势汹汹、性格脾气古怪的"肿瘤君"，根本是隔靴搔痒。病灶继续在发展，疼痛的持续时间在拉长，程度也在不断增强。疼痛间歇,郑浩轩上网查询神经内分泌肿瘤的资料,一方面分散注意力,另一方面希望找到"灵丹妙药",将自己从死亡的边缘拉回来。

这种罕见病没有特效药,5年存活率不到30%。郑浩轩患病已有两年多,绝大多数情况下只剩余不到3年的生命。他不再怀有治愈的奢望,只想着在弥留之际,病床边有妻子的身影。

可妻子晚上出去的频率越来越高,还把自己打扮得漂漂亮亮。几位好心的朋友提醒他:"这是女人出轨的前兆,她的心思已不在你身上,精心打扮自己就是希望尽快找到下家,不然等到你一死,再找人嫁掉难度可就大了。"

不可能!妻子不是这种见异思迁的人。听到关门声,郑浩轩披上衣服,悄然跟随在这个外表精致的女子身后。

妻子进了一家酒吧,随后就有一个男人迎上来。

郑浩轩头一晕,差点儿没站稳。

"我这么傻,居然为这种蛇蝎女人着想。我故意对妻子凶,是希望她在我离去后不要那么伤心。但是她这样,我想不通……"

"你别伤心,能尽快认清一个人的本来面目也不算是坏事。"罗夕瑶说。

"是呀!既然有缘在心灵小组相识也算一种缘分,我们愿意陪伴你。"杨晓燕走过来,握住郑浩轩的手。

人都有同情弱者的心理,刚才对郑浩轩的不满,都因为这番凄惨经历而改变。

"谢谢大家。因为觉得讲出来丢人,我一直把这些苦痛埋在心里。今天能这样尽情倾诉,感觉好受许多。"

孙祉鑫挑着眉说:"我能体会被双重抛弃的沉痛心情。病魔已经在你身上重重地刺下一刀,没想到在这个节骨眼上,妻子不愿意继续和你共渡难关。可是你有没有想过,就像刚才别人认为你迟到是由你本人造成的,你看到的、想到的这些情景,难道不会是一种假象或错觉?你是否愿意再去深入了解?"

郑浩轩张开的嘴,没有合上。

"我建议你和妻子深入交流一次,不要带着先入为主的主观成见。"

8

全职主妇赵紫莹接过郑浩轩的话茬:"被人抛弃的滋味不好受,但是迷失在爱人和孩子的世界中也是不愉快的体验。"她说最近总觉得心慌,一直担心家里会发生状况,白天精神恍惚,夜间噩梦不断。梦中有一头巨型怪兽,追得她无处躲藏。

孙祉鑫点点头说:"这只是表面上的生理反应,背后藏着的问题才需要你去解决。"

"是的,我确实病了,病得不轻。按理说我应该对现在的生活感到满足,有个能挣钱的老公,不必在职场辛苦打拼,还有一对古灵精怪的儿女。这么好的日子,其他人努力一辈子可能也无法得到。我不该患上抑郁症,不该和老公'作',和自己过不去。可是,我控制不住自己,我的中枢神经反复提醒:我很不幸福。"赵紫莹说这些时,嘴角在不停地抽动。

"我理解你现在的心情。别人以为很幸福的生活,你却觉得度日如年。为此,你产生了强烈的内心冲动,指责自己不知足,给丈夫和身边的人带来麻烦。不知道我说的这些你认同吗?"

"孙博士,您说得太准了,这就是我最大的痛点。"

"我还想听听你生活中的更多细节,比如你怎么会成为全职主妇?是你自己想这样,还是丈夫心疼你,不让你在外面工作?作为全职主妇,肯定有很多他人不能体会到的心酸和苦涩,能否举几个具体事例?"

"你肯定不会想到,我以前是学校里的学霸、办公室里的'白骨精'。"回忆遥远的过去,赵紫莹的眼中还闪出一丝得意。

从重点小学、重点中学再到F大的优秀毕业生,赵紫莹是不折不扣的"别人家的孩子"。毕业后在一家金融机构工作,很快月收入达到3万元以上。金融业工作强度大、业绩压力高,每周的工作时间时常在70小时以上,即使周末和节假日也可能在外地出差。长期这样快节奏的工作,赵紫莹的身体状况越来越差。

由于大多数时间扑在工作上,她没有时间去恋爱,过了30岁依旧孑然一人。父母逼迫相亲的节奏越来越快,搞得她不敢回家,也不敢和父母联系。只要通上电话,母亲总能将话题扯到相亲上。

幸好后来她遇到现在的丈夫。丈夫外表儒雅,是另一家金融企业的高管。她看中的不是丈夫比自己多好几倍的收入，而是和以前的相亲对象相比，丈夫有才华，幽默，懂得体贴关心人。

一场盛大的婚礼，一次将近40天的蜜月旅行，让赵紫莹感到无比的幸福，在返程途中，丈夫对她说："你就不要去工作了，反正靠我一个人的收入，完全能撑起这个家。我愿意后半辈子养你，不想让你过分辛苦。"

"愿意养你后半辈子"，赵紫莹相信了这句带有毒液的蜜语。

"二人世界"的时候，赵紫莹的全职主妇当得还算惬意。可当小腹微微隆起来，一个小生命在体内孕育时，她开始恐慌起来：人的爱是有限的，有了这个小家伙，丈夫还会这么在乎自己吗？然而母性很快盖过对丈夫"变心"的担忧。

怀孕3个月时，医生拿着胆脂瘤的检验报告，天天问她：你到底想好没？保孩子还是保耳朵？每次她都哭着问："我能生完宝宝再做手术吗？胆脂瘤不是恶性肿瘤吧？"医生面无表情地说："胆脂瘤虽然不是恶性肿瘤，但会侵蚀耳骨和脑骨，轻者耳聋，重者脑瘫。"

丈夫为她轻轻擦拭眼泪："孩子可以再要，先保住你！"赵紫莹的双手捂住脸，泪水顺着指缝往外流。原来自己在丈夫心中的排位在孩子前面。不行！孩子已经3个月，谁都别想伤害他！好在剖腹产手术顺利，儿子总算呱呱坠地。

两年后，他们有了第二个孩子。两个"熊孩子"让赵紫莹的生活陷入一片混乱：玩具胡乱堆放，原本成套的东西被乱丢一通。大儿子经常奇装异服，把衣服床单往身上裹，还怂恿弟弟学样。两人还会展开一场"搏击赛"，打得起劲时，两个小脸贴得很近，趁机亲个小嘴。互相问候后，继续这场没有套路的"厮打"。晚上，大儿子睡得早，小儿子还生龙活虎，不停骚扰哥哥。没办法，哥哥只能狠狠修理弟弟。弟弟也不是吃素的，打斗过程中抓破了哥哥的脸。

对于母亲的管教，两个孩子还不太买账。赵紫莹偶尔会念叨丈夫和孩子睡得晚，大儿子学着老爸的口气说："晚睡是我们的传统。"小儿子也会顶嘴："你啥都不会，就知道管我。"好几次，赵紫莹的巴掌举到半空，最终还是没能落下来。

9

就在赵紫莹被两个儿子折腾得昏天黑地之时，丈夫被提升为公司副总裁，待在家里的时间更少。那个昔日"把自己捧在手心怕掉了，含在嘴里怕化了"的"暖男"，变成不折不扣的"工作狂"。每次出差通电话，他都显得很不耐烦："我还在忙呢，没事就挂了吧。"

父母不停在她耳边唠叨，要是当初听他们的话，不和这个男人在一起，还会有现在的苦日子？当初，他们就看出这个男人嘴上功夫很好，很会哄女人开心。但是这种男人往往会靠不住，现在一切都应验了。为此，她还和父母吵过几架。夜深人静时，眼前又浮现母亲"恨铁不成钢"的样子："你这么在意他，他把你当作什么？趁早离开他，越早越好！"

不！赵紫莹痛苦地用双手蒙住双眼，却挡不住泪水顺着手指缝隙流淌出来。她割舍不下这份感情，尤其是丈夫为自己的健康做出选择的那一幕，她更是永生难忘。但眼前的丈夫，还是过去的他吗？这段婚姻响起了警报，出现了难以修复的裂纹。赵紫莹想去弥合，却发现自己有心无力。

抑郁的魔爪，伸向这个痴情无助的女人。赵紫莹整日愁眉不展，总是感到莫名悲伤。原以为用泪水能宣泄负面情绪，却发现这种伤痛已经深入骨髓，靠自身的力量无法疏解。

只有丈夫才能解开她心中死结。赵紫莹在电话里声泪俱下地倾诉，丈夫没有粗暴打断，却说了一句差点儿让她吐血的话："你过着锦衣玉食的生活，怎么会抑郁？"赵紫莹哀求道："我不会黏着你，只要每天能看到你，我就心满意足。"丈夫连这样微不足道的要求也满足不了："我现在每天工作16个小时，基本上都睡在公司里，哪有空回家？我还要开会，先挂了。"

好不容易忙完一个项目，丈夫终于有时间陪伴她和孩子们。当他们在F大校园里散步时，丈夫的手机一直响个不停，听赵紫莹说话也是心不在焉。赵紫莹的心碎了，才出现"儿子摔倒，她呆望天空"的情形。

全职妈妈不赚钱，所有开支都来自于丈夫。经济地位决定家庭地位，丈夫的一个眼神或者孩子的一个情绪，都会点燃全职妈妈们的情绪。那天从F大回家，丈夫又说了一句让赵紫莹颇受打击的话："你不赚钱就会花钱。我对你要求不高，只要把孩子带好就行，但你连这点都做不好。"

想一想自己上班时花钱比较随性，如今却要处处伸手要钱，挫败感油然而生。在这句话中，丈夫对自己的价值全盘否定，几乎等于说她是一个连孩子都带不好的废物。全职妈妈是"7×24"的工种，必须随时待命，任何疏忽都会造成不可逆的后果。面对指责，她竟然找不出反驳的理由。照料好丈夫的生活起居、料理好这个家、管好孩子的教育是压在赵紫莹身上的"三座大山"。可是她在这三方面做得都不好，让丈夫、孩子还有婆婆颇有微词。

全职在家的这几年，赵紫莹的语言功能几乎完全退化，与社会严重脱节。她的价值感超低，低得甚至达到负值。

一个女学霸、职场"白骨精"，变成终日和油盐酱醋、孩子打交道的全职主妇。难怪她情绪如此低落，如此渴望帮助！周围人都不理解她、否定她、打压她，她变得越来越不自信，绚烂多彩的生活只剩下单调的灰色。

孙祉鑫走到赵紫莹的身边，再次递给她一张纸巾擦拭红肿的眼睛。她又低声啜泣一会儿，孙祉鑫蹲下身子对她说："我想了解一下你的原生家庭，能说说你小时候的情况吗？"

赵紫莹说话还带着鼻音："我是家里的老大，下面还有一个妹妹、一个弟弟。小时候父母在外面做生意，都是我照顾弟弟妹妹。"

听到赵紫莹的这句话,陈雨婷的心头一颤:她的成长环境和自己有些相似,都是父母常年不在身边,很小的时候就要担负起照顾别人的重任。正因为这样的成长环境,自己和赵紫莹的"生命词典"中,只有为他人考虑的字眼。这种为他人而活的日子,既心累又压抑,赵紫莹因此得了抑郁症,陈雨婷也经常郁郁寡欢。

看来,确实需要做一些改变,哪怕这种改变非常困难。

10

孙祉鑫对赵紫莹给出初步建议,首先试着学习做个"懒妈妈",对孩子的生活起居适度放手,让儿子们学会自我管理。比如小儿子穿袜子、穿鞋子,可以让大儿子帮忙;每天夜晚让大儿子协助自己给小儿子讲故事,哄他睡觉。这么做既能让大儿子有成就感,也能适度减轻自己的负担。

其次要找回丢失已久的价值感。价值感不存在于别人身上,丈夫事业上的出彩、孩子的茁壮成长,固然是全职主妇成就感的主要来源,但绝不是全部。她们也是独立的个体,应该有属于自己的人生追求。她们可以自信地抬起头,认识到自身对于家人、社会的价值,努力去纠正丈夫头脑中"妻子只会花钱,没有作用"的错误观念。

"我可以有人生追求?假如我这么尝试去改变,丈夫会支持我吗?"赵紫莹话语中还是流露出不自信。这几年来,她一直活在丈夫和孩子的阴影中，几乎没想过描绘人生的画笔还握在自己手上。

"这方面心灵小组可以帮到你，必要时我们会去说服你的丈夫。"孙祉鑫眼神坚定地说。

"你以前有什么爱好吗？不妨现在重新捡起来。"

"黄墨萱说得不错，兴趣会让你浑身散发出迷人的光芒。"孙祉鑫继续鼓励赵紫莹。

"我大学时参加过文学社，喜欢写点文字，还在学校刊物上发表过不少作品。只可惜大学毕业后忙于工作，后来忙于结婚生子，这点爱好也荒废了。"

"哎呀，那你可算找到知音了。我也喜欢写作，只不过我没有放弃'女文青'的称号，一直笔耕不辍。"陈雨婷的脸上流露出得意的表情。

"雨婷，那你可要多帮帮紫莹。"孙祉鑫拍了拍她的肩膀，把这个很重要的任务交给她。

赵紫莹的眼眸中重新闪耀出光芒："今天对大家说出这些苦闷，又遇到善解人意的孙博士、怀揣文艺梦的雨婷姐，还有这群兄弟姐妹，我相信一年后，走出心灵困境不再是痴人说梦。"

其他人也想倾诉衷肠，可是时间不知不觉来到晚上6点。一次活动不能过于漫长，孙祉鑫只好打断大家的兴致，把精彩的分享留到下一次。

活动结束前，孙祉鑫要求全体组员遵守一个约定，不能将小组内其他组员的情况透露出去，就连家人也不例外。这个保密协定得到全体组员的支持,注意保护个人隐私的时代,谁都不希望自己的故事不经许可在网络上广泛传播。他还留下一份家庭作业,截止日期是下次活动的前一天,通过微信或其他方式发给助手陈雨婷。

但有一个人自始至终没有开口。

张云霞,如同一片不食人间烟火的云朵,高高地飘在空中,只可远观而不可亵玩焉。郑浩轩、赵紫莹讲述过程中,孙祉鑫的视线有意无意地在她的身上停留。她意识到以后,立刻低下头对着手机屏幕。既然不想讲述自己的故事,又没有与他人交流的意愿,那么她来参加心灵小组的目的何在?

其他组员都走了,只有黄墨萱留下来,说有事情要和陈雨婷确认。这是关于陈雨婷的私事,孙祉鑫本想回避。陈雨婷拽住他说:"不碍事的,我和你还有什么秘密?"

这句话让孙祉鑫非常受用,他拉过一把椅子,在陈雨婷的身边坐下。

"你是不是在人民路靠近金陵路住过一段时间?"黄墨萱冷不丁抛出这个问题。

"没有啊!"人民路靠近金陵路地处市中心,而陈雨婷在S市的主要活动区域,大多集中在东北角。

"那就怪了,那个人和你长得像极了。"

陈雨婷把身子凑过来,不小心碰翻茶杯,残留的茶水沾湿了桌上的白纸。她顾不上去擦,急忙问道:"你能说说具体情况吗?"

第四章
"空椅"吐真情

1

这封信,信封上没有任何字迹,被人从门缝塞进来。

问过隔壁戴红袖章的大妈,昨天下午,她确实听到陈雨婷的房门前有脚步声。这人走路力度很轻,从声音判断应该是女生。大妈以为是陈雨婷回家,就没当回事,继续在家对着电脑屏幕练习广场舞动作。这段时间,她都在为一个月后的广场舞大赛做准备。

妹妹又来过了!

陈雨婷拆信时双手有些颤抖。果然是妹妹的字迹,只有简短的一句话:前方有危险,注意安全。

所谓"前方",可能指"这幢位于金陵路上的高层建筑"。妹妹的提醒究竟是确有其事,还是故意不让自己前往?这一年多来她躲着自己,一定不愿意让自己这么轻易找到她。

妹妹,无论你怎么恨姐姐,我都要找到你。姐姐对不住你,哪怕你骂我甚至打我，我也要向你道歉。我们永远是姐妹，是时候结束这场战争了。

坐在孙祉鑫的车上，陈雨婷惘然地望着窗外。

"你有心事。"孙祉鑫一边开车一边说。

"这次你猜错了。"陈雨婷装作没事。上次去魏亚玲的公司，孙祉鑫就没让她上楼。她怕说出这封匿名信，孙祉鑫又把她拦在路上。

"怎么会没有？你眼睛转动的频率，比平时高出很多。好吧，每个人都有自己的秘密，我不该这么猎奇。"孙祉鑫指着车内的反光镜，他就是从镜子里观察出陈雨婷的异样。

路过一家肯德基店，孙祉鑫突然提出想吃点儿东西。两人站在收银台前等候"全家桶"、饮料和圣代冰淇淋时，孙祉鑫的视线不自觉地落在身后的楼梯上。在楼梯旁，有个小男孩吃得特别香，双手一起发力，很快消灭一大半"全家桶"。由于吃得过快，小男孩出现干呕现象，旁边的女人，也许是她的母亲，正用手轻轻拍着他的后背。

"触景生情了？"陈雨婷斜靠在孙祉鑫旁边。

"我想起母亲离开我的前一天，也是在一家肯德基店，和这个孩子差不多，我津津有味地吃着鸡腿。"孙祉鑫的眼眸深处闪烁着点点星光。

4岁，一个人记忆能延伸到的最远年龄段。此前，孙祉鑫生活在动荡不安的家庭中，性格暴躁的父亲，委曲求全的母亲，始终不会停歇的谩骂，如今在孙祉鑫的记忆中只剩下轮廓。父亲嗜酒如命，成天窝在家里醉生梦死，一家人的生活，都扛在母亲一个人的肩膀上。听幼儿园的小伙伴说，肯德基里的鸡腿、鸡翅特别好吃，他们都吃了很多次。只有自己还不知道别人口中的美食究竟是什么味道。

每次路过肯德基门店，年幼的孙祉鑫只能贴着玻璃窗站立，眼巴巴地凝视同龄人享用美食。鸡腿和鸡翅，不仅代表一种人间美味，更象征着一种幸福的生活。什么时候，自己也能享受父母的关爱？

面对一脸阴沉的父亲，还有母亲无奈的叹息，他不敢说出这个微小的心愿。这份渴望，如同一株菌类植物在阴暗处疯长。在和小伙伴的交流中，他朦胧地意识到钱有多么重要，他期盼着早早长大，因为长大意味着可以去赚钱。这些花花绿绿的纸片，可以换来梦寐以求的东西。

可是这天，母亲破天荒地带他来到一家肯德基门店。孙祉鑫也不和母亲客气，一口气点了鸡翅、鸡腿、薯条、饮料。这个对美食压抑已久的孩子露出"兽性"的一面，很快桌上只剩下鸡骨头、番茄酱汁和空空的饮料杯。

还有一样美味没吃到。营业员姐姐抱歉地对他说："小朋友，今天做圣代冰淇淋的机器坏了，明天你过来，姐姐给你双份。"这个消息固然让他失望，不过明天能吃到双份的美味，这笔交易划得来。他和营业员姐姐拉钩，谁耍赖谁就是小狗。

那天离开肯德基店，母亲又带他去游乐园，他有了诸多第一次：第一次坐敞篷车、第一次坐过山车、第一次坐碰碰车……尤其是坐过山车，他吓得把头埋在母亲怀里。从小到大，母亲没怎么抱过他。这种被人拥抱的滋味非常美妙，甚至比刚才在肯德基享用的美食还要美妙。

第二天一早，孙祉鑫还念叨着双份的圣代冰淇淋。然而带他去肯德基的人，早已不在房间中，只留下一张纸条。

双份圣代冰淇淋，成为母亲留给他的一个很难实现的念想。

现在，他可以买很多个圣代冰淇淋，但是这些都无法弥补童年的遗憾。

无数个白天、夜晚，他渴望母亲归来。

第一次见到魏亚玲，孙祉鑫产生一种非常奇怪的感觉。由于母亲在他4岁时离开，孙祉鑫对于母亲容貌的印象本来就非常模糊，还有那场车祸，对于大脑皮层的记忆造成一定的损伤。另外，母亲会不会在这些年整过容？有些人整容后，几乎和整容前判若两人。孙祉鑫在心中勾勒各种可能性，想象魏亚玲就是他苦苦召唤的亲生母亲。

不可能！他不会是我的母亲。也许是母亲给他的生命带来的空缺，这才让他产生这种"生母饥渴症"。

2

陈雨婷和孙祉鑫面对面地坐着，桌子上的两份圣代冰淇淋，只剩下白色黏稠液体和脆皮。"叔叔，冰淇淋融化了，好可惜，你们不喜欢吃为什么还要点？"刚才那个吃得满嘴油腻的孩子，不解地走到两人身边。

"叔叔他……"陈雨婷想告诉孩子真相，孙祉鑫在底下踢了踢她的脚。那些人间冷暖、悲欢离合，还是等到他们长大以后再去慢慢体会。守护好童年，就是守护好人生中最美好的时间段。这份记忆，时间愈久愈显得珍贵。

那个女人看见孩子和陈雨婷搭讪，走过来对他说："小军，你把桌上剩余的鸡翅吃完，妈妈就带你去游乐园。"

"你儿子蛮可爱的，他今年几岁了？"陈雨婷和这个女人习惯性地拉起家常。

"这将是我和儿子活在世上的最后一天。"女人的声音突然变得低沉。

"你要带着孩子去自杀？不行！好死不如赖活，你不能死，更不能剥夺孩子继续活下去的权利。"陈雨婷的声音，引来周围其他顾客的目光。

倒是对面的孙祉鑫，还在悠然地喝着可乐。

陈雨婷用力捶了一下他的胳膊："人命关天，你这个心理学博士倒是说句话呀。"陈雨婷心想：会不会孙祉鑫遇见的寻死觅活的案例不计其数，对于眼前的危急情势早已见怪不怪？人在自杀前，最希望能听到一句安慰，哪怕只是一句很普通的话，也是人间给予他们的一丝温情。

孙祉鑫的可乐喝完了,他吸了吸鼻子说:"请问你准备采用什么自杀方式?跳楼、开煤气、跳海、割腕?"

"我还没想好。"女人呜咽着说。

"你疯了?不仅不劝她,还火上浇油。"

"我还劝什么?人家做出这个决定前,肯定考虑得很周密。一个抱着必死之心的人,即便今天阻止了她的自杀计划,她还是会在明天、后天了断自己。既然这样,不如尊重当事人的决定。"

"你说得对,我被那个人骗得一无所有。就连法院也帮着那个畜生,把孩子判给他。这孩子和他长得很像,平日里和他最亲,既然我不能对他下手,那就让这个小兔崽子充当替罪羊。"

隔着几张桌子,孩子津津有味地吮吸着鸡骨头。估计他很久没吃过如此美味的食物了,就连骨头也不肯放过。单纯的他哪里知道,一向爱他的母亲,居然想带上他共赴黄泉路。

"你不能这样,孩子是无辜的。"陈雨婷用力敲击桌子。

"哈哈,你们阻止不了我。"那个女人像个疯子一样失控地笑起来。

"我不反对你自杀,不过请你思考两个问题。你和前夫怎么认识的?生孩子时,你经历过什么样的痛苦?不要现在回答我,我们明天同一时间在这里碰面。"

孙祉鑫不愿意在这个女人身上多耽搁时间,拽着陈雨婷就往外走。

出了餐厅,孙祉鑫深深吸一口气,开始不停地挠头,眼神乱瞟。从这些微动作中,陈雨婷知道他刚才的平静是故意装出来的。

"既然没把握,为什么还要出此险招?"

"这是不得已而为之。一个想自杀的人,常规性劝说很难奏效。因为她会觉得你不处在那个位置,根本体会不到当事人的心情。不过,这个人既然肯说出自杀的想法,证明她还没有勇气去面对死亡。人在情绪失控时会做出傻事,但是当坏的情绪过去后,情况就大不一样。我故意抛出两个问题,就是起到拖延的效果。她会去思考问题的答案,那种迫切想自杀的念头会被冲淡。等过了'情绪波峰',她肯定会与我们探讨这两个问题,我这是以退为进,用另一种方式劝阻自杀者。"

黄墨萱说的地址近在眼前,陈雨婷的呼吸变得急促。妹妹,会不会在这幢高楼内?

3

老式电梯向上挪动的过程中,发出"咔嚓咔嚓"的声音,似乎链条会在下一秒断裂,直接从高空坠落到地面。那封匿名信,萦绕在提心吊胆的陈雨婷眼前。危险潜藏在哪里?这幢破旧公寓的楼道内,随处可见堆放的木棍、门板、旧塑料油壶、水壶、破纸箱等杂物。这种烟火气息浓郁的空间,像极了某些恐怖片里的场景。魔鬼,也许就躲在一扇不起眼的房门后。

来到1107室门口,开门的是一位穿着睡衣打着哈欠的男子。陈雨婷的心，瞬间一凉。

"请问这里住着一个叫陈雨珊的女生吗？"见陈雨婷没反应，孙祉鑫替她问出这个问题。

"陈雨珊，我没听说过这个名字，她以前住在这里？"男人揉了揉满是眼屎的双眼。

"你是这里的住户还是租房客？"

"可能你们说的陈雨珊是以前租住在这里的人吧。"

"方便和你的房东联系吗？"陈雨婷缓过神来，恳求对方。

"房东'神龙见首不见尾'，我试试吧。"男人把手机放在耳朵边很长时间，随即放下来："他没接电话。除非到了交房租的节点，一般很难联系上他。"

房租一般3个月一交，距离男人交租期限还有一个多月，陈雨婷肯定等不了这么长时间。孙祉鑫不忍心见到陈雨婷失望而归，抛出最后一个问题："你有房东的住址吗？"

"等等，让我去找找租房合同。"

男人没有让陈雨婷和孙祉鑫进屋，他们只好候在门口。男人进屋后，随后是另一个女人的声音："你就是多管闲事，跟你说过多少遍，不要随便和陌生人搭讪。"

"那两个人也不是坏人。"

"坏人会把标签贴在脸上吗？"

随后是男人朝房门过来的脚步声。

"不好意思，没找到。"那个女人的提醒，让男人不想掺和这件事。

线索，就这样断了。

"前方有危险，注意安全。"坐在孙祉鑫的车上，陈雨婷又在思考这封神秘的匿名信。为什么妹妹要传递假信息？她如同幽灵飘到身边，等到自己反应过来，又迅速抽身离开。这场躲藏与追寻的拉锯战，还将长时间进行下去。

刚回到房间，一则新闻让陈雨婷倒吸一口凉气：一位30多岁的少妇，打开自家煤气自杀，邻居闻到一股异味，循着气味的方向撬开房门，可是一切已经晚了，少妇和7岁的孩子早已身亡。照片经过技术处理，透过模糊的图像，似乎就是昨天在肯德基餐厅遇见的母子。

联想到昨天自信满满的孙祉鑫，陈雨婷控制不住给他打电话："你的刚愎自用，害了两条无辜的性命。"

"是吗？你就这么肯定？"

"视频还会有假？"

就在陈雨婷责难时，孙祉鑫的另一只工作手机响了。透过话筒，陈雨婷清晰地听到那里的对话。

"谢谢您。如果昨天您劝我放弃自杀，或许我真会带着孩子寻短见。"

陈雨婷瞬间石化。

在孙祉鑫面前，她总是那个冲动、不冷静的人，见到风就是雨。挂断电话，孙祉鑫用寒碜的语气说："婷婷，这下可以洗清我的嫌疑吧?"

"瞎猫碰到死耗子而已。"明明自己输了,陈雨婷在嘴上还不肯认输。

"那就怪了,怎么死耗子这么多?好了,组员的作业已经在你邮箱里,麻烦我的婷婷先帮着做些整理吧,我还要去昨天那家肯德基餐厅。"

"我的婷婷",这个称呼让陈雨婷脸上一热。她不敢答应,慌乱挂断电话。

4

邮箱内有5位组员发来的个人信息,每一封都是洋洋洒洒几千字。

黄墨萱:国企员工,多年一事无成,近来头疼、失眠、烦躁,对于目前的生存状况极度不满……

朱丞聪:软件工程师,原本面对异性就会特别紧张,现在看到女人更会冷汗直冒、说话结巴。他自诩"三夹板丈夫",夹在母亲和媳妇间不能动弹。每次一个女人在他面前痛骂另一个女人,他都会不知所措。面对一老一少不可调和的矛盾,他甚至产生皈依佛门的想法……

吴崇豪:职校生一枚,享受虚拟世界的快感。父母离异后,父亲给他宽裕的物质生活,却不让他在网络游戏中升级称王,对他的精神生活缺乏关心。他痛恨父亲，好几次有手刃父亲的作案动机。好在这个违反人性的念头，始终被他压抑在"本我"的潜意识层面……

杨晓燕：最近注意力难以集中、精神恍惚，原本精明干练的女警花，如今只能在家休养。她会莫名落泪，只因半年前丈夫惨死在歹徒刀下。尽管犯罪分子已经伏法，但是她对死去的丈夫存有深深的愧疚。总感觉丈夫的魂魄在她面前飘来飘去，她逐渐丧失生活自理的能力……

罗夕瑶：做定制珠宝的创业者，最近连连出错、健忘性很强。她容不得工作和生活中有任何瑕疵，她的下属和身边的朋友都对她敬而远之。她开始厌烦这种完美主义，可是这股惯性的力量，让她无法停下追求完美的步伐……

除去上次活动分享过故事的郑浩轩、赵紫莹，邮箱内应该躺着6份邮件。那位沉默寡言的张云霞，还是不愿留下任何只言片语。

"星如雨"的头像又出现在微信聊天记录的顶部。

"每个人都有一座心灵花园，这座花园的钥匙只能握在本人手中。我过于冒失，居然想进入你的私密空间。为了表达歉意，我愿意分享一些创作灵感。"对于写作者来说，最好的礼物不是金银珠宝，也不是名牌服饰。一个好的创意，常常会让创作者欣喜若狂、如获至宝。最近发生许多事，陈雨婷的思绪被带得有些涣散。由于静不下心来，灵感这团奇妙的空气很难充盈大脑。她需要别人的

"接济",这位"星如雨"就为她送来及时雨。

"这几篇小说和故事发表后,我给你一半稿费吧。"陈雨婷觉得白占别人的创意有些过意不去。

"一半稿费就把我打发了?看来我的灵感很不值钱。""星如雨"发了一个噘嘴生气的表情。

"说得也是,那就三七开,你七我三。"

"和你说笑呢!提钱多俗气,我心甘情愿把灵感送给你。只要能让你高兴,我可以一如既往地充当你的'免费加油站'。"

明明知道"星如雨"在和自己套近乎,陈雨婷却一点儿也不想拒绝。她还是守着这条底线:不和"星如雨"在线下见面,两人的关系仅仅维持在网上,仅此而已。

手机屏幕渐渐暗淡下来,陈雨婷揣测这位"星如雨"的身份。估计是一位富家公子或者是某家企业的新贵,反正就是不缺钱的主儿。假如是靠写作谋生的码字工,肯定会紧紧攥住稀缺的灵感。灵感可遇而不可求,估计每个写作者都会为绝妙的故事核抓耳挠腮。一个好的故事核,可以扩展成一篇佳作,进而换取不菲的稿费。写作者也是人,也要食人间烟火,写作不提钱只是虚伪的高尚。尽管对于高收入者,这点儿稿费还不够他们一顿饭的开销。纸媒日渐衰微,各种微信公众号你方唱罢我登场,走马灯似的起起落落,写作变现的难度越来越大,还是有像陈雨婷这样的码字工,坚守在金字塔的塔底,为了千字几十元的稿费熬夜码字。

不要小看任何一个梦想。任何一个卑微的身影中,都有一颗憧憬美好未来的灵魂。

陈雨婷的写作之路走得很辛苦,她总用这句鸡汤不断给自己鼓劲。

5

送走那位想自杀的母亲,孙祉鑫的眉毛又拧到一块儿。

估计赵紫莹参加完活动,按照自己给的建议尝试改变自我。这种突然的变化,一定让习惯妻子的弱势和依附地位的丈夫非常不适应。就在电话里,她的丈夫责问他给赵紫莹灌输了什么歪理邪说?这个男人说话语速极快,即便孙祉鑫在他讲话的间歇插上几个字,也很快被他下一波攻势淹没。看来要让赵紫莹彻底独立、找回自我,必须要过她丈夫这关。

他细细回味刚才的对话,赵紫莹的丈夫不断宣示对赵紫莹的"主权",反复提及"我的妻子",并不像一般夫妻那样使用爱称。还有"应该""我认为""不能""必须"等字眼,时时刻刻表明丈夫就是这个家庭的主宰,赵紫莹只能服从现有的秩序。任何试图改变格局的想法,都会被当作离经叛道。

现代社会,具有这样"大男子主义"观念的男人其实不少。要破解他们固执的思维模式,难度不亚于破解一道世界级难题。

组员的倾诉才刚刚开始,后面还会有更复杂的关系难题。

活动前一天晚上,孙祉鑫和陈雨婷布置活动现场。面对空空的团队活动室，陈雨婷问孙祉鑫："你葫芦里究竟卖的是什么药？"

孙祉鑫眯缝着眼睛说："什么药？补药！对于心理健康大有裨益的补药。"

"我看过你的活动计划书，第二次活动不会是让一群人傻站着发呆吧。"

"郑板桥老人家不是说过'难得糊涂'吗？人生傻一回又如何！"

陈雨婷用手点了点孙祉鑫油光锃亮的脑门儿："到时候就怕别人没傻，你反而傻眼了。"

"你的夫君是这样的孬种吗？"

"夫君"，孙祉鑫再次抛出让陈雨婷尴尬的字眼。无论回答"是""不是"，都是对这种关系的默认。对于这种进退两难的问题，唯一的解决办法就是一走了之，不给提问者任何可乘之机。

陈雨婷的担忧，果然在第二天活动时应验。

团队活动室中，8位组员茫然地站立着，嘴里嘀咕着为什么上次活动的桌椅会凭空消失？还有孙祉鑫和陈雨婷，活动时间快到了，怎么也不见踪影？吴崇豪和黄墨萱的性子比较急，闯到孙祉鑫办公室的门口用力敲着门。然而这敲门声只能留给四周沉闷的空气，两人眼中是对方那张尴尬、气愤的脸。

回到团队活动室，两人对其他组员摊了摊手。朱丞聪交叉双臂放在胸前，带着侦探破案推理的眼神说："会不会孙博士忙其他事搞错了活动时间？就在前天，孙博士还在微信群中说，最近一段时间他要处理一些私事,有些个人咨询不能在第一时间回复,可能这个时候他还在赶往这里的路上。"

朱丞聪抛砖引玉,另一位"女侦探"罗夕瑶表达出不同的意见。多年来养成的习惯,让她不论在公司的正式谈判社交场合,还是这种相对宽松的场面,一套体现她利落、干练的职业装几乎就是她的"标配"。那对细长的双腿,如同大理石雕刻的女神像一般,闪烁着迷人的光泽。四五厘米高的黑色高跟鞋,让她的身高轻松超过朱丞聪。她以一种惯用的口吻说:"朱先生,孙博士是何等精细之人,怎么会犯下如此低级的错误?这又是他设的一个局,我敢肯定现在他就在办公室中,只是还不方便马上出来。"

"不会吧,我们刚才去敲门……"黄墨萱嘴里嘟哝着。

"你可以去敲门,但是对方有不开门的权利。"罗夕瑶不容置喙地说。

"这心灵小组,搞得跟迷宫一样,有什么想法直接说不行吗?这么拐弯抹角让人心累……"吴崇豪吐槽的同时,重重地跺了一下脚。

"大家少安勿躁,谜底很快会揭晓。"

组员们有的呆立在原地,有的无聊地在团队活动室内来回踱步。这一切,都出现在孙祉鑫办公室的监视器中。

"你戏弄别人可不太好。"陈雨婷指着监视器说。

"这哪是戏弄他们?后面的游戏需要有一种仪式感,不然很难将倾诉者代入当时的情境。"

"你总是这么有理由,你的高智商总能将别人掌控在手中。"

"你说得不全对,有一个人不在我的掌控中;相反,我还在她的掌心。她笑,我会像孩子一样高兴;她哭,我简直比自己受了委屈还要难过。我愿意她的世界中,天天都是明媚的大晴天。"孙祉鑫不由自主地将目光投向陈雨婷。

陈雨婷害羞地低下头,躲避那灼热的目光。

6

赵紫莹丈夫气急败坏的声音,又一次回荡在听筒中。

"孙博士,俗话说'事不过三',这是我第四次约你见面。前面三次你都说时间上不方便,拒绝和我面谈。请你搞清楚自己的身份,心理学博士只是动动嘴皮子的功夫,难道比我这个金融企业高管还要忙?我每周工作70小时以上,最忙的季节会达到100小时。即便如此,我还能挤出一小时空闲时间。假如我是你的客户,你一定会想尽办法推掉其他事务,而不是像现在这样推三阻四。这只能说明:我说的情况在你眼里根本不值一提。"

面对咄咄逼人的对手,孙祉鑫维持着一副四平八稳的音调:"马先生息怒,我对所有访客都一视同仁,不会有高低贵贱之分。我确实有事,您看我没做错什么,没必要躲着您吧。"

"干你们这行的,这张嘴皮子能把死的说成活的。我明天一早要出差,半个月后才能回来。我必须在今晚和你见面,不管你有什么重要事务，必须给我让道。"

"必须要今晚吗？"

"你把我的老婆搞成这副模样，你说还能拖到半个月后吗？若你不答应，我就去投诉心灵小组拆散别人的家庭。想必孙博士是要面子的人，不想自己的名誉受损吧。"

孙祉鑫突然来了好奇心："那您考虑好了去哪个机构投诉？"

估计电话那头的赵紫莹丈夫，鼻子差点儿被气歪："看来你敬酒不吃吃罚酒。好！有种！是条汉子！听好了，受理我投诉的机构，将是……将是妇联。"

妇联？为妇女同胞伸张正义的娘家机构，会为这个大老爷们撑腰？亏他想得出来！旁边正在喝水的陈雨婷，差点儿把嘴里的茶水都喷出来。

"你答应也得答应，不答应也得答应。不然，我今晚直接闯你的工作室。"赵紫莹丈夫的口气，跟下达最后通牒差不多。特别是最后那句话，和他平日里风度翩翩的高管身份完全不相符。

看来他真的是急了，孙祉鑫不得不出手。他刚挂断电话，陈雨婷面露忧色地说："晚上准备好家伙，保不准他会带什么凶器过来，一言不合就会……"

"你最近是不是动作片看多了，把人都想得这么暴力？一个金融高管，至少几千万的身价，会为了这点儿事把前途和身家性命都搭进去。再者，我的身手你见识过，不必弄得这么兴师动众。"

"别怪我没提醒你。室内空间这么小，施展拳脚不如室外灵便。"本来陈雨婷在不知不觉间与孙祉鑫凑得很近，这一生气便抽身离开。

"哎呀，又惹你生气，罪过，罪过。"孙祉鑫连连自责，让陈雨婷又好气又好笑。

就在两人"调情"时，孙祉鑫的手机又响了。

尽管是女人，但是多年商海浮沉，让魏亚玲这个女企业家说话中不带一点儿拖沓。和她对话不会有太多铺垫和寒暄，往往直接就切入主题。今天，她就是想了解心灵小组最近的活动开展情况。

孙祉鑫脸上的笑容消失得干干净净，上次魏亚玲问起心灵小组是在3天前，几乎每隔几天她就会打电话问询。这样频次过高的关心，让孙祉鑫觉得不妥，他直言以对："魏总，感谢您的支持。不过既然这个小组由我全权负责，您就应该用人不疑、疑人不用。请相信我能筹划好心灵小组的每次活动，帮助每位组员走出心灵困境。"

陈雨婷拽了拽他的衣角，眼神示意他对投资人应该客气一点儿。

魏亚玲缄默几秒钟，自从她接管公司，除了那个桀骜不驯的姚峻峰，还没有人用这种口气对她说话。换作其他人，或许她一气之下就收回资助。钱是自己辛苦挣来的，不是用来买气受的。可是那层关系让她只能隐忍孙祉鑫的无礼。她嗫嚅地说："我能否亲自来参加活动？请你不要误解，我不是不信任你，我仅仅是想知道心灵小组是如何开展活动的。"

孙祉鑫拒绝得直截了当："这个不太方便吧。您不是心灵小组的组员，其他组员肯定从心理上排斥您这个不速之客。哪怕您是这个项目的资助人，也会让他们内心觉得不舒服。"

"看来我有些自作多情。"魏亚玲说话中流露出不满。

"魏总，请您谅解我刚才说话的口气。我理解您的心情，出了这么多钱，肯定希望知道这些钱最终发挥怎样的作用。您掌管着这么大一家集团公司，各类事务缠身，有很多事情比心灵小组更重要。我会把您的关心带给全体组员，也会在合适的时候安排您和组员们见面，让您看到他们的蜕变。当然，我也会定期向您汇报，希望您不要过于频繁地干预小组的活动。毕竟，人的心理治愈是一个漫长的过程，有它自身的规律。"

"好吧，孙博士站在我的立场上说话，我再不知趣就是无理取闹了。"

安抚好魏亚玲，孙祉鑫对打着哈欠的陈雨婷说："我们该'出山'了。"

7

众人开始商量离开，就在这个时候孙祉鑫和陈雨婷推门而入。孙祉鑫的手上，搬着一把原本放在团队活动室中的椅子。

两人本该半小时前现身，组员们用很不欢迎的眼神瞅着他们。

面对这些不欢迎的眼神，陈雨婷仿佛瞬间穿越到十多年前的初中课堂。那时孙祉鑫是"全民公敌"，别人都不待见他，他还能怀揣自信从鄙夷目光的密集火力攻击中全身而退。现在，他经历10年心理学的专业训练，自然更能应对各种难堪的场面。

无论过去还是现在，陈雨婷都陪在孙祉鑫身边，是与他并肩战斗的"挚友"。即便他们做不成恋人，这份友情也不会被时间打磨得黯然失色。

"抱歉让大家久等。不过，等待，总能有意想不到的收获。譬如后面这个游戏，如果大家能全情投入，就会找出困扰自己多年的心理顽疾。"

大家注视着那把椅子，这个游戏应该和这把椅子密切相关。孙祉鑫卖个关子，请大家猜测游戏的内容。众人面面相觑，无人应答。

吴崇豪来到椅子旁边，用手把椅子从上到下摸了一遍，似乎以为椅子的接口或其他部位藏着机关。结束对椅子的"全身检查"，他转过头对孙祉鑫说："我记得小时候做过抢椅子的游戏，五六个人围着四五把椅子行走，期间还会播放音乐。音乐暂停，游戏参与者必须坐到椅子上，不然就将被淘汰。总有一个人成为'倒霉蛋'，椅子数量逐一减少，最后只剩下一把椅子由两人争抢。现在8个人抢一把椅子，孙博士是不是想一锤定音，直接决出胜利者？"

"恭喜你说出我曾经有过的想法，不过就在进门前，我改变了主意。"其实孙祉鑫压根没有想过"抢椅子的游戏"，只不过为了照顾主动发言者的情绪，他才刻意这么说。一群人的注意力，完全被吸引到孙祉鑫改变后的那个主意上。

他要组员对着椅子说话。没听错，就是对着没有生命、没有思维更听不懂人话的椅子倾诉。

"我来试试。"刚才挑头要离开的黄墨萱，这次愿意充当第一个吃螃蟹的人。她准备把这把椅子当成整天想着资产负债表、不顾员工身体让人没日没夜加班、挑三拣四处处找茬的老板。

黄墨萱东一句西一句地说着，毫无章法，前后逻辑关系混乱："老板，你听好了，我骂你没人性，你是市侩小人。在你手下干活，我起得比鸡早，睡得比狗晚，吃得比猪差，干得比驴多；在你手下干活，我看不到未来和希望。我辛苦做的策划书，被你轻易否定；我呕心沥血整理的数据报表，被你不当一回事扔在旁边。对于别人辛苦劳动的成果，你没有一句鼓励的话，你的良心被狗吃了，被……"

笑容替代怒容，她瞬间从刚才的控诉中"出戏"。这把椅子上不再有她的老板，重新变回一把普通的椅子。她忽然觉得自己的行为有些可笑，有些神经质，谁会精神不正常地对着一把椅子说话呢？要是被周围人看见，还不笑破肚皮？

"孙博士，您可真够坏的。迟到本来就是您不对，为了搪塞大家才故意编出这个无聊游戏。哪有人和无生命的物体交流？这样下去，是不是还可以和看不见的'分子''原子'说悄悄话呢？"

黄墨萱双手叉腰，放声大笑，那笑声从她的胸膛里冲击而出，形成巨大的声浪。笑声震得这间活动室窸窸窣窣地发抖，感觉到有灰尘自屋顶悄无声息地下落。

"你胡说什么呀?"这次孙祉鑫没有拽住身边的陈雨婷。

"你一个助理横什么?"黄墨萱带着鄙夷的口吻说。

从第一次参加活动见到陈雨婷,她就爱理不理,不像其他人客气地送上"小陈老师"这类的尊称。不叫自己"老师"没关系,但是也不能如此傲慢无礼,将自己视作无物。陈雨婷的火"噌"地一下上来:"助理怎么了?人说话要凭良心。"

"谁没良心?你再说一遍。"黄墨萱根本不会为自己不当的言辞道歉。

"雨婷,你少说两句。"孙祉鑫拍了拍她的肩膀。

"怎么?连你也偏向她。"

"这不是偏不偏向的问题,大家都消消气。都怪墨萱有些心急,还没听我说完引导词,就急着对椅子说话。"

黄墨萱拿起摆放在角落旁的黑色小包,对着陈雨婷说:"不和你一般见识,我退出这个心灵小组。"

孙祉鑫没有拦她,其他人见状也不方便劝解,眼看这次活动就要搞砸。他把陈雨婷拽到团队活动室,握住她的手,在她耳边低语道:"别闹了好吗?现在我需要你的支持。后面……"

8

好在屋内的人数没有因为刚才的插曲而减少。估计这句"还没听我说完引导词,就急着对椅子说话"是他们留下来的原因。孙祉鑫的引导词是什么？会不会是什么神秘咒语？为了打消组员们的顾虑，孙祉鑫详细介绍了心理学中的"空椅子技术"。

作为心理学中一项重要技术，"空椅子技术"帮助来访者处理个人内部或与他人之间的冲突，通常这项技术使用椅子或垫子这样的道具，代表来访者自身或者来访者与其他人的冲突力量，并且与之对话。透过对话，让不同的力量由冲突达到协调，促使来访者人格统整，即学习去接纳这种对立的存在并使之并存。

"空椅子技术"有"倾诉宣泄式""自我对话式"这两种比较常见形式。"倾诉宣泄式"通常只需要一把椅子，把这把椅子放在来访者的面前，假定某人坐在这把椅子上。来访者面对这把椅子，将平日里无法说的话倾吐出来。"自我对话式"仿佛将来访者拆解成两个或多个自我，目的在于让两个或多个部分展开对话，进而达到和解。来访者坐在一把椅子上扮演自己的某一部分，随后在其他椅子上扮演其他自我，依次进行对话，实现人格和心灵的整合。

正如刚才在黄墨萱身上失败的案例，使用"空椅子技术"需要在之前做好铺垫，通过心理师的努力营造出某种氛围。因为空椅子不会说话，没有情感，不能与倾诉者进行互动，不经引导就和椅子讲话，会让来访者觉得滑稽、无聊。一旦产生这种情绪，来访者肯定无法投入，会在中途选择放弃。如何营造好氛围，需要心理师在运用空椅子技术前，充分掌握空椅子代表的某个个体的详细情况。告诉来访者那个人就坐在这把椅子上，详细描述他的表情、动作、声音等细节，通过这些引导，让来访者感到那个人真实地坐在面前。

"有人还想试试吗？"

受前面黄墨萱的影响，大家你看看我，我看看你，都不愿意走到椅子旁边。孙祉鑫对陈雨婷使了一个眼色，这个时候只有她这个助理出场。

"陈雨婷，请根据我的指令进行想象。仔细看着这把椅子，看到什么？对的，你的妹妹陈雨珊，她就坐在这把椅子上。她穿着一件粉红色的上衣，脸上带着微笑，正在冲你招手。你有什么话尽管说出来，她不会打断你。"

孙祉鑫打开手机播放器，一段略带伤感的背景音乐，飘荡在这间活动室中。

椅子上，果然出现一个粉色上衣的女生，她化着淡淡的妆，目光热切地看着自己。

妹妹，你终于现身了。

从哪里讲起？就从她悉心照顾妹妹的生活起居开始吧。

陈雨婷只比妹妹大几个小时，母亲经常不在家，她做饭做菜，承包了所有家务。有时候妹妹想过来帮忙，陈雨婷夺过她手中的扫帚或抹布。时间一长，妹妹习惯了依赖姐姐的模式。

尽管家务耽误了不少时间，陈雨婷的成绩却未受影响。一母所生的陈雨珊被姐姐甩出很远距离，每次考试总是位列排行榜的末端。如果任由这种情况发展，估计妹妹只能在几年后混迹于三本大学或高职高专。陈雨婷当然不能坐视不管，为妹妹制订内容翔实的计划，目标就是在一年后，让妹妹的成绩跃居班级前十。要实现这个目标，意味着妹妹将与最喜欢的舞蹈暂别。她有过强烈的抗议，可是陈雨婷坚持要执行这个计划，还以美食作为"要挟"妹妹的手段。

习惯的力量有时候是可怕的，可怕到你明知道它是一杯毒酒，却依旧义无反顾地喝下去。陈雨珊养成依靠姐姐的习惯，只能接受这个让她煎熬万分的计划。从此，陈雨婷又多了一项任务——辅导妹妹功课。在陈雨婷的努力下，妹妹确实创造了逆袭的奇迹，考上了F大的传播与艺术系。

"妹妹，你还记得那天我背你去医院看病吗？"陈雨婷话锋一转，提到那个风雨交加的夜晚。

是夜，风呼呼地刮，雨哗哗地下。在外面疯了一天的妹妹，迷迷糊糊地说着胡话，额头上滚烫。那时候母亲在千里之外与客商洽谈，只有她——陈雨婷，此刻唯一能送妹妹去医院的人。陈雨婷随手抓起几张钞票，担心不够，又慌慌张张地打开抽屉，取出一张银行卡——这是母亲每月打给她们姐妹俩零花钱的专有账户。

路灯发出昏黄的灯光，就在微弱的光亮下，映衬出这场雨下得有多狂暴。雨水像用水瓢往外泼，街道上见不到人影，白花花的全是水，简直在顷刻间汇成一条河，上面争先恐后地奔涌着不安分的水花，稠密的雨雾阻隔着视线。他们家的专车司机，昨天因为母亲去世，正赶在回家奔丧的路上。她只好扶着妹妹从家里出来，站在路边等候路过的空车。雨天打车的难度极大，10多分钟过去，眼看妹妹站立困难，陈雨婷疯狂地对着停在马路对面的一辆黑色轿车招手，正是这位素不相识的司机，将妹妹及时送到附近的医院。

妹妹哪有力气上下楼，陈雨婷只能背着她上楼去看急诊，下楼抽血化验。忙活一个多小时，妹妹终于安静地坐在输液室的座位上。她一宿没有合眼，直到第二天清晨妹妹额头不再滚烫，她的头才倒在输液椅上，昏昏睡去。

这是姐妹俩关系的蜜月期，陈雨婷说到这里，脸上漾出甜蜜的笑容。

进入大学，两人的关系急转直下。相比中学阶段，大学校园更为开放包容，陈雨珊的世界不再局限于姐姐的框架中。她开始嫌弃姐姐的啰唆，厌恶陈雨婷阻止自己与只认识几天的男生单独出去。尽管后来的一切证明，陈雨婷的干预完全是正确的。那个男生是个花花公子，仗着家里有钱，女朋友换了一拨又一拨，还曾把几个女生的肚子搞大。即便如此，妹妹对陈雨婷的态度也不像过去那样亲密。

再后来，与姐妹俩分别数载的孙祉鑫重新进入视野。陈雨婷一再拒绝孙祉鑫，妹妹陈雨珊却疯狂地追逐他。爱情是一场不公平的游戏，付出与获得往往不成正比，妹妹的爱低到尘埃里，就是无法叩开孙祉鑫的心扉。

那场车祸，让这个奇妙的三人关系发生彻底转折。妹妹失踪，陈雨婷心碎，孙祉鑫也生活在愧疚中。她恳求妹妹归来，能够原谅自己。

"雨珊，哪怕有再多误解，我们终究是亲姐妹啊！"讲到动情处，陈雨婷一只手扶住椅子，另一只手对着空气抚摸，泪珠扑簌簌地滚落下来。众人也无不动容，尤其是杨晓燕和赵紫莹，一层泪雾很快蒙上了她们的双眼。

9

陈雨婷的讲述过程中，孙祉鑫默然垂立一旁，用那对含泪含愁的眸子，静静地注视她。赵紫莹问陈雨婷，既然你们幼年时有过一段在一起的时光，为什么现在反倒不肯接受孙祉鑫？孙祉鑫为了你，宁愿让你的妹妹受伤。

陈雨婷说："我喜欢他，这种喜欢不是恋人之间的喜欢，我一直把他当作哥哥，你能和哥哥恋爱吗？"这个回答，更让孙祉鑫的脸上一片死灰。不过，他马上意识到今天自己的身份，这不是向陈雨婷袒露心声的合适场所。为这颗受伤的心"简单包扎"后，他又问组员们："谁还有兴趣尝试？"

这次，这位窝窝囊囊的"三夹板丈夫"来到椅子边上。听完孙祉鑫的引导词，朱丞聪开始与"母亲"的对话。

朱丞聪和妻子恋爱一年，结婚也才8个多月。他的父亲是国际海员，常年在海上漂泊，从小到大都是母亲一人操持家务。认识妻子以前，他谈过几十个女朋友，有几个他觉得中意，带回来让母亲瞧瞧。母亲不知吃错了什么药，对他领回家的女朋友一概否定。

母亲反对的理由千奇百怪，甚至互相矛盾。活泼伶俐的，母亲坚定地表示心思活络的女孩子不靠谱；内向不太说话的，母亲又说朱丞聪的性子太闷，结婚以后夫妻之间缺少沟通，时间长了会出问题；精明能干的，母亲担心朱丞聪被妻子玩弄于股掌之间；傻乎乎的，母亲又搬出结婚后不能持家的理由；长得漂亮的，母亲说这种女孩子心性高，美貌是她们勾引男人的资本，以后遇到富二代或官二代指不定跑了；长得一般的，母亲又叹气说你一个月收入有几万块，怎么找这种货色？

"妈，现在我才明白，原来您不是对我的这些女朋友不满，而是对我找女朋友这件事不满。因为我一旦有了女朋友，肯定不能时刻侍奉在您的左右。这么多年来，爸爸一直不在您身边，您是把我当作最大的慰藉。"朱丞聪双手抱头，手指用力地抓着头发。

朱丞聪很快过了而立之年，他的同学和朋友们的孩子都到了上幼儿园的年龄。母亲意识到：再也不能将儿子攥在手掌心。好不容易离开母亲，朱丞聪有一种"翻身农奴得解放"的快感。但是他不会想到，即便自己有了小家庭，母亲还是不会这么轻易地放过他。

母亲有一把朱丞聪新房的钥匙，这为她经常串门提供了便利。他和妻子不反对母亲上门，他们在婚前许诺要多关心她的生活。但是母亲的来访过于频繁，事先不打任何招呼，直接拿钥匙开门进屋，让他们哭笑不得。有时候朱丞聪和妻子正在亲热，突然迎上母亲钩子般的眼睛。好不容易熬到母亲离开，刚才被调动起来的情致早已荡然无存。

即便不来串门，只要母亲一个电话，朱丞聪必须第一时间赶回去"救火"。母亲时不时招呼他这个儿子办事，或者没事觉得寂寞难耐，找儿子回来说说话。每次出门前和回家以后，妻子免不了和他闹矛盾。她控诉婆婆这个"第三者"，自觉被冷落，对婚姻的不安全感油然而生。朱丞聪费尽心力去解释，妻子还是喋喋不休。争吵过程中，妻子提到了"离婚"。结婚前妻子脾气好、温柔体贴，就是这位"手长"的婆婆，将原本关系和谐的小夫妻搅得不得安宁。

朱丞聪对着椅子作揖说："妈，您放心，我和沫沫不会对您撒手不管，会尽到做子女的职责。求您高抬贵手，放过我和沫沫吧。我知道父亲常年不在您身边，难免精神空虚，不过我有了家庭，您再这样黏着我，只会毁了我的幸福。"

深吸一口气，朱丞聪又将椅子当作妻子沫沫。他提到沫沫不幸的原生家庭，父母离异，父亲移民国外，母亲再婚，沫沫与继父关系并不好。好不容易遇到朱丞聪这个男人，没想到他有这么一个奇葩的母亲。特别是沫沫的母亲生病去世后，沫沫更是觉得这个世界上唯一的亲人也走了，孤独感更为强烈。

"沫沫，你母亲的死让你很悲伤，我又不能给予你充足的安全感。每次和你争吵，每次说出那些难听的字眼，我的心仿佛在油锅里煎熬。你遭遇那么多不幸，我不该伤害你，但是我又不知道如何跟母亲沟通，让她不再成为我们婚姻的'小三'。我对不起你，对不起！"

10

　　这把椅子,不再是一把普通的椅子,它是一把解开心锁的钥匙,可以让人说出埋在心里许久的话,它可以让人直面内心最幽暗的部位。

　　几位女性组员达成一致意见:问题的根源在婆婆身上,朱丞聪也有不可推卸的责任。一直以来,婆媳关系是最难处理好的关系。不过朱丞聪的母亲,是她们听到的最奇葩的婆婆。儿子长大成人,不再是母亲的所有物,不能隔三岔五上门,叫回去办事、唠嗑。他有妻子,妻子同样需要陪伴、需要关心、需要安抚。

　　妻子和婆婆产生严重矛盾,丈夫在中间应该起到桥梁和纽带作用。可是,朱丞聪完全顺着母亲的意思。他夹在中间左右为难,但是又不能在这个问题上听之任之,最终让矛盾不断走向恶化。这样的"妈宝男",注定会让他的妻子崩溃。

　　孙祉鑫基本认同她们的观点,但不是站在前面几位女性的视角看问题。他能体会到朱丞聪身上的重压——原先只有母亲,现在又多了妻子。母亲将父亲的角色转移到朱丞聪身上,扭曲了他原本应该是儿子的角色。他有了家庭,需要意识到"丈夫"才是他真正应该扮演的角色。

　　孙祉鑫让朱丞聪坐在椅子上,他站在旁边语重心长地对他说:"作为男人、作为丈夫,需要有责任、有担当,退缩、躲避、委曲求全无助于解决冲突。你需要多花点儿时间转变角色。在母亲这边,你还是扮演儿子的角色,将丈夫的角色还给你的父亲。也许会让母亲伤心难过,但是你要做好解释工作,同时让你的父亲做好配合,帮助母亲度过这个心理落差期。当然,角色转变不是说不关心父母、不赡养父母,这完全是两码事。在妻子这边,更多陪伴和沟通交流是最好的选择。让她明白,她永远是你心中最疼爱的女人,促使她恢复对婚姻的安全感。你们可以近期策划一次旅行,就你和妻子两个人去,不要带父母。不在乎去哪里,在乎建立只属于你们两个人的私密空间。"

朱丞聪的脸上,慢慢恢复男人该有的自信。原来,他也可以不那么窝窝囊囊。

将圆未圆的明月,渐渐升到高空。一片透明的灰云,慢慢地遮住月光。这座城市仿佛笼起一片轻烟,朦朦胧胧,如同坠入梦境。所有组员都走了,孙祉鑫在办公室,等待电话里恼羞成怒的赵紫莹的丈夫。陈雨婷走到这幢商务楼的天台,手中拿着一件刚收到的快递——署名"夜行者"的快递。

快递里只有一张小纸片,与硕大的快递盒形成鲜明对比。字迹倒是陈雨婷熟悉的:"别以为危机过去了,只不过他们暂时改变了主意。"

上次是一封匿名信,这次的快递用了化名,陈雨婷不能确定寄信者一定是妹妹陈雨珊。她究竟要和自己玩什么把戏?

孙祉鑫的电话来了,那个危险的、充满敌意的客人已经抵达,陈雨婷只好离开寂寞清冷的天台。

第五章
破碎与重生

1

这些年孙祉鑫做心理咨询时，各种极端情况层出不穷。有一次来访者刚坐下来，突然发出歇斯底里的尖叫，还没等孙祉鑫回过神来，他便从口袋里掏出一把瑞士军刀，直接朝自己的手腕割去，顿时鲜血汩汩冒出来。孙祉鑫费了很大力气，才从来访者手中夺过军刀。他挨过来访者的莫名一拳，脸上肿了一块；更有甚者直接进来砸东西，用头狠命撞墙……

起初他有些恐惧，看来心理咨询师也是高危职业。到后来他变得成熟老练，即便意外来临也能沉着应对。他会从来访者细微的表情变化中，觉察到潜在的危险，进而能事先做出预判。这些经验，为他应对心灵小组的突发情况提供了坚实的保障。

这次活动结束前，他问过赵紫莹回家后的情况。赵紫莹的眼底没有任何喜色，只有深切的悲哀和无奈。结合她的丈夫在电话里说出与职业身份不符的话,他下意识地看了看座椅上那个不显眼的按钮。或许危急时刻,这个简易机关能帮助他远离危险。

还有怀疑妻子出轨的郑浩轩,也和妻子推心置腹地谈过一次。

郑浩轩放弃了暴君的嘴脸,重新切换到"暖男丈夫"的角色。郑浩轩从追忆两人过去的甜蜜岁月开始,渐渐来到谈话的正题。尽管说得非常隐晦,但妻子脸上仍布满阴云,不悦地说:"在你心里我就这么不堪?"

"亲爱的,你别误会,我害怕被遗弃。"郑浩轩抬起头来,用手指勾住妻子的手指。

妻子甩开他的手指:"眼见不一定为实,我只是出去办点儿事,为什么要往那方面想?"

本来郑浩轩想说出自己性情大变的真实原因,但是妻子这般态度,那个愿意坦诚的想法顿时消失了。他咳嗽着对孙祉鑫说:"是个人都会这么想,亏她还说得出来。我倒要看看这对狗男女,还会干出什么勾当。"

"或许她有难言之隐。"就连孙祉鑫本人,都觉得这句话多么苍白无力。

难道自己判断错了?他一向孤傲,从不认为自己会犯错。但他终究是人,是人就会犯错。他默然,继续整理后面如何面对赵紫莹丈夫的思路。

工作室门口出现一个人,戴着墨镜、口罩,按响了门铃。

来了,真正的考验来了。

沉着、冷静，还是按照既定方略，总之不要被访客牵着鼻子走。

对方进门也不打招呼，也不肯摘下墨镜和口罩。眼睛是心灵的窗户，看不清对方的眼神，让这个对手变得神秘莫测。

"先生，我们不是在演哑剧。"

"哈哈。"那个熟悉的笑声回荡在办公室中。

原来是这个死鬼。

完成世界咖啡大赛评委的重任，巩志杰马不停蹄赶到孙祉鑫的工作室。这家伙就是会故弄玄虚，上次通话带着恐吓命令的语气，这次又是一副来者不善的打扮。孙祉鑫重重地捶了他一拳："你就不能改改这副德性？"

面对孙祉鑫粗鲁的举动，巩志杰一点儿也不生气。自从高中认识以后，两人就是这样不拘小节，互相摧残。巩志杰定了定神，好奇地打量孙祉鑫："你刚才把我当作什么人？"

"一个想把我一口吞掉的人。这不，他来了，你先去隔壁活动室，等会儿我们兄弟再聊。"伴随着孙祉鑫洪亮的声音，赵紫莹的丈夫不耐烦地敲门，根本不理会视线范围内的门铃。

"真够狂躁的，祉鑫，这家伙可够你喝一壶。"

"这些年我喝过的还少吗？"孙祉鑫打趣道。

2

穿着黑色西装的赵紫莹丈夫，被陈雨婷领进孙祉鑫的办公室。

面对陈雨婷递来的茶水,他气呼呼地"哼"了一声,把手插进口袋。

陈雨婷的心一瞬间提起来!他会掏出什么凶器?

孙祉鑫还是笃定地坐在转椅上,目光和善地看着他。他如此放松,仿佛对面坐的是他的死党巩志杰。

是一封赵紫莹写给丈夫的亲笔信,上面表达出自己想开微信公众号、想经常参加社会上的读书会活动,同时恳请他这个丈夫尽自己所能分担一些家务。他把这封信狠狠地往桌上一扔,突然恶狠狠地吼起来:"都是你干的好事!我在外辛苦挣钱养家,只希望她能把这个家照顾好。现在倒好,她想给我撂挑子。"

从头到尾读完这封信,这些想法和愿望完全不过分。眼前这位企业高管,尽管外表上是现代人的打扮,骨子里却浸润着传统古板的思想。要想说服他接受赵紫莹的合理要求,不用上一些奇招还真不能奏效。

孙祉鑫放下信,从抽屉里拿出一张空白的A4纸和一支铅笔。他对赵紫莹的丈夫说:"马先生,请您别动,给我几分钟时间。"

铅笔在白纸上摩擦,发出"唰唰"的声音。仅仅过了不到5分钟,一张素描肖像画就在孙祉鑫的笔下诞生。

"你看看还像吗?"孙祉鑫将成品递给一脸蒙圈的马先生。

"大体上还凑合,不过你把我画得年轻了,估计这是10年前的我。"

"不,我敢断定,这是5年前的你。我听赵紫莹说过,那时的你比现在年轻多了。"

马先生发怔地凝视这幅画，用大拇指和食指夹起一根飘落在画上的白发。可能这幅画触动了潜藏的记忆，他想起结婚前与赵紫莹恩爱的场景。那时的他工作比现在轻松许多，有很多时间陪在赵紫莹身边。他视她为心目中最重要的女人，珍惜地捧在手心里。尤其当"保孩子还是保大人"的难题摆在面前时，他毫不犹豫地做出抉择。

赵紫莹就是他生命的一部分，打断骨头连着筋，没什么力量能将他们分开。他感恩这个女人，她不嫌弃自己卑微的出身，不要盛大的婚礼、豪华的房子和车子，只看中他对她的一颗心。

因为众生都是单翼天使，只有彼此拥抱，才能飞翔。爱是生命的火焰，没有它，一切变成黑夜。真诚的爱情是最纯洁的。他愿意捧出一颗真心，回馈赵紫莹对自己的信任。

马先生说到做到，他心疼赵紫莹在外面风吹雨打，他愿意一辈子养着她，不让她受一点儿委屈。

时间是爱情最大的敌人。随着工作越来越忙，职位越来越高，他的眼界越来越高。随着赵紫莹年岁渐长，琐碎的家务、调皮的孩子，让她不再如婚前那样光彩动人。他身边有不少年轻貌美的女子，尽管能克制这些外在诱惑，但是他终究对这个曾经深爱的女人厌倦了。

厌倦是一把钝刀子，慢慢在这份感情上切开裂口。

他对赵紫莹不再那么温柔，说话也不再和善，时常会训斥她没把家操持好,没把孩子管好,反正在他眼中,这个全职主妇的身上都是缺点。

夜深人静时,他也曾有过思考:究竟是自己变了,还是身边的妻子变了?

就在他思考的同时,他的妻子也在悄然落泪。赵紫莹不敢让丈夫知道自己落泪,就怕丈夫又会苛责自己过于矫情。她清楚丈夫在外面打拼不易,正如那句广告词——"都知道有家的男人好幸福,谁知道养家的男人好辛苦。"

马先生紧绷的面部肌肉变得松弛,不再是那副兴师问罪的面容。

3

孙祉鑫的办公室里还有说话声音。隔着房门和墙壁听不清说话内容,但是陈雨婷非常讨厌里面那个"直男癌患者"。

在"直男癌患者"眼中,女人应该绝对服从男人的意志。他们通常自以为是,漠视女性价值,利用"社会普遍标准"塑造心目中理想的女性形象。自己空想还不算,他们要求女性压抑自己的真实欲望,去无限贴近社会所期望的"理想女人"。

大多数"直男癌患者"在结婚前隐藏得比较深,一旦让这些"渣男"得手,他们就会原形毕露。做他们的妻子,只有义务,没有权利,反正只能像母亲或保姆一般照顾这个男人。一旦女人有自己的想法，就会被他们视作"大逆不道"。当然，这些"直男癌患者"还是有耍横的资本，他们通常在社会上有一定的地位，属于别人眼中的"钻石王老五"。即便如此，也无法弥补他们对妻子精神上的摧残。

陈雨婷真想冲进去，狠狠训斥他一番。就在她的手指即将接触到房门时，手机不合时宜地响起。房门隔音效果很好，这点儿手机铃声不会引起马先生的误会。要是他知道有人在门口偷听，孙祉鑫刚才所做的努力又将白费。

马先生的泪花滴在孙祉鑫完成的素描画上，模糊了一些线条。有多长时间没有哭泣过？有多长时间没有倾诉过职场中的压抑和苦涩？看似他贵为副总裁，一人之下众人之上，说话可谓一言九鼎，可是那些恭维他的嘴脸背后，也许藏着一把把刀子。稍有疏忽，他就会被某些别有用心的人糊弄，造成不可挽回的损失。势均力敌的竞争对手，台面上大家客客气气、称兄道弟，背地里狠招频出，巴不得将对方"碎尸万段"。难缠的客户，合同签署前，他简直比你的亲爹亲妈都重要，任何一点要求都必须无条件满足。哪怕是深更半夜，哪怕高烧发到40摄氏度，只要客户一个电话，必须打起十二分精神，赔着一张笑脸，恭敬地请对方讲明需求，并且拍胸脯地保证不辱使命。

长期处在提防、伪装、逢迎的状态中，马先生自觉人格在扭曲分裂。他越来越不喜欢现在的自己，非常不喜欢。如今的这副嘴脸，在5年前是他非常痛恨的那种。初入职场时，马先生还痛斥这些人为"无耻小人",还说人格和尊严比金钱来得更重要。可是在生活的重压下,他居然变成自己曾经讨厌的模样。隔着时空,他仿佛听到5年前自己群情激奋的骂声。

无奈啊!呜呼哀哉啊!

热烈的情感汇成语言的长河,他有过向赵紫莹诉说的想法。赵紫莹坐在沙发上,他的话刚到了嘴边,孩子的哭声打断了夫妻间的交流。

这一耽搁,下一次"会谈"就遥遥无期。

孙祉鑫从椅子上站起来,来到马先生的身旁,拍了拍他的肩膀:"我知道,你也渴望和妻子沟通,只是因为你的工作太忙,还有赵紫莹长时间与社会脱节,你们之间的共同话题越来越少。"

马先生揉了揉有些浮肿的眼睛,不好意思地说:"你的话说到了我的心坎上,刚才过于投入,让孙博士见笑了。"

"每个人都有不堪回首的一面,为了所谓的面子,我们会选择压抑或躲避。但是这种方法只能解决一时的问题,这些麻烦依然潜藏在体内,遇到合适的时机还会爆发,我的职责就是帮助大家直面这些痛点,把这些毒素以最小的代价排出来。"

"谢谢您,孙博士!今后我要做些改变。"

"不只是您,您的妻子也需要改变,而她能否化茧成蝶,就看您的支持力度。"

"是的。紫莹为我、为孩子、为这个家付出这么多,此前我一点儿也不体谅她。她是我的妻子,这辈子最爱的女人,我却让她受了这么多委屈,确实非常不应该。我会接受她的想法,支持她去实现梦想。"

"夫妻是一种合伙人关系,如果其中一方过于弱小,难免会让幸福的天平发生倾斜。假如赵紫莹变得更独立、更有魅力,也会帮您减轻身上的负担。在您孤弱无援时,她将是您最强的支持系统。"

马先生离开前,孙祉鑫给他一条建议:夫妻俩在近期共同参加一次活动。正巧一个月后,马先生的公司将举办一场员工文艺会演。原本他没有参与的计划,被孙祉鑫这么一说,突然想起赵紫莹非常喜欢唱歌,不如会演中表演一个男女对唱节目。

4

"帮我分析分析,我和他是不是有希望?"闺蜜冯诺涵说话时,满嘴的红丝绒蛋糕。就在1小时前,这位"吃货闺蜜"无意间阻止了陈雨婷的"冲门"行为。

红丝绒蛋糕是冯诺涵最喜欢的甜点之一。如果将色彩靓丽、小巧可爱的马卡龙比喻为活泼开朗的青春少女,那么红丝绒就是优雅成熟的女王大人。红丝绒蛋糕饼胚的密度非常低,疏松的口感如天鹅绒般丝滑细腻,冯诺涵对它一见倾心,毫无抵抗地沉醉在它的高贵华丽中,迷失在无与伦比的口感中。

"又让我分析!这一年里,你让我分析过与多少偶像的可能性。再这样下去,你都快成'国民老婆'了。"陈雨婷本想打击冯诺涵"无限八卦"的积极性,没想到"国民老婆"这四个字让她非常受用:"你就是嘴甜,就冲你这句话,今天的甜点由我买单。不过,你还没回答我刚才的那个问题。"

冯诺涵提到暗恋对象的名字。

"星如雨",一个走近她的世界不到两个月的笔名,却让她有种莫名的好感。只是冯诺涵口中的"星如雨",会是这段时间每天和自己插科打诨的他吗?陈雨婷不能确定,因为"星如雨"的微信朋友圈内空空如也,不能从这里得到关于他的任何个人信息。

他是一个能在男性视角和女性视角中自由穿梭切换的作家。他的文字中,既有男人的理性大气,也有女性的细腻婉约;他可以不动声色地把一个凄惨的故事讲出来,结尾时的反转颇有短篇小说大师欧·亨利的笔法;也可以通过精细的场景、人物刻画,渲染出主人公内心强烈的情感。这样的写作水平,几乎和某些一线作家比肩。

冯诺涵如同发布一则重大新闻:这位新锐作家在微博中公布了一则消息。他最近会出版上市一本长篇小说,还将在不久后举办一场新书签售会。说完后,一份羞涩的喜悦染红冯诺涵的脸颊,眼底荡漾着盈盈的水光,低着头说:"我是不是可以直接问他要联系方式?还有,我该怎样表现才能引起他的注意?我怕……"

面对自己喜欢的人,我们总会觉得害怕。害怕自己的行为举止让对方不快,害怕追求后的结果不尽如人愿,害怕……归根结底,是我们太在乎这个人，因为在乎，所以卑微。

由于不能肯定此"星如雨"就是彼"星如雨"，陈雨婷不敢贸然推送他的微信名片。不过，她的心里还是微微漾起波澜：如果真是他……

此前，"星如雨"几次约她在线下见面，陈雨婷找出种种理由推托。假如当面遇见，不知他会如何揶揄自己。对于这份不期而至的相遇，陈雨婷既期盼，又惴惴不安。

送走马先生，孙祉鑫突然发现陈雨婷已经不在工作室。巩志杰一脸坏笑地说："是不是女朋友生你的气了？"

孙祉鑫的脸憋得通红："别胡说，她是我的助理，也是我的妹妹。"

巩志杰的哄笑不可抑制地迸发出来："你的瞎话可以别再编下去好吗？就冲刚才你们俩对视的画面，我就能肯定她和你有一腿。助理也好，妹妹也好，只不过是你们在外人面前用来粉饰真实关系的幌子。不过你这么说，肯定有难言之隐，是不是她到现在还不肯接受你的表白？"

孙祉鑫深吸一口气，挤出一个字："是！"

"走吧，去我的咖啡馆，我们好好聊聊。3年了，太多话憋在心里，再不释放出来，我的大脑硬盘存储空间所剩无几。"巩志杰拽着脸色红彤彤的孙祉鑫从工作室出来，来到他新买的宾利轿车旁。

巩志杰的车路过魏亚玲的公司，孙祉鑫不自觉地贴着车窗，朝24楼那扇亮灯的窗户探头张望。

魏亚玲的办公室里,方总监把头埋得很低。办公桌上有一份市场调研报告,好几页上都留下红色的波浪线。对于这位公司元老,魏亚玲露出愠怒的神色,说话也不再给他留面子:"方总监,这已经不是第一次。国有国法,家有家规,企业也有明确的规章制度。如果你继续这样下去,我宁愿背上'卸磨杀驴'的骂名。至于奖励你的那些股权,公司也将悉数收回。"

方总监好不容易抬起头,双手不停搓揉,结巴地说:"别……魏……魏总……这段时间……家里……真的出了点儿事。"

"看来是我对下属关心不够。"

"我能处理好家事,并且以后再也不会影响到工作。"方总监不断擦着额头上的汗珠。他不止一次做过类似的保证,却一次次挑战魏亚玲忍耐的底线。那些激励股权,是他为公司任劳任怨工作多年换来的。被辞退还不是灭顶之灾,丢失股权却是他无论如何也不能接受的事实。

"我再给你一次机会,不过……"魏亚玲接下来说出的话,再次让方总监如坐针毡。

有人向总裁办公室的邮箱发送了一条信息,举报方总监做出有损于公司的行为,附件内有一些发票照片,清晰度不算很高。这位举报者振振有词,如果总部展开调查,他愿意公布更详细的证据。

"诬陷!赤裸裸的诬陷!"方总监大声叫嚷起来。工作中出现一些差错,还属于能够容忍的范畴内,但是在资金使用上有违规行为,估计魏亚玲不会让自己在总监的位置上再多待一分钟。

哪怕确有其事，他也要死扛到底。

"你不必过分紧张，公司里最近人心浮动，我收到好几封这样的匿名举报信。举报针对的目标，也不只是你方总监一个人。不过，我希望你不要有举报信上所说的行为。"魏亚玲打一巴掌揉一揉，甩一记耳光再给个枣吃，对老辣的方总监起到敲山震虎的作用。

方总监走后，魏亚玲又翻出那份化验报告。上天留给她的时间不多了，也许是一年，也许只有半年。什么时候她才能不再被愧疚煎熬？什么时候才能坦然面对他？

5

到达巩志杰的咖啡店时，里面只剩下稀稀拉拉的顾客。这座位于淮海路上的3层独栋小洋房，民国时期曾是一位民族企业家的私家住宅。巩志杰用高价买下这栋市中心稀有的小洋房，就是看中这栋楼的小资怀旧情怀。他要做一家完全不同于其他咖啡馆的专业咖啡店，不只是售卖咖啡，更要传播精致的咖啡文化。光是这份装修设计图纸，他就先后改了几稿。最后那一稿，装修工程队的冲击钻"嗡嗡"作响，他风风火火地冲进施工现场，不顾四处弥漫的灰尘，对着那些工人们喊："stop！"

工人们不懂这句英语，还以为闯进来一个疯子。直到工头出现，他的想法才得以付诸实施。每个楼层都有各自的功能设计：一楼是布置特别的咖啡店，主要是向顾客提供咖啡成品；二楼是专门的咖啡烘焙室，传授专业的咖啡技艺；三楼是享受阳光的屋顶花园，是休闲交流的空间。大片明黄色调的视觉冲击，分外吸引眼球。

小时候就有当老师的愿望，现在他终于得偿所愿。每天上午，他在二楼的咖啡烘焙室授课，手把手地教学员们制作咖啡；下午，和三五好友在三楼的花园小憩、聊天，桌上放着冒着香气的咖啡，谈笑间度过多少美好时光。

给学员上课时，他会对每位学员DIY的咖啡成品进行评判。他的舌头如同一台咖啡测量仪，一口就能尝出不同学员制作的咖啡的细微之差，对他们研磨、冲泡过程进行指点。

有学员问他，您如何记住这么多口味？咖啡熟豆富含的化合物多达1300种，不同的咖啡豆会演绎出不同的口味，为咖啡带来丰富的味觉和嗅觉感受。巩志杰浅浅一笑说："这个方面根本没有捷径，异于常人的味觉是必备的先决条件，而要想掌控咖啡的千余种口味，只有通过死记硬背的方式，强迫自己记住每一种味道。"能做到这一点，和先前的50000杯咖啡的磨炼是分不开的。

除了经营咖啡店，巩志杰还通过了世界咖啡协会评委的考核认证，取得了咖啡大赛评委的资格。这次在欧洲举办的WBrC世界咖啡冲煮大赛，组委会力邀他担任总决赛感官评委。选手在规定时间内要做出不同的咖啡，评委将从设备的运用、咖啡豆的拼配、制作咖啡的技巧、咖啡成品的口味和外观、创意咖啡的创意度等方面，对每个作品的口感、干净度、创造力、服务技能和整体表现给出评分。就在比赛期间,他每天要喝上200多杯咖啡。

对咖啡如数家珍后,巩志杰话锋一转:"本来还想在欧洲多玩几天,突然接到我爸的电话。德凯集团是多年的合作伙伴,向他提出转让一些股份和业务。他觉得这是历练我的机会,这才急着让我赶回来。"

德凯集团,不正是魏亚玲掌管的公司吗?转让股份和业务,一定是公司经营状况不佳,不得已用"壮士断腕"的方式自救。想起今天下午活动前魏亚玲的电话,孙祉鑫觉得心里不是滋味。她的公司遇到麻烦,还对心灵小组这么关心,自己却把这份好心当作无端干涉。下次有机会,一定要当面向她致歉。

不过巩志杰的下一句话,又让人听上去非常蹊跷:"我听父亲说,德凯公司新公布的半年报业绩,比去年同期增长20%。对于一家数十亿资产的集团公司来说,这个增长幅度是相当可观的。为什么要在公司业绩大幅增长的前提下,贸然转让股权和业务,这里面必有隐情。父亲让我不必急着表态,静观事态发展。"

公司利润增长,按理说应该采取激进扩张的策略。魏亚玲反其道而行之,孙祉鑫反复揣摩其背后的用意。头脑中跳出一个可能合理的解释:德凯公司公布的业绩报表存在猫腻。或许是为了掩人耳目,或许是为了能以较高的价格转让股权和业务。不过,这种做假账的行为可是违法的,一旦被人查证属实,不仅要没收非法所得,还将承担一笔巨额的罚款。这些利害关系,魏亚玲不可能不清楚。

对于这个动机不明、善恶难辨的资助人，孙祉鑫不得不多一份小心。

6

方总监回到家，那个不争气的儿子又在浑身抽搐。他难受得直落泪，想狠狠揍儿子一顿，但是揍完之后他就能弃恶从善吗？

他拨通那个神秘人的电话："求求你，饶了我和我的儿子吧。我可以把全部家产都给你。"

那人冷笑一声："我不要你的家产，相比德凯集团，这点儿钱只是九牛一毛。这段时间你很不在状态，差点儿被魏亚玲这只老狐狸抓个现行。尽快调整状态，做事干净利落点儿。事成之后，你会拥有比现在更好的生活。"

"可是我儿子……他这副模样，我挣再多钱还有什么意义？"方总监老泪纵横，不小心一口唾液呛到气管，咳了很长时间才止住。

"你要是不配合，哼哼……"对方有意不说出后半句话。

"别……我一急又乱说话。我知道您有办法，您神通广大，我儿子会得救的。我配合您，一定配合。"方总监的头点得像小鸡啄米。

走出甜品店，刚才室内有些闷热，一阵冷风吹来，刹那间让昏昏欲睡的神经清醒过来。今晚吃进这么多高热量、高脂肪的甜点，这得需要多长时间的"黄瓜+水果"套餐，才能挽回贪嘴造下的"罪孽"。陈雨婷一面暗骂冯诺涵，一面又感激她。陈雨婷有种预感：参加这次新书签售会，一定会有所收获。

也许签售会上人山人海，也许自己会被淹没在他疯狂的粉丝群中。这不重要，只要能看清他的模样，只要他走进过自己的世界，这就足够了。

晚上，有人在写作微信群把"大神"贬得一文不值。这位类似于三国时期祢衡的狂狷之士，大言不惭地说："说别人是大神，客气一下可以。正常情况都是人，前'简书'短篇小说主编说过，'简书'里厉害的人，只不过是在粪坑里比你多探出半个脑袋而已。不要迷恋什么大神，就是人。"

如此狂悖，还用这么恶心的比喻，是可忍孰不可忍？陈雨婷当即与那个人开撕。无奈此人"撕×"能力超强，厚颜无耻的程度更是千古一绝，陈雨婷气得七窍生烟，最后甩了一句："你去死，你们全家和十八代祖宗都去死。"

"星如雨"发来信息：婷婷，何必与这种人一般见识？

"星如雨"的出现，让此前萦绕在心头的问题，从意识的"深水层"冒到水面上。陈雨婷想即刻求证，可是"星如雨"调侃挖苦的本领极强，万一张冠李戴，肯定会被他添油加醋。她只好回到刚才的话题中："关你何事？这人就是欠骂、欠揍。"文字末尾附上三把"菜刀"的表情包。

陈雨婷又在语言上"滥施暴力"，估计"星如雨"的下一招就是"安抚+甜言蜜语",可是他却突然冒出一句:"素年锦时你我初遇,愿共一场胭脂醉,不醉不休,不停不止。无论身边经过多少人,终究会渐渐走散,也许陪自己走到终点的那个人,只是某个面目模糊的他。"

这句话听上去非常熟悉,陈雨婷仔细搜索记忆,想起这是以前自己发表在一本青春小说杂志上的短篇作品中的文字。那是前男友离世,她知道真相后,发出的一声哀叹。不承想,这句嗟叹之语在此刻被"星如雨"提及。

"常常不禁问自己,如果不曾与你相遇,我会历经怎样的山水。也许不会再有人像你一样,让我爱到呕心沥血,让我不惜飞蛾扑火,只为沉醉在那一场花事中。随之你曾弃我、负我,但是爱过,便是幸福。""星如雨"又脱口吟诵出陈雨婷另一部作品中的语句。

原来,他一直在关注自己。

这个暗暗注视她的男子,会是一个月后新书签售会上的"星如雨"吗?

7

心灵小组的第三次活动有一名组员请假,一人无故缺席。

朱丞聪和他的妻子开启迟到的"蜜月旅行"。来到爱琴海之滨,他们在海天一色间享受只属于他们的二人世界。通过半个月前对"空椅子"的倾诉，朱丞聪意识到自己作为丈夫的失职，他在孙祉鑫的鼓励下，和母亲长谈将近两个小时。

他的声明，引来母亲的强烈抗议："你还是我的儿子吗？都说'有了媳妇忘了娘'，你想把老娘扔了吧？"

"妈，让您不经常来串门，与推卸赡养职责完全是两码事。每个周末我们都会去看望您，不过请您尊重我和沫沫的私密空间。我知道您在短时间内会非常不适应，但是您也不希望我的小家庭破裂吧。另外爸爸快退休了，他会有更多时间陪伴您，不会让您觉得太孤单。"

母亲果然不再经常上门或打电话让朱丞聪回去。这段时间内，母亲一定和自己置气，只有经历这段冷战期，扭曲的母子关系才能恢复到正常状态。

黄墨萱的缺席在孙祉鑫的意料之中。上次和陈雨婷发生口角后，她一直处于失联状态中。她的性子比较冲动，只有等她冷静下来再好言相劝。

团队活动室的中央摆放一面中国鼓，鼓的旁边放着一把椅子。其余8把椅子围成一个圆弧形，椅子旁各摆放一件击打乐器，有康加鼓、邦戈鼓、手鼓、铃鼓、非洲鼓等。这次活动又会玩出什么新花样？是不是上次"空椅子疗法"的升级版？6位组员用期待的眼神看着孙祉鑫。

孙祉鑫不紧不慢地说："今天，我想请大家体验音乐疗法。"

听音乐也能治疗心病？当然，音乐确有怡情悦性的效果，工作忙碌一整天，听几首轻音乐，会让紧绷的神经得到放松。可是这种放松，能上升到心理治愈的效果？既然是播放音乐，为什么要放这么多打击乐器？是让体验者自己演奏音乐吗？大家都没有音乐基础，估计只会制造不堪入耳的噪音。

上次活动是陈雨婷救急，这次不能再让她充当"救火队员"。正当孙祉鑫准备走向中国鼓时，杨晓燕说了一声："我来。"

与"空椅子疗法"相似，孙祉鑫让杨晓燕想象她的亡夫就坐在这把椅子上。她想对丈夫说的话，不用嘴巴说出来，而是用这面中国鼓打出来。

杨晓燕拿着鼓槌，静静地面对这把空空的椅子。

对着鼓面敲击，"咚咚""咚咚咚"……鼓点密集地响起来，杨晓燕的情绪开始出现波动。一条时空隧道仿佛在眼前开启，她果决地走向遥远的童年。

她出生在一个警察家庭，父亲是战斗在打击犯罪分子一线的刑警，母亲是办公室文职人员。从小浸润在"正义必将战胜邪恶"的信念中，杨晓燕对于成为一名光荣的人民警察，有一种不可遏制的渴望。

从有这个想法开始，她就是一副假小子打扮，短头发，还经常穿男孩子的衣服，从不玩跳皮筋、过家家等女孩子喜欢的游戏。到了情窦初开的年纪，同龄的女生陆续开始收到异性的情书。因为豪放的性格，男生们将她当作哥们儿看待。哪会有人对这个"哥们儿"产生感情。好在她不在乎这些，和这些男生称兄道弟，不羡慕那些被人暗恋的女生。

凭她的成绩，本可以考虑实力更雄厚的高校。就连班主任老师也劝她再考虑考虑，毕竟做警察的危险性很大，每年都有警察因公殉职的报道。也许做老师等收入稳定的工作，更加适合女生。可是在高考志愿书上，她的所有选项都义无反顾地留给警校。

成为一名警校生，意味着离梦想又近了一步。警校采取军事化管理，校规明文规定学生之间不允许恋爱。对于这条冷酷无情的校规，杨晓燕的内心不似其他人那般剧烈抗拒。她本来就对男欢女爱没什么感觉，言情小说中关于男女情爱的描写和故事情节，在她眼中更是俗不可耐。为了他或她，为什么要做出伤害自己甚至把性命都搭上去的蠢事？她对爱情嗤之以鼻，更别谈去接受别人的爱意或主动去寻找幸福。

8

成为警察后的首次行动，杨晓燕不顾男同事们的劝阻，第一个"杀"进黑恶势力的窝点。别人见她是女人，身材娇小，根本不把她放在心上。但是她一出手，就将身高一米八五的彪形大汉撂倒。那个老大一见情形不对，朝着身旁的几个喽啰挥挥手。那几人心领神会，呼啦一声冲过来，将杨晓燕团团围住。

她是学校里女子擒拿格斗比赛的冠军，但对方人多势众，她很快寡不敌众，手臂上和腿上被对方手中的匕首划伤，扎心地疼。她的背上、额头上开始渗出冷汗，体力也随着时间推移快速下降。她开始意识到莽撞带来的后果，期盼队友们能尽快摸到这里。

那扇木门再次被人踹开。杨晓燕被一个同事背到旁边，不断涌出的鲜血浸湿警服，她慢慢失去知觉。

醒来时，杨晓燕看见伤心欲绝的母亲，还有两鬓斑白的父亲。她昏迷了一天一夜，医生还下了病危通知书。好在抢救及时，她捡回了一条命。就在来探望的领导面前，母亲提出调换杨晓燕的工作岗位，从一线刑警调到办公室后勤工作，离死亡危险越远越好。父亲在一旁默不作声，或许他后悔将女儿培养成一名警花。领导们点头，说会好好考虑杨晓燕父母的建议。

出院后，杨晓燕在和领导的谈话中，明确表达不愿转岗。她不愿成天面对一堆纸张枯黄的案卷，不愿在琐碎的事务性工作中消磨时光。不过她向领导保证，以后再也不会违反纪律擅自行动，同时会注意自己的安全。

此后几年间，她和一群大老爷们屡破大案、要案，在她手下抓获的犯罪嫌疑人不计其数。这一行干的时间长了，难免会得罪一些歹人。不知这些人通过何种途径搞到杨晓燕的联系方式，杨晓燕数次收到死亡威胁。她对此一笑了之，不会让这些威胁绊住惩恶扬善的步伐。

很快，她步入"大龄剩女"行列。相亲她倒是经历过很多次，别人一听说她是警察，没有固定的上下班时间，只要一个电话就要奔赴办案现场，几乎不能照顾到家庭。这点让很多次相亲"见光死",见一次面后就再无下文。

尽管对"大龄剩女"这个称呼非常抗拒,但是杨晓燕不想让父母为自己担心。她会在夜深人静时想:这辈子难道真要孤独终老?

老天怜惜这个有着汉子般性格的女生,派出"暖男"一名来拯救她。

第一次见面,对方看她的眼神有些腼腆。每当杨晓燕的目光聚焦在他身上,他总会低下头,拨弄手中早没有热气的英式红茶的茶杯。

"我是警察,没有其他女生那样温柔、贤淑。至于家务,我会干一点儿,但是工作性质决定我不可能把全部精力用在家庭上。"杨晓燕像倒豆子一般,直接说出真实的自己。她讨厌虚伪,更厌烦遮遮掩掩不把情况说清楚。此外,她第一眼就对这个内向的男生缺少感觉,换作其他人,这些话会放到最后才说出来。

这个男生的回答让她诧异:"我不介意,可以全力支持你的事业。"

"你不在乎一个没有女人味的女人?"杨晓燕还有些不放心。多次惨痛的相亲经历让她明白:男生大多数喜欢"萝莉"的、娇小柔弱的女生。因为在这些女人面前,男生能充分展示自己阳刚、勇敢的一面,满足他们的保护欲和小小的虚荣心。她这枚"女汉子",什么事都能自己来,不能给足男朋友面子和充分释放男性荷尔蒙的机会。难怪那些男生在见过她以后,统统"吓"得落荒而逃。

"你就是我要等的人。"

"为什么?"多年办案经历,杨晓燕对于每个行为背后的动机总会刨根问底。他究竟看上自己哪点?美貌?自己算不上美女。性格脾气?好像第一次见面也不能轻易下结论。至于刚才自己说的那一通话,更会让她在男生心中的印象分大大降低!

不搞清楚原因,她还真不放心继续与他交往下去。

男生的引经据典让她不再追问:"在柏拉图的眼中,男人女人原本是被天神一刀劈成两半的一个人,所谓爱情就是找到另一半。爱情有时候不需要理由,而在于一种感觉,我就是喜欢你这个人。"

杨晓燕终于体会到爱的甜蜜滋味。

警花的爱情,也像工作中那样干净利落。他们在一年后结婚,丈夫兑现了第一次见面时许下的承诺——包揽所有家务。

9

丈夫越是体贴关心自己,杨晓燕的心中越是增加一分愧疚。

"我想吃你做的菜。"就在她的生日当天,丈夫又做了一桌丰盛的菜肴。面对她的狼吞虎咽,丈夫说了这句玩笑话。杨晓燕的目光,停留在丈夫右手裹着的纱布上。为了对付桀骜不驯的清水蟹,丈夫的手指被蟹螯夹伤。而清水蟹,正是杨晓燕最喜欢的美食。杨晓燕的鼻子一阵酸涩。

深夜等到丈夫熟睡后,她悄悄走进厨房,从冰箱里取出一些食材,照着手机的视频实地操练。后来丈夫询问菜总是莫名其妙减少的原因,她笑着点着丈夫的脑门说:"哪个小偷敢光临我们家?一定是你记错了。"

学习厨艺这件事,一定要隐瞒丈夫,等到合适时机再好好露一手。杨晓燕爱丈夫,只是平时没有时间去表达,现在她要通过这种方式尽力补偿。

这天是他们认识3周年纪念日,正巧单位里也没有紧急任务,杨晓燕破天荒地能在下班时间回家。她去菜场和超市采购一批新鲜食材,想在这个特殊的日子秀秀厨艺。她打了一个哈欠,这段时间半夜起来练习做菜,简直比平日里连夜侦破案件还要累。好在学会了几个家常菜,杨晓燕的眼前,仿佛出现丈夫吃得津津有味的场景。

走在楼梯上,杨晓燕就闻到一股血腥味,越靠近家里这股味道越是浓烈。也许丈夫在家活杀家禽,她找了一个还算说得过去的理由。

打开房门,那声"亲爱的"还没喊出口,她就大声尖叫起来。

鲜血在客厅的地板上汇成一条血河。丈夫躺在一片血泊中,身上多处还在往外冒血。她扔下手中一袋袋的新鲜蔬菜,疾步冲到丈夫身前,使劲晃动他,可是没用,他的眼睛直愣愣地盯着她。

根据他身上致命的伤口判断,就在她回来前不久,丈夫遭遇不测。

就在客厅的茶几上,有一篮刚洗好的草莓,散发出娇艳欲滴的光泽。草莓的鲜红色,地上红彤彤的血液,交织出一幅恐怖诡异的画面。

杀害丈夫的凶手很快落网,被判处死刑立即执行。但是这份伤痛,绝非一命抵一命就能轻松抹去。

杨晓燕的手臂举得越来越高,敲鼓的力度越来越大,恨不得在鼓面上敲出一个窟窿。

那些压抑在心头一直想对丈夫说的话,随着鼓声被调动出来。她的身体不由自主地晃动,眼睛变得猩红,进入一种忘我的疯狂状态。此刻,即便有人在身旁大喝一声,也不能停止她和丈夫之间这种独特的交流方式。

就在杨晓燕拼命敲鼓的同时,其他组员的鼓声附和着她,声音之响简直要将屋顶掀翻。最后,鼓槌从杨晓燕手里飞出,情绪在这一瞬间失控。她冲出团队活动室,陈雨婷想跟过去,孙祉鑫对她摇摇头。

杨晓燕在洗手间中痛哭一场,半小时后她洗把脸回来。孙祉鑫让她坐在这把椅子上,其他人过来环绕着她、抱着她,开始轻轻地哼唱,曲调有点儿类似摇篮曲,不过是即兴创作的。她再次在别人的怀中默默流泪,突然感觉回到婴儿时期,毫无顾虑地躺在妈妈怀中,感受到慰藉和温暖。

孙祉鑫对着眼角边还挂着泪痕的杨晓燕说:"感觉好受点儿吗?"

杨晓燕畅快地舒口气:"快一年了,我从来没有像今天这样畅快。"

孙祉鑫告诉大家，音乐疗法就是帮助大家与过去的伤痛和谐相处。大多数人认为，必须对心理阴影或伤痛除之而后快。其实不然，你以为战胜了这些负能量，但是它们并未离开你的身体，只不过以另一种形式躲藏在潜意识中。只要造成伤痛的场景再现，潜意识就会冲破意志的枷锁，对当事人造成更大的伤害。

只有与伤痛和解，接纳不完美的自己，才能浴火重生。

斯坦福大学精神病学终身荣誉教授欧文·亚隆曾经说过："我们每个人在世界上都会面临死亡、孤独、无意义和自由的命题，我们害怕、恐惧、焦虑、困惑和绝望，不得不独自应对这生命中无法解决的宿命。但当我们在夜晚中，看到远处有一盏盏的灯在闪亮，映照着彼此的船只，互相看见，我们将不再孤独，不再恐惧，带着那一份信任和亲密，温和地走进那个良夜。"

就在刚才的鼓声合奏中，杨晓燕似乎感受到前方点亮一盏明灯，貌似很远却又很近，释放着温暖柔和的光芒。如果只是一个人在演奏，就不能产生这种心灵上的交流。尽管在外人看来，前面的演奏连音乐也算不上，只能是不入耳的噪音。但是它让杨晓燕和其他组员意识到，我们就在一条船上，伴随命运海浪的起伏共同欢唱。大家彼此连接在一起，没有隔阂，没有怀疑，没有顾虑，只为缝合那个还在流血的伤口。

陈雨婷突然有种想流泪的冲动，就在刚才的伴奏中，椅子上倏然坐着她的妹妹。

"你还需要去音乐治疗室调整情绪。"杨晓燕被要求躺在音乐治疗室的按摩椅上，戴上耳机，一段空灵的音乐轻柔抚摸着耳蜗。

安顿好杨晓燕，孙祉鑫回来后对大家说："今天机会难得，可不要错过。"

10

"叛逆小子"吴崇豪怒目圆睁地瞅着空椅子："我恨你！我恨你！我恨你！"鼓槌揣在他手中，始终不肯落下来。

孙祉鑫只能撤走那面中国鼓，让吴崇豪在椅子上坐下来，和善地问道："你玩过角色扮演的游戏吗？"

吴崇豪点点头。角色扮演有点儿类似小时候"过家家"的游戏。孩提时代，我们都会假装自己是妈妈、爸爸或者扮演某种职业角色，道具就是床单、妈妈的高跟鞋和口红等孩子可以接触到的物品。只是成年以后，这种对于治愈心灵非常有用的游戏，被我们当作幼稚的把戏丢在遥远的记忆中。

孙祉鑫深入解释角色扮演疗法的由来。它是由精神病学者莫雷诺提出并发展的，属于心理学行为疗法的一种，目的在于运用戏剧表演的方法，使人发现问题，了解问题的症结所在，进而调整心理状态，解决心理问题。

就如同《七月与安生》中，安生过上七月平稳而安定的生活，而七月最终决定抛开稳定的生活去追求自由。她在游轮上当服务生，漫无目的地漂泊、流浪。也许在现实生活中，很少有人真的能像七月与安生那样，华丽地踏上另一条人生之路。"角色扮演"却可以实现亲身体验和实践他人的角色，将心比心地考虑其他人的想法和处境，在不同的"角色"间转换，进而发掘出深藏于内心的感情。

孙祉鑫先让吴崇豪扮演8岁时的自己，而他饰演父亲。因为从这个时间节点开始，吴崇豪就再未见过生母。

孙祉鑫的表情有过细微的变化，不仔细观察很难发现。童年时被生母抛弃，两人有着类似的遭遇。为了给吴崇豪疗伤，孙祉鑫不惜划开这道已经结痂的伤口。这份真诚，这份勇气，着实让陈雨婷敬佩。

吴崇豪慢慢入戏，像一只小猫缩在椅子上。他不断喊着"妈妈"，以前那个为他准备可口的早餐、为他换上带着香味的衣服、为他在睡觉前讲故事的妈妈，再也不会过来拥抱他，喊他一声"宝宝乖"。

他好像被人抽了筋，直直地瘫坐在地上。他的呼喊声停止，这回决堤的是他的泪水。哭得天翻地覆，就连这幢楼似乎都在颤抖。从面颊上流到嘴里的泪是咸的，亦是苦涩的，他有很长时间没有品尝过。那股味道顺着他的血脉游走，走得满身都是，又从每个汗毛孔向外散发，弥漫在整个团队活动室。

孙祉鑫以"严父"的形象出现，从腰间解下皮带，举到半空说："老师刚把我叫去学校，你下午又把人家打哭了。我在外面累死累活，你却总是给我添乱，你怎么这么不争气？"

吴崇豪不会无缘无故打人，只因同学一句话："没看到有人来接你，你不是爸妈亲生的！"小孩子的天真，有时候非常残忍和伤人。吴崇豪极力反驳，对方却越来越嚣张。积压在内心的苦闷和愤怒，瞬间找到释放的出口。

父亲不给吴崇豪澄清的机会。他结结实实地挨了一顿打，但他自始至终没有哭，尽管身体和心理都很疼。

泪水已经流得太多了，太多苦涩，不能再用这又咸又涩的液体来洗刷。

一个恶魔的父亲形象，就此在他心里建立起来。

此后，父亲在家的时间屈指可数，父子俩经常一个月才能见上一面。男孩子难免会调皮，父亲不问青红皂白，直接抄起家伙教训他。得不到关爱，吴崇豪渐渐养成叛逆嚣张的性格。

中考时，他在语文试卷上写下一篇荒诞不经的作文，里面充斥各种离奇的叙述和议论。这种后现代加意识流的写作方式，无法得到阅卷老师的认可，这篇应试作文得了零分。讽刺的是此前的中考模拟考，他的作文拿了全校唯一的满分，还被语文老师拿去九年级各个班级当作范文朗诵赏析。

高考填报志愿阶段，吴崇豪心里想着去学艺术，父亲认为艺术不能当饭吃。争吵到最后，父亲扇了他一巴掌，还说不按照他的意愿就断绝父子关系。他在经济上还不能独立，只好屈从这个"暴君"的意志。

11

吴崇豪的角色发生转换，此刻他成为蛮横不讲理的父亲。

就在这个饭局的场景上，有位客户频频向吴崇豪的父亲敬酒。为了这笔订单，父亲和另外两家公司的争夺早已进入白热化。父亲在价格上和服务质量上缺乏竞争优势，只能通过另外一位朋友的引荐，极力取得这位客户的好感和信任。中国式谈判的最佳场所就是酒桌，能促成签约的润滑剂便是一瓶瓶琼浆玉液。

常年过量饮酒，父亲的肝脏、心脏和胃或多或少都有问题。人们都知道饮酒能导致中毒性脑炎、酒精性肝炎，对于酒精伤害心脏却知之甚少。过量饮酒会引起扩张型心肌炎，如果不及时发现、治疗，严重时就会发展成心力衰竭而无法治愈。

孙祉鑫说到这些背景资料，吴崇豪呆立在原地，双手无力地垂下来。此前，他以为父亲在外面胡吃海喝特别风光，与此形成鲜明对照的是自己无奈地留在家里学习。他将学习视作苦差事，人生第一大苦差事。可是这些委屈和父亲相比，又是何等地微不足道。

对方开始敬酒，一开始是老板本人，接下来是他的下属总监、秘书。尽管父亲带着几位得力干将，但是自己喝和别人代喝，效果肯定不一样。吴崇豪的手举在空中，模拟手中握着酒杯，酒杯来到唇边，一股浓烈的酒精味道刺激着鼻腔。他一饮而尽，热辣的液体进入胃部。父亲忍着疼，笑容满面地感谢这位客户对自己的照顾，哪怕对方还没有实际行动。

终于提到合同的事，对方支支吾吾、态度犹豫，只说会考虑父亲公司的方案。不好再强求对方，父亲让下属结完账，恭敬地将对方送进车内。

一阵恶心，父亲对着洗手间的水槽呕吐，一大片花花绿绿的黏稠物，还有胃部撕裂般的疼痛。他用水冲了把脸，对着镜子中那张惨白苍老的脸，摇摇头。

吴崇豪第一次感受到，父亲也有无奈的时候，可是自己居然还一次次让他伤心，让这个不懂得表达爱却又深深爱着自己的人伤心。

他这么打拼，都是为了自己啊！

孙祉鑫扮演的"吴崇豪"登场，这是父子俩难得在一起吃饭。因为一些琐事，"吴崇豪"将饭碗往地上一摔，随后将一桌子菜掀翻。就在"父亲"的巴掌举过头顶时，"吴崇豪"快速跑回自己房间。

就在那个夜晚，"吴崇豪"突然有了那个极端的想法。

刀口划开右手胳膊的静脉，那是一种从未经历过的畅快。好在"父亲"及时发现，才未酿成惨剧。直到这时"父亲"才意识到情况的严重，带吴崇豪去看心理医生，做了大量检查和测试，诊断为中度抑郁症。尽管药物能控制住情绪，但是那个想法依旧挥之不去。

"父亲"不得不放下一些手头的工作。当听说雪域高原有净化人心灵的作用，很多对生活失去信心的人，都能在巍峨的雪山面前重新找回人生意义时,"吴崇豪"表面上答应和"父亲"一起去西藏,心里依旧想着自杀。他很喜欢这个比喻:如果人生这个游戏服务器不好玩,那就换个服务器,找个新区重新玩。死亡在他眼里就是新的服务器。

这次去西藏是自驾游,"吴崇豪"全程在车上写日记,记录每时每刻的感受。行至可可西里的索南达杰保护站,"吴崇豪"开始第一次行动。他趁停车休息的间歇,悄悄离开公路,义无反顾地向着无人区的腹地走去。走了不到100米,就听到背后"父亲"洪亮的喊声:"回来!你去那里干什么?"

第一次行动暴露,"吴崇豪"只好继续等机会。他借口旅途劳累,想回旅馆歇息。在旅馆里安顿好,他突然说想吃巧克力,还说巧克力有愉悦情绪的功效。"父亲"赶去楼下的超市,他趁着这个时间缺口来到楼顶的阳台。抬头望天,天空湛蓝得没有一丝云彩,不远处的布达拉宫人流熙熙攘攘。这个地方不错,他向着楼顶边缘迈开步子。

终于站到楼顶的边缘,再往前迈一步,自己的生命就将终结。"吴崇豪"闭上眼睛,回忆20年来失败无比的人生。就在他抬起左脚时,又是一声断喝:"危险!你站在那里干什么?"这一喊,吴崇豪只好把脚缩回来。

就在团队活动室,吴崇豪和孙祉鑫重现了这些场景。这个对父亲恨之入骨的吴崇豪,开始反思自己对待父亲的态度。

人的情绪不是由某一诱发性事件本身所引起的,而是由经历这一事件的人对此事件的解释和评价所引起的。以前，吴崇豪对父亲的任何举动都解读为残暴、霸道、不讲理，而通过这次角色扮演，父亲同样的行为却能引发他不一样的评价。

我们的世界是我们感受到的世界，这个世界与肉眼看到的完全不一样。眼睛能看到的和身体能感觉到的不同，眼睛看到的很可能会是一种迷惑人的假象。任何心理疏导和咨询都是帮助人们更加客观地认识周围的人和世界。

孙祉鑫欣慰地凝视掩面哭泣的吴崇豪。

他正在走出多年营造的成见和心灵假象的壁垒。这个壁垒正在坍塌，他在重生，而他和父亲的关系，也在重生。

第六章
小鲜肉作家

1

陈雨婷把随身携带的黑色小包从里到外又翻了一遍,卫生纸、雨伞、充电器、耳机、创可贴、护手霜、钱包……这些物品都完好无损,就是不见手机的踪影。她在出门前有个习惯,一定会确认包内是否有手机和钱包。她不会改变这个习惯,也就是说手机在出发时一定在这个包里。

只剩下两种可能:一是丢在了往返于家和旋转餐厅的路途上;二是丢在了旋转餐厅中。从地铁车站出来去旋转餐厅的路上,陈雨婷注意过小包的拉链,没问题。拉链扣得很紧,而且她在地铁上用右手牢牢护住小包,如果窃贼动包,她不可能没有一点儿感觉。至于在旋转餐厅,她是包不离身,人在包在,不会给人下手的机会。

真是见鬼,桀骜的黄墨萱为什么不请孙祉鑫,只约她一个人见面?解铃还须系铃人,上次活动时黄墨萱摔门而出,主要是与陈雨婷的口角所致。估计她冷静下来，还想继续留在心灵小组，但是面子上又磨不开来，只好通过她这个助理，传达愿意参加后面活动的想法。

如果不是手机弄丢了，这次见面还是非常愉悦的。因为黄墨萱也痴迷写作，自从参加心灵小组以来，陈雨婷遇到不少喜欢码字的有趣灵魂。

先是那个"星如雨"，接着是赵紫莹，现在又多了黄墨萱，她终于告别写作路上的孤独。

坐在光线柔和的旋转餐厅中，黄墨萱开始讲述自己的经历。

黄墨萱的人生经历非常简单，没有太多沟壑。她在大学毕业后进入一家大型国企，属于那种"离家近、福利好、活不累"的美差。大多数人愿意坐在一成不变的灯火中，享受着绩效压力非常小的惬意舒适。只是在眺望窗外的过程中，追忆那时春光正好，我们都还年轻。青春，就在这种慢节奏的生活中老去。曾经在青春岁月中疯狂奔跑的野孩子，也在现实中拔掉身上的尖刺，以一种温润圆滑的姿态融入人群，坚韧地行走，寻找生存的果实，走向寒冬般的暮年。

大多数人终将成为普通人。岁月将曾经宏大的梦想埋葬，只留下那个平庸的自己，不为世上绝大多数人熟知，平静地过完这一生。

黄墨萱不愿走在常规的路径上。手中的笔撕开生活的帷幕，牵引出绚烂多彩的可能性。她想成为全职网络写手，随后作品在网上大热，打造独一无二的IP进军影视。

同为写作者，陈雨婷的写作观与她大相径庭。她只想留下文字，留下一份记录。至于能否成为IP，是否赚得盆满钵满，不是她写作的初心。不过，这个分歧不妨碍两人在文学创作技巧上的交流。

就在黄墨萱打算迈出"逆袭"的第一步，有人硬生生拦在她面前。

不是父母，而是她的老板。

因为从事的工作具有特殊性，单方面解约需要支付高额违约金。她的积蓄很少，也不想给父母增添负担，如果任性辞职，意味着要背负一笔巨额的债务。

追逐梦想应当轻装上阵。如果在写作时想着这个月的还款，还能专注创作吗？当你不得不为了生存筋疲力尽，还有心情追逐更高的目标吗？

一边是心爱的写作，另一边是生存的压力，谁也不肯妥协。黄墨萱的世界就此被扯成两半，她焦虑、彷徨。

2

这个手机号码，已经陪伴陈雨婷多年。都说人在一起久了有感情，就等是一串原本冰冷的数字，在失去时也会依依不舍。幸好她把一些微信好友、电话通讯录备份在电脑中，不过这次备份是在半年前。公众号需要推文、杂志需要供稿,时不时接到一些"紧急补稿"……这半年时间内,除了协助孙祉鑫做好心灵小组,疯狂的码字吞噬了陈雨婷其余的时光。

丢失手机,意味着和一段过去作别,尽管这种作别是非常不情愿的。最近半年内添加她好友的,统统成了断了线的风筝,随风飘逝到目力之外的远方。

手机中的好友大多数属于路人甲,只有那个"星如雨",在陈雨婷心中有些分量。他经常和自己谈笑风生,时不时接济写作素材,不仅给写作,也给生活增添了不少亮色。

陈雨婷希望在几天后的"新书签售会"上重新遇见他。她相信缘分,和自己这么有缘的人,不会轻易消失得无影无踪。

参加完冯雄岚从教30周年纪念活动,孙祉鑫从巩志杰那边得到一个好消息。那位"神龙见首不见尾"的房东,通过全国公安网上信息系统已经找到。或许不久后,陈雨婷就能找回失踪一年多的妹妹。

陈雨婷在他面前不止一次说起这个愿望。这个女生,善良得让人心疼。妹妹这么恨她,甚至巴不得她去死,她还是执着地走在寻找妹妹的路上。她太溺爱妹妹了,溺爱得有些过头。陈雨珊很轻易地得到爱,却不懂得去珍惜,更不知去付出爱。她就像一个富二代,天生就握有大量财富,任性地挥霍、透支别人的爱。她该付出代价,倒是陈雨婷不该在心中背负愧疚。

他犹豫一会儿,还是拨了陈雨婷的手机。手机无人接听,想到陈雨婷曾经收到的匿名信和匿名快递,孙祉鑫有些紧张了。好在不久后，陈雨婷在电话里告诉他自己丢了手机。

孙祉鑫这边的消息，让陈雨婷激动得忘记手机丢失的烦恼。她要即刻赶过去，一刻也不能耽搁。

这个老式小区中，各家各户都试图通过违章建筑的方式，为自己争取更多的居住空间。眼看就要走到8号楼，一个黑不溜秋的物体从天而降，有力地砸在水泥地面上。陈雨婷惊魂未定，孙祉鑫抬头仰望，映入眼帘的是各种胡乱堆放的杂物，未能追踪到高空抛物者的踪迹。

从楼上抛下来的是一只花盆，里面装的不是泥土和花草，而是一块实打实的铁疙瘩。

"这不是意外，而是有人故意为之。"孙祉鑫打量着这块沉甸甸的铁疙瘩，很坚定地下结论。

看来匿名信和匿名快递提示的信息是准确的，危险就在身边。

作案者会不会是陈雨珊？似乎不太可能，陈雨婷坚称信上的字迹是妹妹留下的。她不可能既救人又害人吧。

那会不会和自己有关？心灵小组成立前，他就收到过类似的恐吓电话，过去在国外求学时，他的住处也发生过多次诡异事件。

这些都只是推测，好在两人安然无恙。

3

又是陈雨婷和闺蜜冯诺涵的下午茶时间。几个小时后，就是

"星如雨"的签售会,她们的话题自然离不开这个小鲜肉作家。

"他什么时候开始出没于你的世界?"

"请不要用'出没'这个听上去阴森森的词汇。他这么阳光、帅气、高大威猛,不该和幽灵出没扯上边。"

"算我用词不当,喜欢一个人总有个理由吧。"

"是那本书,那本我一辈子不会忘记的书。"

就在几个月前,冯诺涵在学校图书馆内消磨无聊的时光。作为一名学生辅导员,不需要像普通上班族"朝九晚五"。除了每周固定的时间接待学生,其他时间段都可自由支配。她没有特别的爱好,琴棋书画,样样稀松,只有不入流的"贪吃"。当然,她不愿意出入风月场所,那样有伤教师风化。抱歉,她一直以教师自居,哪怕只是一个没有教师编制、头顶派遣制身份的学生辅导员。

只有在图书馆,既能给外人一种热爱学习的假象,或许还能遇见一个富有内涵的帅哥。真乃消磨时间、寻觅猎物一箭双雕之妙招!

她,就是通过那本书,认识这位小鲜肉作者的。书的扉页上有一张作者身穿运动服运动的照片。他额头上细密的汗珠、白里透着红的肤色,"秒杀"那些影视界的当红明星。

一颗心,就在这个时候开始悸动起来。

追星是年轻时疯狂的执念。

也许是貌美如花的外表,也许是一个忧伤的眼神,也许是得体的、散发无穷魅力的举止,让年轻灵魂包裹下的意志力缴械!漫长的等待！疯狂的尖叫！为了目睹本尊一掷千金！粉丝们用极大的热情，表达对偶像的崇拜之情。

冯诺涵的偶像不是歌星、影视明星、社会名流，反倒是这个名不见经传的三流作家。陈雨婷的表情冷漠，冯诺涵表达出极大的不满："你居然敢对我的偶像不敬！"

陈雨婷赶紧解释，说自己早就过了追星的年龄。"奔三"的年纪，就该踏踏实实地遵循命运划定好的轨道。再去为某个人疯疯癫癫，实在辜负这些年吃过的饭、走过的路。

陈雨婷兴味索然，不仅是对追星行为本身不能苟同，而且还有一件事让陈雨婷揪心。自陈雨婷成为孙祉鑫的助手以来，每隔一段时间就会有这样的不安。

明天是最新一次心灵小组的活动日。心灵小组熬过了最初的"破冰期"，所以策划每次活动都不得有差池。作为公益性活动，别人不会因为不收费而降低要求。

让陈雨婷倒吸一口凉气的是这次活动的目的地——墓地。搞不懂孙祉鑫怎么将这次活动选在充满阴晦、肃杀之气的地方。墓地是每个生命安息的地方，这里很寂静，静得能听到时钟的嘀嗒声，能感觉到生命沙漏中的沙子在不断减少。这里是生命的终点，平日里的花花世界会让大家忘记这个"大限"。一旦莅临此处，那一座座墓碑、一棵棵苍劲的松柏，还有墓穴中的亡灵，总会让人想起"死"——这个大家最不愿意面对又不得不面对的宿命。

策划这次活动时，陈雨婷就明确表达过抗议："你觉得带着一群本来就有心理阴影的组员去这样负面气息浓烈的地方合适吗？万一……"

孙祉鑫似乎早就料到："你这个万一后面一定是很多种灾难性结果吧？"

"行！既然你替我说出来，那你就不必'不到黄河心不死'吧？"

"我就是到了黄河，也不必心死呀！可以先欣赏一下景致，也许天底下再没有比这个更让人激动万分的壮景。还有黄河也不代表穷途末路吧，真不知先人为何将心死与黄河联系在一起。"

她不愿意和孙祉鑫这家伙贫嘴。但是做一个只会执行的助手，不符合陈雨婷的性格。陈雨婷背着孙祉鑫，设计了不少预案，把各种可怕的情况都考虑进去，免得到时候有人突然倒地晕厥、情绪激动，自己手忙脚乱。

孙祉鑫离开了，带着极为轻松的表情离开。陈雨婷心里想，要不是有我这么负责、贴心的助手，你会这么轻松吗？

"雨婷，你怎么了？怎么睁着眼睛都能睡着？"冯诺涵使劲拽陈雨婷，让陈雨婷赶紧收回已经溜出几公里的思绪。

她们已经从下午茶的港式餐厅，移步到"星如雨"的签售会。

签售会在一家民营书店的小会议室中举行。现场来了不到20人，只坐满了不到五分之一的座位。除了冯诺涵这个铁杆粉丝和陈雨婷这个"打酱油的"，其他人估计都是作家本人的亲朋好友吧。冯诺涵给他冠名新锐作家，还提到他有自己的粉丝团，不过是恋爱的晕轮效应。他就是一个名字说3遍还不一定让人记住的小白作者，估计这本书可能是自费出版的。

可是他的笔名叫"星如雨","星如雨"这三个字,在陈雨婷的人生中占据非常重要的位置。签售会即将开始,陈雨婷的手心全是汗,胸腔内仿佛有一台马力十足的发动机,过快的心跳让她喘气都有些困难。

会不会是他?

4

一位30岁左右的男子对大家深深鞠了一躬,富有磁性和魅惑的声音响彻整个会场:"于千万人之中遇见你所要遇见的人,于千万年之中,时间的无涯的荒野里,没有早一步,也没有晚一步,刚巧赶上了,那也没有别的话可说,惟有轻轻地问一声:'噢,你也在这里吗?'和美妙的爱情一样,我们有幸今日相逢于'星如雨'的新书签售会。作为'90后'小鲜肉作家,'星如雨'先生用和他年龄不相称的睿智和成熟,看透世间冷暖,道尽人间爱恨,下面就有请我们今日签售会的主人公闪亮登场。"

怎么是他?陈雨婷的思绪,不禁回到那个雨天,那个在F大篮球场上用球砸到自己的林惠伦。林惠伦、"星如雨",他们先是在现实生活中不打不相识,随后在微信上深入交流,难道这就是她一直以来不愿意相信的缘分?

林惠伦穿着深蓝色西装,打着黑色领结,他有一双如黑曜石般耀眼的双眸，浓密的眉毛、高挺的鼻子嵌在一张棱角分明的脸庞上。与那天在篮球场上穿着汗衫、满头大汗的林惠伦相比，此时身着正装的他完全符合小鲜肉美男作家的标准。

林惠伦的目光从陈雨婷的身上掠过，停留了好一会儿，直到会场内有人打了一个喷嚏，他才从失神的状态中缓过来。主持人将话筒交给林惠伦，一段充满鸡血、听上去似真似假的个人写作史拉开帷幕。也许是这些年草根选秀节目的示范效应，大家都愿意分享个人的生活隐私。不仅仅是隐私，还有那些他人难以忍受的苦难，也统统在公众场合晒出来。他提到自己很早失去父亲，少了家里的顶梁柱，他这个男子汉在6岁就开始料理家务。

这个年龄，本该依偎在父母怀中撒娇，或者对着橱窗中某件好玩的玩具，赖在地上撒泼不肯离开，逼迫父母将其买下。可他没有资格撒娇，从父亲离世的那一刻，他就被彻底剥夺了撒娇的资格。

他第一次做饭烧菜，个子还没有灶台高，只得站在一个小板凳上才能勉强够得着。由于没有控制好火候，油星溅在胳膊上，至今右胳膊上还有疤痕。

母亲因为丈夫离世，精神始终有些不正常，他还要像个小大人，反过来安慰情绪不稳定的母亲。可以想象，一个孩子照顾精神和智力衰退的母亲，是何等艰难不易！母亲总有情绪失控的时候，而他，就是母亲最先想到的发泄对象。

他没有颓废、没有消沉，而是将这些真实故事，统统变成小说中的情节。

陈雨婷落泪了。

就在分享时,林惠伦的视线好几次停留在陈雨婷座位的方向。这种异常的表现,愈发证明他就是那个"星如雨"。

一个小时的创作分享结束,林惠伦也没有主动过来和陈雨婷交流。他们早在微信上非常熟悉,为什么到了现实生活中,却要表现得像两个武林高手,不肯轻易出招,怕暴露彼此的软肋?也许自己在篮球场上拒绝给他联系方式,此前多次在微信上拒绝两人的线下见面,让他担心贸然出击只会适得其反。

既然他要装下去,那就配合好他。

进入签名售书阶段。"星如雨"在她那本书的扉页上,留下"你的人生,终将闪耀"这句话。他的字迹很刚劲,和他的性格一样。签完大名,他说还要在书上盖他的私人印章。

这份异于他人的待遇,自然让陈雨婷浮想联翩。互相装作不认识的感觉,对于两个彼此心心相印的人来说非常难受。只要他肯承认真实身份,今天就不让他难堪。

"星如雨"进入里屋,过了一分多钟才出来。

盖个章要这么长时间?

更可气的是,"星如雨"又恢复了神情上的平静。陈雨婷把书从头到尾粗略翻了一遍,除了扉页上多了一枚印章,没有其他什么可疑的痕迹。

冯诺涵把头凑过来,似乎不满足于书上的签名,对林惠伦说:"附近有一家烧烤店不错,不知您今天晚上有空吗?"

他一边帮工作人员收拾没卖完的书，一边回答冯诺涵："能得到美女青睐，真乃鄙人之福分。"

"这么说你答应了？"冯诺涵闪着花痴般的眼神。

他点点头，用将自己放得很低的口吻说："那就劳烦两位美女屈尊，在这里等候我这个'搬运工'。"

"两位美女"，从这个称呼就能看出这家伙的修为真高，都到了装不下去的程度，还能迅速调整好心态，迅速切换到初次相识的陌路人关系。

陈雨婷不想和这个"影帝"共进晚餐，正巧孙祉鑫来电话了，让陈雨婷回去商量明天的活动。会不会孙祉鑫也意识到之前的决定是何等地鲁莽？墓地是能随便去的地方吗？好在如今通讯方便，微信上发一遍取消活动的通知即可。只可惜陈雨婷做的那些耗费几个晚上的方案，不会有施展拳脚的舞台。

冯诺涵显然不想让陈雨婷走。她一把从陈雨婷手中夺过手机，娇滴滴地说："祉鑫，我好不容易把大忙人约出来，你就不能让她在我身边多待一会儿？"

那边明显对这个不速之客深感诧异。

"好了，就这样决定了。有什么事明天再说，今晚雨婷是我的，不要和我争了嘛。"冯诺涵的语气越来越恶心。

陈雨婷想知道孙祉鑫究竟找自己什么事，谁知道电话已经挂了。

"你怎么可以自作主张？"表面上看，冯诺涵擅自拒绝孙祉鑫的行为让陈雨婷不舒服,实际上陈雨婷反感的是她对孙祉鑫说话的口气。

"我这是怎么了?不就是喊了一声'祉鑫',不就是最后拖了一个港台式的撒娇语气词嘛。"冯诺涵笑着说道。

5

附近新开了一家烤鱼店,据说秘制的铁板烤鱼非常入味。冯诺涵是饭局中的"女王",点菜的重任自然落在她身上。当然,她会象征性地问身边的林惠伦,问他偏好什么口味。

"我随意哈!你们喜欢什么随便点,这顿饭我买单。"

"随意"这个词,可以从正反两方面理解:从正面说是男生比较大度,尊重女生的想法;从负面的角度说,男生没有主见,将选择权推给女生。被"花痴"冲昏头脑的冯诺涵,自然从正面角度解读这个"随意"。

冯诺涵吃得手上、嘴上都是油腻,一大盘烤鱼几乎都是被她消灭的。陈雨婷心里惦念孙祉鑫电话里提及的事,自然没有吃东西的胃口。林惠伦的饭量小得惊人,除了烤鱼,其他菜他没动过几筷子。

冯诺涵从嘴里吐出最后几根鱼骨头,畅快地打了一个饱嗝。她看了看陈雨婷,又看了看林惠伦,才意识到刚才的失态。不过这厮脸皮一向很厚,装出关切的样子问林惠伦:"你吃饱了吗?都怪我,一到饭桌上就没了淑女气质。"

陈雨婷差点儿喷出来,不论在饭桌上还是饭桌下,淑女这两个词和你沾边吗?这样伤人自尊的话不能说出来,只好换成另外一句:"这顿饭可是他请的,你这样吃下去,把人家吃穷了怎么办?"

冯诺涵不答应了:"她欺负我。偶像,你可要为我这个'铁粉'做主。"

"好啦,你尽管吃,敞开吃,我这点经济能力还是有的。"林惠伦豪爽地向附近的服务员招手。服务员心领神会,拿来一本红木封面的点菜单。

"不行,后面点的菜由我来,不能让偶像过于破费。"冯诺涵固执地对林惠伦说。

就在他们斗嘴的间歇,陈雨婷随手翻开微信,看到几分钟前孙祉鑫发的信息:"饭局结束后,务必赶回我的办公室。"

什么事让孙祉鑫这么着急?紧急到不能放到明天说?陈雨婷抬腕看了看表,已经晚上9点,从这里赶到孙祉鑫的办公室,估计要一个小时。不能再耽搁,陈雨婷准备起身告辞。

陈雨婷提议离开,冯诺涵意兴阑珊。菜不必加了,林惠伦去收银台结账。

独自一人走在路上,各种陈年旧事从心底翻出来。

这座城市,似乎从这个时候才醒来。白天忙碌于工作的人群,此刻卸下职业装,摘下面具,出入各种恣意纵情的场所。也许在这些场所中,他们换上新的面具,披上新的伪装。人啊,什么时候才能找回真实的自己?!

就像陈雨婷，把真实的自己弄丢了。自从妹妹离奇失踪，自从人生中出现一段很难恢复的空白，这种压抑的感觉就尤为强烈。

陈雨婷和妹妹陈雨珊多年来相依为命，父母都及不上她们之间的姐妹情。她们是合为一体的，不能被随意拆开。陈雨婷爱妹妹，就如同爱她自己一样。妹妹这么久没回来，也许已经不在人世。她死了，等于陈雨婷的心也死了一大半。

妹妹啊，你究竟去了哪里？记忆啊，你究竟引领我去向何方？

陈雨婷的泪流下来。刚才和冯诺涵在一起时的欢愉，瞬间被这种悲怆无助的情绪淹没。

孙祉鑫算不上标准的美男，但是他的气质、他的内涵是美男所不能比的。可是，陈雨婷却不能爱上他，不能！

因为童年惨痛的回忆，因为那个死了的"渣男"，还是因为妹妹？

太多痛苦叠加在一起，形成一团找不到线头的乱麻。陈雨婷想解开这团乱麻，还原最初的快乐，却总是发现离心中的目标越来越远。为了麻痹自己，为了不让痛苦折磨，陈雨婷不敢独自面对孤独，更不敢享受快乐。

地铁车厢里不再像早晚高峰时那样拥挤，一对情侣坐在对面的座位上，忘情地拥抱在一起。陈雨婷只想闭上眼睛，微信提示音又让陈雨婷不得不睁开双眼。

"还没结束吗？不行我去接你。"

"马上到了，还有两站地。"

一个乞丐用渴求的眼神看着陈雨婷，她很慷慨地在乞丐的破瓷碗里放上一张50元。也许在另一层意义上，陈雨婷也是一个无家可归的乞丐。

6

孙祉鑫的手机上，那位头像卡哇伊风格的微信好友发来信息："孙先生，您的心灵小组是不是要去墓地开展一次活动？正巧我们杂志策划了一期访谈，主题就是针对当代人的生死观。要是您不介意，可否告知你们活动的具体地点，我们当天会派记者过去实地采访。"

孙祉鑫没有直接回答对方，而是反问他的信息来源。对方用同样的态度对待他，说作为媒体人自有消息渠道。孙祉鑫发了一串愤怒的表情，随后将那位微信好友拉黑。

"小组里有'卧底'。"孙祉鑫的表情平静，可是心里肯定非常震怒。

不就是有人把消息透露给杂志社吗？没必要上升到"卧底"——这个谍战片中出现的角色。

"当初和组员们约定好，谁都不允许将小组的活动情况告诉其他人。这个小组有私密性，不适合对外公开。"陈雨婷认同这点。凡是来这个小组参加活动的人，都希望解决问题的同时，不被外人知晓内心的伤痛。有些伤痛，不适合与更多的人分享。遇到自己扛不下来的困境，找几个志同道合的人一起剖析，进而找到问题根源。一旦更多的人搅和进来，只会让这个过程变得复杂。

媒体已经盯上心灵小组，他们还会搞不到一个活动地点？从孙祉鑫这边得不到，从那位"出卖"信息的组员那里就可以获得。他可以出卖活动信息，搞不准可以提供更为详尽的组员信息，以满足他的私欲。

谁是卧底呢？

第一个被怀疑的是张云霞。小组活动搞了几次，别人都或多或少分享了自己的故事，讲出让自己备受煎熬的痛点。这个张云霞，好几次话筒递到她手上，她只是摇摇头，将话筒交给身旁的其他组员。别人在分享时，她总是在本子上记着什么。

她在本子上记录什么内容？是别人经历的梗概，还是自己听后的感悟？等到讨论环节，她不阴不阳地坐着，不曾发表任何意见。与刚才认真记录的场景相比，她在交流互动环节的冷漠，也显得非常反常。

孙祉鑫的目光好几次掠过张云霞，她不敢将目光正面直视，不是将视线侧到一边，就是低下头无聊地转动手中的笔。

还有她的表情，看不出是在微笑，还是在忧伤，抑或是愤怒。反正人类的七情六欲，都可以作为她表情的注解。

每次活动即将结束，她总是第一个离开，不和任何人打招呼。好几次有人向陈雨婷或孙祉鑫反应：这人神经有毛病吧，我们不想和精神病在一起，找个理由把她赶走吧。

孙祉鑫似乎动了这个念头，陈雨婷再三阻拦他。看她的模样，也不像是精神病患者，也许她确有难言之隐。孙祉鑫问陈雨婷凭什么做出这个判断？她行为上的反常确凿无疑，只不过还需要"撬开"她的嘴。表情有时候会骗人的，但是从某些不经意的只言片语中，却能泄露真实的想法。

陈雨婷给不出依据，只好推到女人的第六感上。

陈雨婷终于憋出一句话："也不一定是她，其他人也有嫌疑。"

黄墨萱、罗夕瑶也不是没有可能。陈雨婷曾经看到两人在活动结束后鬼鬼祟祟地打电话，发现身边的陈雨婷，立刻结束通话。也许她们说的是私事，只是为什么要在活动结束后就急着联系别人？世上真有这么巧的事情？

两人又将另外几位小组成员的疑点捋了一遍。每个人的世界，都有其他人不曾了解的秘密。也许就连当事人自己，都不能解释某些行为的动机，更遑论被隔绝在主观世界外的旁人。

这场分析持续到凌晨3点，直到陈雨婷哈欠连天才结束。时间不早了，孙祉鑫也不放心陈雨婷一个人走夜路回去。就让陈雨婷睡在里屋的小床上，而他则横躺在外面接待室的沙发上。

7

活动放在下午两点，组员们被要求统一在孙祉鑫的办公室集合,预定的考斯特车将在中午12点从这里出发。一早上百无聊赖,正好用来弥补这阵子极度短缺的睡眠。孙祉鑫没舍得叫醒陈雨婷,估计这段时间她也累得够呛。

梦境中,陈雨婷不知不觉来到战争年代,伴随着防空警报,一颗颗炸弹从天而降,爆炸声和警报声叠加在一起,让躲在防空洞中的她战栗不已。好不容易摆脱枪林弹雨,耳边又响起冯诺涵的手机铃声。

才早上6点多,陈雨婷的口气中明显带着不悦:"你都快赶上闹钟了。"陈雨婷是刀子嘴豆腐心,大清早人家找你,不可能是没事拿你开涮。

"哎呀,和我还计较什么,大不了再请你吃一顿。"这就是吃货的道歉方式,就连赔罪也离不开美食。

"吃饭就不必了,有话快说,别影响我补觉。"

"都怪我昨晚只顾闷头吃东西,居然忘了要偶像的联系方式。"

冯诺涵的这个请求让陈雨婷的心里一颤:闺蜜追求这个男生,自己是不是真的能做到无动于衷?不过想起林惠伦昨晚的"演技",她决定放下对他的幻想,不如成全冯诺涵。没有联系方式,无异于大海捞针。正如昨天签售会的主持人引用的那句话:茫茫人海,在哪里才能遇见他?陈雨婷宽慰自认为即将与美男擦肩而过的冯诺涵:这个招人喜欢的美男,一定不会轻易从你的世界消失。

挂断电话,陈雨婷再没有心思睡觉,寻思着怎么弄到林惠伦的联系方式。

到了集合时间，7位组员的眼睛齐刷刷地盯着孙祉鑫。也许这是一种惯例：每次集体活动，最早到的一定是住得最远的人，而附近的人要么掐着点到，要么姗姗来迟。以前郑浩轩迟到，引起过大家的不满。但是得知郑浩轩身患绝症，来参加活动前还在治疗，大家就不再和他过分计较。赵紫莹的家离孙祉鑫办公室最近，她没病没灾，浪费大家时间等她，换作任何人都不会乐意。

还要等她吗？就在陈雨婷准备问孙祉鑫时，赵紫莹的电话来了。

"雨婷，我今天没法过去了。跟老公讲了半天，他还是不答应我去墓地，说那地方不适合我去。"

车内开始骚动，有人窃窃私语："不来早点儿说呀，害得大家空等这么长时间。"

"一点儿集体观念都没有。"

"连个老公都降服不了，她还算个女人吗？"

有些话，陈雨婷都听不下去。不就耽误几分钟嘛，你们的时间也没有金贵到分分秒秒吧。陈雨婷对几个人做了一个"嘘"手势，众人这才安静下来。

估计赵紫莹听到这些刺耳的音符，她反复在电话里关照："替我向大家赔不是，是我不好，浪费了大家的时间！"

"你不必放在心里，只是……"

后半句陈雨婷不忍心说出来。心灵小组成立之初，就有过约定，在一年活动期内请假超过3次，会被要求退出小组。

赵紫莹把陈雨婷不想说的半句话讲出来："哎，再有两次请假，我就要Out了。这感觉有点儿像小时候玩的电子游戏，三条命只剩下两条了。我在家里祝你们旅途顺利。"

车子在高架路上堵了一个多小时，出了市区路况才畅通。扫了一遍车内，除了双目炯炯有神的孙祉鑫，其他兄弟姐妹都打起了瞌睡。

陈雨婷也眯缝起双眼，进入半蒙眬半清醒状态。

"你想了解什么？"

……

"这个不太方便吧。"

……

"说好了，只是内部刊物，不对外发行，不用作商业目的。"

嗯？陈雨婷身子一激灵，刚才那几句话，似乎和昨晚讨论的话题有关。这个"卧底"真是明目张胆，居然肆无忌惮地在别人面前暴露身份。

陈雨婷拼命让自己清醒。睁开眼睛，看到一车人都在酣睡。就连孙祉鑫，身子也随着车子在高速路上的颠簸而前后晃动。糟了，刚才那个"卧底"，就是看准这个时机，与不明身份人士进行了一次联系。

周围人都睡得这么熟，实在判断不出谁在刚才打过电话。

或者那只是幻觉。也许在陈雨婷的潜意识中，太想揪出这个吃里爬外的"卧底"。陈雨婷强迫自己不再打瞌睡，但是"卧底"也没这么傻，不会再冒这种被发现的风险。

8

这片墓地位于一片小山丘上。距离冬至扫墓高峰还有一段时间，这里显得非常冷情。孙祉鑫要求大家不要停顿，也不要说话，在山丘顶部集中讨论。

天空阴沉下来，雨滴迫使人们纷纷打开雨伞。起风了，风从两座山峰的中间穿过，发出凄凉的呼啸声。才走几步，陈雨婷的双腿就开始变得沉重，落在队伍的最后面，每一个台阶迈得都很艰难。

一只手横在陈雨婷面前。抬起头，原来是孙祉鑫伸出他的右手。

"我不累。"陈雨婷不去接他的右手。

"你还要硬撑？这样有意思吗？"他一边说，一边蹲下身子，"上来吧，我背你上去。"

"被别人看见不太好。外人面前，我还是保持助手的形象。"

"担心什么？就算看见又怎么样？背女生的男生，不一定非得是男朋友。你给我一个当绅士的机会吧。"

"我不想让你太累，山路不好走，背个人负担会更重。你这阵子也没休息好。"

"你怎么老是这样？只考虑别人，不考虑自己。"孙祉鑫准备起身。

"那就给你这个机会吧。不过,这不表示我会答应你。"陈雨婷还是要重申这一点。

陈雨婷爬上他宽阔的脊背,顿时,一股浓郁的雄性激素气息扑面而来。仲秋时节,天气早就不再炎热,陈雨婷手中拿着雨伞,他背着陈雨婷,深一脚浅一脚地走在高低不平的台阶上。终于到了最上面一排墓穴,他把陈雨婷放下来,大口喘着粗气。

"你重了。"他居然对女孩子最讨厌听到的事实直言不讳。

"哪里?!最近这么辛苦,我不可能增重。"陈雨婷挺起胸脯,理直气壮地站在他面前。

"看来,你也看重身材。我一直认为以你的中性性格,不会在意别人对你的外表品头论足。"

"拜托,我性格是中性,性别还是女生吧。"说这话时,似乎吞下一枚还未发育成熟的青梅,浓烈的酸劲在体内逐层漾开。陈雨婷居然被孙祉鑫当作中性性格,不是女生,也不是"女汉子",而是中性。中性,不就是"不男不女"吗?是不是该考虑改变在别人面前的形象,比如回到小女生的"么么哒",抑或是霸道的"御姐风范"?

性格哪是这么容易改变?只想着让身边的人都过得好,至于自己是否过得惬意,陈雨婷确实没想过。

孙祉鑫察觉出陈雨婷脸上一闪而过的微表情——嘴角往下沉、眼皮向下耷拉、低头向下,询问陈雨婷哪句话又让她受了"内伤"。心理学博士面前,你就不得不面对随时随地的X光扫描。对于他来说，一举一动都能被解读出非常丰富的信息。有时候，这是一种善解人意，而从另一个角度来说，这种过度解读会让人感到崩溃。

罗夕瑶走过来，拍了拍孙祉鑫的肩膀："孙博士，算上你们两个，登上山顶的只有8个人。"

心灵小组一共8位成员，今天赵紫莹请假，登上山顶的应该是9个人。到底少了哪个人？孙祉鑫收回探究陈雨婷心思的念头，将登顶的几位组员聚拢过来。

由于人数很少，很快就查出失踪的那个人。

是张云霞，一直怀疑的张云霞。

9

几次拨打张云霞的电话，都是呼叫失败的提示音。这里信号强度极差，差到只能拨打紧急呼叫。估计想给亡灵们提供一个安静的环境吧，可能手机信号被屏蔽，或者电磁信号没有覆盖到这里。

没有信号，手机也只是废铁一块，陈雨婷气得将手机塞进包里。早知道不该让孙祉鑫背自己，这样两人可以一前一后，保证不会有人走散。事情已经发生，后悔只是徒生烦恼。

按照最初的活动安排，他们将在墓地最顶端的空地上，展开一场关于生死的讨论。孙祉鑫就喜欢这种宏观的、直指人心的话题，估计空闲时他反复思考过这些问题。但是活在烟火凡尘中的凡夫俗子，终日挣扎于基本的温饱，哪还有心思去考虑这样虚无缥缈的命题？

张云霞走丢了，孙祉鑫一肚子宏论，只能留待下一次活动展露。

必须尽快找到张云霞。不论她是不是"卧底"，一个大活人在活动中失踪，陈雨婷和孙祉鑫难逃干系。这块墓地占据一整片山丘，方圆十几里，在这么大范围内搜索一个人，靠这几个散兵游勇，估计到明天早上也很难有结果。

雨渐渐停了，乌云撕裂了一道道裂纹。西边躲在云层后的太阳，已经变成毫无火力的暗红色，再拖延下去天就要黑了，找人就更不容易。陈雨婷在心里埋怨孙祉鑫，这个活动应该安排在上午，这样即便发生意外，还有大把时间可以寻人。到达墓地将近两点，正常走完一圈也要将近4点。再加上下雨，行进速度自然慢了很多。不曾想到，还会遇到丢人的状况。

陈雨婷提议分头去找。孙祉鑫不答应，分头的话可能再走失其他人。这块墓地标识不明确，每块墓穴也是标准化设计，从外表上不容易分辨。最终还是采纳孙祉鑫的建议，大家聚在一起，一排接着一排地找人。这种方式效率很低，走着走着，天空收敛起最后一丝余晖，黑暗开始降临。

陈雨婷有种不好的预感：这个心理有问题的张云霞，会不会在墓地这个象征生命终点的地方，亲手结束自己的生命？那就麻烦了。陈雨婷期望能快点遇见张云霞，又害怕遇见她。因为陈雨婷害怕，遇见的不是一个活人，而是一具死尸。

一轮明月从东方升起，清冷的月光照在每块墓碑上，更显出悲惨和凄凉。陈雨婷低着头往前走，似乎每一块墓碑上都映着张云霞那张灰暗阴沉的脸。

下到半山腰，手机突然响了一下。尽管只是一条推销保险产品的短信，陈雨婷瞬间燃起的激动情绪，堪比在漫漫宇宙遇见一只蚂蚁。哪怕是一只微不足道的蝼蚁，也代表着生命的希望。信号！宝贵的信号！终于有机会联系到张云霞。

又开始反复拨打张云霞的手机，电话还是无法接通，只有"嘟嘟"的拨号音。

"你猜张云霞会去哪里？"在陈雨婷旁边的孙祉鑫突然发话。

"我哪里知道？我又没有在她身上装一个GPS定位仪？"

"这不关GPS定位仪什么事，用你的脑子去推理。"

这话说的就是不中听，难道陈雨婷只是一个平时不会用脑子的傻子吗？她看了孙祉鑫一眼："线索全无，拿什么去推理？"

"最危险的地方，往往是最安全的地方。"孙祉鑫胸有成竹地说，"别找了，让大家原路返回。"

"原路返回？回到哪里？"陈雨婷还想继续追问，这时手机又响了。

陈雨婷以为是张云霞看到未接电话后的回电，可是屏幕上显示的却是司机的手机号码，这让陈雨婷非常泄气。"你们在哪里？都这么晚了，还回不回市区？"等了近4个小时的司机，一样饿着肚子,忍不住一阵吐槽。

陈雨婷望了望孙祉鑫,他朝陈雨婷使了一个眼色,陈雨婷说:"我们马上下来。"

"你们是不是在找人?你们要找的那个人就在我身边。"听到这句话,孙祉鑫的脸上显出一丝得意。这家伙就是能揣测人心。

也许心中有了着落,后半程的下山路程,速度明显比前半程快了不少。

墓地管理处的办公室门口,立着一个黑影。与那个心急如焚的司机一样,墓地管理处的工作人员同样坐立不安。几个小时前,他看着这群人上山,却一直没见有人下山。这黑灯瞎火,又在略带恐怖阴森气氛的墓地,他的担心不是没有道理。见这群人出来,他快步迎上来说:"都几点了!这种地方还想等着过夜吗?"

孙祉鑫拽了拽陈雨婷的胳膊,走到工作人员身边说:"出了一点儿小状况,给您添麻烦了。"

"出了状况?"对方收起刚才的埋怨,表情换成了惊恐。

"不是大问题,状况已经处理好。"孙祉鑫一边说,一边将一个信封塞到工作人员手中。

张云霞果然就在考斯特车旁。不过在她身边还多了一个熟悉的人。

10

见到所有组员返回,张云霞继续保持"独行侠"的本色,不和别人说一句话，径直上了考斯特车。

"我们又见面了。"他款款地伸出右手。

他是通过什么途径知道这次活动的信息？和林惠伦象征性地握手，陈雨婷问他："你和她……"

"我怎么就不能出现在这里？这里又不是禁地。"

"我好奇的是你这个时候来墓地做什么？"

"这个问题，同样也是我想问你的。"林惠伦反问道。

"我们是团队行动，自然是带着活动目的。"

"目的是人为硬加上去的。离开主观性，我们的每个举动都是荒诞的、无意义的。"他明显是偷梁换柱，居然和陈雨婷讨论起"主观与客观""行为与目的"这种哲学命题。

陈雨婷最讨厌哲学的故作高深，当然不可能在这场争论中占到任何便宜。

孙祉鑫招呼完所有组员上车，发现陈雨婷和陌生小美男在对话。他凑到陈雨婷跟前说："这位是你的朋友？"

"谁和他是朋友？！"陈雨婷像被针刺到一样，极力撇清和林惠伦的关系。

"这位想必就是孙祉鑫先生吧，久仰大名。"林惠伦目光炯炯地看着孙祉鑫。

"过奖了，不过在国外喝过几年洋墨水，多读了几年书。"

两个男人就这样对视着，空气中带着一股子杀气，一场看不见的较量在暗中进行。

过了一会儿，他们又将目光齐刷刷地投向陈雨婷，仿佛陈雨婷是他们争夺的标的。现场气氛有些不对，再这样下去会不会上演一场全武行？陈雨婷赶紧拉开孙祉鑫，在她耳边低语几句，他"哼"了一声，钻进考斯特车。

"你男朋友脾气不小啊！他会不会把我当作情敌？"林惠伦带着自嘲的口气。

"他不是我男朋友，不是。"陈雨婷嘴上这么说，心里却响起一个反对的声音，"你敢肯定刚才说的是真话？皇天在上，头上三尺有神灵，说假话是要遭报应的。"

"那我就更糊涂了，除了恋人关系，世界上还有纯洁的男女关系吗？"

"有的，有的，比如我和孙祉鑫。"

"好吧，就算你们是特例。"

陈雨婷抬头望了望天，那颗最亮的星闪耀在北边的天空，让周围的群星黯然失色。不过就在此时，另一颗星的亮度突然明显增强，大有和早先那颗亮星一较高下的态势。

这两颗互相不买账的星星，多么像刚才针尖对麦芒的孙祉鑫和林惠伦！

时间不早了，陈雨婷想让林惠伦乘坐他们租的考斯特车回到市区。毕竟从墓地到市区的班车没有几班，这个时候估计早就没有了。最近的长途汽车站，估计也在几公里之外。

"你以为我是坐地铁+长途汽车+墓地班车过来的？"看来是陈

雨婷矫情了，人家怎么会用这么老土的方式，来执行这次目的不明的特殊任务呢？

林惠伦指了指不远处的黑色轿车："这是我的专车，就不劳烦你的座驾了。"

顺着林惠伦手指的方向，果然发现一棵大树旁停着一辆黑色轿车。有一个戴墨镜的女生，穿着一袭黑衣，个子在一米六五左右，正朝林惠伦挥着手。

"人家等得急了，没事我就先走了。"

"等等！"陈雨婷急忙喊住意欲离开的林惠伦。

"还有什么事吗？"

陈雨婷想起冯诺涵的嘱托，这次不能再将林惠伦放跑了，不然真的"茫茫人海无处再相逢"。

第七章
书中的秘密

1

　　林惠伦愣了一下，他没想到一向孤傲的陈雨婷会主动来问他要联系方式。这次在签售会上再度相逢，他刻意和陈雨婷保持距离，就是怕因为过分热情吓跑这个他喜欢的女孩子。不过听到陈雨婷要自己的联系方式，是为了她的闺蜜冯诺涵，刚才升腾起的得意感，瞬间被打回原形。他狡黠地笑着说："我在你的书上留下过线索。"

　　他什么时候在书上留下了线索？陈雨婷想起来了，昨天他签完大名，又在书上盖了他的私人印章。印章不在签售会的现场，而是搁在旁边一个房间的行李中。就是这点时间，他抽空留下了所谓的"线索"。

　　那位戴墨镜的女人又冲着他招手，陈雨婷突然对这个女人产生兴趣，不自觉地往前走。那个女人发现了陈雨婷的动机，立马转身钻入黑色轿车中。她不愿意陈雨婷发现她的真实身份！这背后一定有隐情。碍于孙祉鑫和其他组员的催促，陈雨婷只好暂且搁置这个谜团。

车子开到服务区，其他人都去用餐了，孙祉鑫将陈雨婷叫到一边，环顾一下四周说："这事肯定不会这么简单。"

陈雨婷点点头，目视黑漆漆的前方："未来就像眼前无边无际的黑暗，一时还看不清楚。"

"张云霞身边的林惠伦很有来头，查清楚他的背景，那个出卖我们的人很快就能找到。"

"虽然他说话有些玩世不恭，为人方面我没觉察出问题。"

"你没觉得他就是那家神秘媒体派来的人？"

"什么？"陈雨婷惊叫一声。

孙祉鑫赶紧捂住陈雨婷的嘴，害怕陈雨婷的过激反应引来其他人的注意："你小声点儿好吗？我可以断定，他刚才就是和张云霞了解这次活动的情况。很可能不久后，就会有媒体刊登心灵小组组员的隐私。"

"那张云霞的失踪就不是偶然性事件。"

"是的。你不是听到车上有人和神秘人联系吗？"

陈雨婷想起车上那个神秘电话。当时还以为是幻听，现在看来打电话的人就是张云霞。

"张云霞只是一枚棋子，真正幕后操纵者另有其人。况且她没有意识到问题的严重性，很随性地把知道的情况都告诉了对方。"

"糟了。如果像你的推论，其他组员还不活剥了我们？"

"现在化解这个问题，只有靠你了。"

"靠我？"陈雨婷睁大眼睛，连孙祉鑫都无法解决的难题，自己还能扭转局势？

"对，你和他有一定的关系基础，想办法说服他，不要将这些信息流出去。"孙祉鑫的眼睛就是毒辣，通过林惠伦刚才的表现以及他和陈雨婷的对视，就能断定两人一定不是一面之交这样的浅层关系。

"要是他不听我的呢？"

"不会的，我相信你。"

这顿晚饭陈雨婷吃得心不在焉，想着如何从书中找出林惠伦留给自己的线索，也想着如何充当孙祉鑫的说客，阻止心灵小组即将面临的一场危机。

2

陈雨婷的心，早就飞到那本签名书上。

这本书的封面上有林惠伦的全身照片，他穿着一身白衣，头上戴着一顶黑色帽檐的棒球帽，脚上一双阿迪达斯运动鞋。特别是那一丝暖阳般的笑容，一定会迷倒众多情窦初开的女孩子。

老天真是不公平，既给了他才华，又给了他一等一的皮囊。

就是这个外表如此阳光的人，行事风格却鬼鬼祟祟。有些话直说不可以吗？非要弄得如此神秘，耗费陈雨婷存量不多的脑细胞。

打开扉页，并没有什么特别的提示性话语，除了那句"你的人生，终将闪耀"和龙飞凤舞的签名，无非多了一枚印章。继续往后翻，还是没找到异常的痕迹。

这家伙不会唬人吧。哪有什么线索？这个时刻，陈雨婷只好求助于孙祉鑫。

他想了一会儿，说会不会文字书写的介质比较特别，比如某种特制药水，只有通过某种试剂，才能让隐身的文字现形。这是很多影视剧中经常上演的桥段，可是，如何确定是哪种药水呢？

这个难题还是交给百度吧。通过"度娘"，陈雨婷查到一种让隐形文字显现的办法：用生土豆，将其浆汁研磨成生的淀粉，用毛笔蘸那些带水的淀粉写字。写好后风干，字迹就会消失。需要看具体内容时，取碘酒涂抹在那张纸上。生淀粉遇到碘酒，立即变成紫色，字迹就显现出来了。

碘酒是消毒药剂，正巧房间里备了一瓶。陈雨婷捏着碘酒瓶的手有些颤抖，心中默念某位魔术师经常使用的台词：下面就是见证奇迹的时刻。

时间一分一秒过去，陈雨婷的面前还是一张白纸。

网上的东西果然不靠谱，陈雨婷重新陷入迷茫中。可能是小饭店的菜肴味精放得有点多，口干舌燥的感觉非常强烈。陈雨婷喝了整整一杯水还是不解渴，心中依旧念着人体必需的生命之源。小时候母亲说，绿茶是最解渴的。陈雨婷从厨房间的角落里，翻出一罐差点儿被遗忘的绿茶。

　　这是孙祉鑫送陈雨婷的绿茶，当时想感谢他，心疼他的破费，孰料他说这是朋友送他的，正巧他不喜欢喝茶，于是就转送给陈雨婷。敢情这不过是一个顺水人情，害得陈雨婷好几天没理他。

　　其实，孙祉鑫完全可以不说出真相。有时候真相并不美妙，适度隐瞒反而有利于维护良好的关系。孙祉鑫啊，你能洞悉人的心理，却读不懂女孩子的一颗心。有句古话："女人心，海底针。"女生的心思，也许连心理学也无法彻底破解。想到这点，陈雨婷原谅了孙祉鑫。

　　蜷缩的茶叶，在开水的滋润下渐渐舒展、上下翻飞，不久就形成一杯香气四溢的茶水。陈雨婷把这杯茶端到书的旁边，不能破解所谓的"线索"，她决定整个晚上绝不休息。

　　手机铃声打断了陈雨婷的思绪。

　　"你要到他的联系方式了吗？"粉丝冯诺涵对于偶像林惠伦的迫切，由此可见一斑。

　　"没有，别来烦我。"这话一出口，陈雨婷就有些后悔，这口气多伤人。

　　"我知道，这事确实不容易办到。"冯诺涵一反常态，表现得非常理解。

　　"真的不怪我？要是一直要不到呢？"

　　"不可能，我相信我家婷婷的实力。"

　　陈雨婷有些悲哀，敢情自己在她眼中就是一个"包打听"。

"把丑话说在前面，找不到的可能性非常大。到时候，你也要像今天这种态度。"

"我在求你，哪还会怪你？"

"我就奇怪，为什么你不想办法直接弄到他的联系方式？通过我来做成这件事，不是很麻烦吗？"

"你傻啊！女孩子还是要有些矜持的。男人都是这种德性，主动送上门来的猎物，在他们眼中通常是不值钱的。尽管我很喜欢林惠伦，但是不想在他眼中是那种可以随便得到的女生。"

"精辟！"陈雨婷忍不住为她点赞。

就是这一激动，陈雨婷闯祸了。

陈雨婷忘了林惠伦签名书的旁边，还有一杯香气四溢的茶水。

碰翻的茶水，几乎一点不落地洒在翻开的扉页上。

奇迹总是在不经意间发生，扉页上出现一行字。

3

"请注意书上画圈的页码，按照先后顺序排列。"刚才在翻阅书页时，确实看到有些数字被画圈。陈雨婷对蛛丝马迹的灵敏度非常低，这些记号就在眼皮子底下溜走了。

很快，陈雨婷得到一个11位手机号码。

这是什么方法让字隐形？好奇心驱使陈雨婷继续在网上搜寻资料。很快有了答案：用亚硼酸液书写，遇上碱性物质可以显出字来,比如遇到茶水是可以显露出来的。

陈雨婷刚才无意间打翻茶水,误打误撞破解了这个"藏字法"。

这个号码的主人是一家杂志社的编辑。他承认,自己就是昨天联系孙祉鑫的那位编辑。不过,他对被孙祉鑫拉进黑名单一事耿耿于怀,还强调一句:"这世界上没有媒体人办不到的事。"

陈雨婷不想做这种无谓的口舌之争,林惠伦的联系方式才是她最想得到的。对方卖了关子,说要征得林的同意才能给她。

几分钟后,林惠伦的电话就追过来了。

"真看不出,你居然能破解我的'藏字法'。我愿意和聪明人打交道,后面你可以尽情地'骚扰'我。"

"我可以提一个要求吗?"

"何止是一个!十个也可以。"

"别把这篇报道发表出来好吗?"

这个要求让他有些为难,电话那边没有声音。

"怎么?这点做不到吗?"

"可以是其他要求吗?"

"不行!这关系到心灵小组的声誉。"

"让我考虑一下吧。"电话挂断了。

一小时后,他发了一条微信:"我听从你的意见,把这篇稿子撤了。只是,我把这家杂志社给得罪了。"

陈雨婷的心里一阵歉意和负疚。作为一名刚出道的作者,稿费收入不会很高。内刊的稿费比其他公开出版的刊物都要高,用稿的竞争不像外刊那么激烈，基本上发稿属于"旱涝保收"。逼他撤稿，等于断了他一条财路。陈雨婷越想越觉得堵得慌，想找个办法补偿他一下。

不过，陈雨婷不是杂志社的编辑，没法用他的稿子给他开稿费。想到这里，不禁哑然失笑：自己发稿还没有着落，又开始为别人发稿操心。想想那一堆被编辑退回的稿件，这个时候正躲在阴暗角落发霉。可是，这就是陈雨婷的性格，不会过多考虑自己，不愿意别人受到一丁点儿伤害。别人受到的伤害，就如同刀子割在自己身上。

用什么办法弥补呢？还是请他吃一顿吧。用美食来慰藉一颗受伤的心灵，很俗，但也很管用。

这么做还有另外一重考虑：再次将冯诺涵隆重推荐给他。不过在电话里，陈雨婷反复叮嘱冯诺涵，这次一定要注意吃相。上次在烧烤餐厅，已经给林惠伦留下非常不好的第一印象。心理学中有"第一印象效应"，一个人在他人头脑中建立起的形象，第一印象起到的作用能占到80%以上。当然，第一印象也不是一成不变的，会随着时间的推移慢慢淡化。即便给他留下糟糕的第一印象，只要正视自己的缺点，努力塑造崭新的良好形象，还是能够让他对你产生好感的。

"你太啰唆了！上次我已经意识到自己的失态，还会犯同样的错误吗？"

陈雨婷有些"心寒"，这片好心被冯诺涵当成啰唆，但是有些话她还是要说:"在美食面前,你还能守住这种气节吗?"

回答陈雨婷的,不是冯诺涵的声音,而是"嘟嘟"声。

4

去孙祉鑫办公室的路上,陈雨婷还在反刍张云霞对自己说的话。一向不愿意和别人说话的她,居然会主动找陈雨婷坦白那天在墓地的经历。

就在活动前一天早上,她收到一条带有威胁性质的短信,发送者是一个陌生号码。对方告诉她:第二天在墓地活动,一定要想办法和其他组员走散。有人会跟踪在他们后面,与走散的她接头。至于后面她要做的,就是尽力配合好对方。她没有选择余地,必须无条件接受安排,不然后果非常严重。

一开始,张云霞还对这条短信嗤之以鼻。她有几个喜欢恶作剧的朋友,也许这又是一场策划好的恶作剧。她就回了一条:"别闹了,我猜出你是谁了。"

她以为,这场恶作剧到此为止。可是,对方将她发送的信息当成挑衅:"你怎么会猜到我的身份?那你说,我究竟是谁?"

"以抹,'小折腾'还能怡情,你就不要再开这种低级玩笑了。"也许这个叫以抹的朋友,平日里喜欢捉弄张云霞,她的首个目标就锁定在这个讨厌鬼身上。

"谁和你开玩笑!我说的都是真的。如果你不相信,就等着你不愿意面对的后果吧。"对方狞笑一声,终止了谈话。

这下子,张云霞觉得这绝不是普通的恶作剧或开玩笑。她想过报警,但是这个电话号码,也许是对方通过拨号软件随意虚拟设置的。就算警方立案,也需要花费大量时间去排查。等查出眉目,估计她已经"横尸街头"。

近期得罪过什么人?张云霞惶惶不安地熬过这个晚上。

就在第二天出发去墓地的路上,张云霞再次接到这个号码打过来的电话,又一次命令她必须服从昨天的安排。

陈雨婷蒙眬中听到的对话,就是神秘人第二次和张云霞的通话。

上山路上,她故意走得很慢,落在最后。由于雨天路滑,大家的注意力都在脚下,根本不会注意到经常被忽略的张云霞。眼看其他人越走越远,张云霞独自站立在一个平台上。她朝四处张望,没发现神秘人所说的跟踪者。

她开始焦灼、不安、惊恐,握住伞的右手微微抖动。就连雨水打在伞上的声音也带着恶魔的狞笑。她看了一眼没有生命的墓碑,浮现出各种惊悚恐怖片的场景。也许一双无名的手会用力抓住她的脚脖子,将她往地心深处使劲拽;也许一张没有五官的脸,如同一片羽毛般轻灵地飘到跟前,说着她根本听不懂的话;也许一堆没有任何血肉的白骨,收到指令般聚拢在一起,和她打着招呼……

张云霞的情绪开始失控,疯狂地尖叫,试图引起走远的孙祉鑫和组员们的注意。由于相隔太远,还有淅淅沥沥的雨水干扰,她的喊叫未能收到效果。

"你好！看来你是一个守约的人。"

张云霞的双手疯狂舞动，在她眼中，此人不是正常的凡人，此刻要来取自己的性命。

"别怕，我不会伤害你。"林惠伦说话的声音听上去很和善。

"你究竟是人是鬼？"张云霞的脸因为惶恐变得扭曲。

"这世界上哪有什么鬼？不过是一些文人墨客虚构出来的。看准了，我是人，一个标准的大活人。"

"哇！"张云霞像个婴儿哭出来，一下子扑过来，搂住林惠伦开始痛哭。

他倒是很大方，愿意等待张云霞宣泄情绪。

5

张云霞的哭泣告一段落，林惠伦用纸巾为她擦拭眼泪，动作轻柔。这个举动，让张云霞放下了心中的戒备。

"都怪那位编辑，没吓到你吧。我已经说过他了。"

"你想了解什么？只要是我知道的，都可以告诉你。"张云霞将心灵小组成立以来开展过的活动，还有每位成员的基本情况，详细做了介绍。两人的聊天持续了近一个小时，林惠伦对她说："时间不早了，你就不要到山上去找你的大部队了。"

"那我怎么回去？"

"直接原路返回呀！他们在山上找不到你，自然会下山，还愁遇不见他们？"

"可是，我忘了下山的路往哪里走。让你见笑了，我是一个路盲。"

"我领你回去吧，事情因我而起，我要负责到底。"

就这样，林惠伦将张云霞带回到墓地入口处的停车场。林惠伦刚想离开，张云霞叫住他："这么私底下和你接触有些不合适，你还是和心灵小组的创始人碰个面吧。"

于是，就有了后来和林惠伦的相遇。

那天在车上，张云霞看到孙祉鑫和林惠伦的针锋相对。她觉得这么隐瞒下去也不是办法，想通过陈雨婷和孙祉鑫解释，求得他的谅解。

这还用取得谅解吗？凡是遇到这种情况，人最先想到的肯定是自保。陈雨婷直接替孙祉鑫原谅了她。看来孙祉鑫的推测完全正确，张云霞只是一枚被利用的棋子。

"你干得不错，没让心灵小组的信息流出去。不过接下来，你要继续和那个林惠伦保持联系，只有从他身上才能找出'卧底'的线索。"孙祉鑫的嘴角上扬，显然对陈雨婷的表现非常满意。

"林惠伦是个聪明人，他能听我摆布吗？"陈雨婷耸耸肩。

"男人征服世界，女人通过男人征服世界。即便是再优秀的男人，也难过美人关。"这话听得贼舒服，毕竟每个女生都想听到"美女"的称谓。为了配得上这个称谓，她也必须将这场戏演下去。

这个周末,陈雨婷和林惠伦要见面,正好借机探听一下虚实。

不过冯诺涵这枚吃货,哪能等到周末再满足她的欲望。这不,她又拽上陈雨婷去那家"网红小吃店"。这家小吃店在大众点评网上的评分很高,蟹黄小笼包是他们的招牌小吃。

"除了吃小笼包,我还想来这家店看另一样东西。"冯诺涵指着加了霓虹灯泡的店招牌,故作神秘地说。

"小吃店还能有什么?总不至于这家店有镇店之宝?"

"你就是俗,任何宝物能和他相提并论吗?"

"究竟是什么呀?"陈雨婷快被她卖的关子给急死了。

"美男服务员。"冯诺涵咧着嘴说。

"要死了!世上哪有这么多美男?"

"等你见到就知道了。据说这位服务员很神秘,上班时戴口罩,不过从他露出的脸部,还有那双眼神,绝对可以断定是一位美男。"冯诺涵绘声绘色地描绘这位美男的相貌特征。

"诺涵,我觉得你的价值取向有问题。你的心里有了林惠伦,再去想别的男生,不太好吧?要是你的偶像知道你三心二意、脚踏两只船,该有多伤心。"

"爱美之心人皆有之嘛,再说我只是想一睹美男容颜,今后又不会和他怎么样!相信我们家惠伦会理解我的。"冯诺涵继续展现她一厢情愿的本色。

"你们惠伦还没表态,你就这么肯定能抓住他?"

"不是还有你嘛?有你这个强力后援团,还怕猎物逃走?"

"我可担不起这个重任。"

"好了,为了表达我的感激,今天的小笼包全部由我买单。"

6

步入店内,陈雨婷先看到半开放的厨房区域和摆放规整的两排笼屉。整个店的装修带着浓浓的怀旧风:不规则的彩色玻璃、做旧的淡绿色铁窗和新铺的民国老地板,显露出不过时的设计感。

这些设计固然有特色,更摄人心魄的还是冯诺涵口中的美男服务员。可是扫视一圈店面,观察了很长时间,未发现这位戴着口罩工作的服务员。

他为什么要戴口罩?难道身上携带某种传染病?不太可能,招聘员工事先要进行体检,携带传染病不会让他入职,更何况这种直接和身体健康息息相关的食品餐饮行业。那么他戴口罩一定想遮掩什么,至少不想让不期而至的熟人发现他在这里工作。

陈雨婷的身边,近期出现了很多神秘人,先是小组内泄露消息的"卧底",再有那天戴墨镜的神秘女人,现在又出现这个戴着口罩工作的服务员。

陈雨婷坐定点完单以后,问那位准备离开的服务员:"你们那位网红服务员今天在店里吗?"

"哈哈,来我们店的女顾客,绝大多数都想见他。真不凑巧,今天他有事没来上班。不过没关系,下次你们来还能见到他,只要他不离职。"

"你知道他叫什么名字吗？"

"真名不清楚，只知道他有个小名叫阿发。"

一旁的冯诺涵无比失落，陈雨婷拍拍她的肩膀说："或许这位网红服务员是小店临时请来的群众演员，故意用来吊足女顾客的胃口。这种手法，在营销学上属于饥饿营销。"

"不会的，我觉得这不是噱头。也许他今天真有急事。我们再来一次吧，一定会见到他的。"

竹编的笼屉端上桌，一掀开盖子，细细密密的雾气便迫不及待地跑出来。错落有致的小笼包，每一只都像大家闺秀般带着粉嫩的光泽。服务员同时送来3款不同的醋，米醋鲜甜，老醋滋味浑厚，康乐醋爽口。纠结一会儿之后，陈雨婷选择玫瑰米醋。她用筷子轻轻地夹起一只，再小心咬一个小口，还没吃就先闻到蟹油浓郁的香气，最后蘸上一点醋吃掉，才算是心满意足。蟹粉小笼包是开胃菜，她们又点了两笼纯蟹黄小笼包。

纯蟹黄小笼包是工人们从精挑细选的母蟹中把蟹黄一点点扣出来，每一只小笼包都要用一只半的蟹黄制成。乍看一眼，白玉色的皮里泛出金黄色的膏。虽然一个笼屉里才两只，一口下去，口中充盈着满满膏黄的鲜甜，足以满足对蟹黄的所有想象。搭配蟹粉小笼包、蟹黄小笼包的是咖喱牛肉粉丝汤。牛肉用的是澳洲的牛肉，咖喱味不浓，能吃出牛肉的鲜味来，非常有自己家里烧的家常感。

这些美食让陈雨婷和冯诺涵吃得非常畅快，唯一的遗憾，就是未能与"网红服务员"正面相遇。

7

林惠伦迟迟没有现身,冯诺涵等得有些焦躁:"他会不会有急事不来了?"

"即便有急事也会事先通知,他不会放我们鸽子的。"陈雨婷又为冯诺涵斟了一杯茶,让她再耐心一点儿。

就在离海洋主题餐厅不远的一条街道上,林惠伦被人拦住了。

那人戴着黑色的帽子,帽檐压得很低,声音充满穿透力:"你可想好了?"

"我是写作者,不想掺和别人的恩怨。"

"你不是想出名吗?我们老板可以为你提供出名的捷径。"

"名利固然重要,但是必须来得光明磊落。"林惠伦正了正衣冠,挺起胸脯说。

"迂腐,你再这样执迷不悟,一辈子只能做个小白作者。要靠你的作品打出名气比骆驼穿过针眼还难。"

"就是让地球穿过针眼,我也要去试试。你走吧,我和别人已经约好了。"

"现实会让你明白现在的自己是多么愚蠢。相信你会来找我的,后会有期。"大晴天,那人撑一把伞,走了。

"要靠你的作品打出名气,比骆驼穿过针眼还难。"林惠伦的耳边不断响起这句话。尽管对此人的人品颇不认同，这句话却扎到最疼的地方。他写作这么多年，好不容易有了处女作。本以为这本十年磨一剑的著作，感情真挚，来源于生活，能为自己带来一定的声誉。可是举办了几次签售会，自己赔进去不少钱，来捧场的人都是自己的亲友。当当、京东等电商平台上，评论数少得可怜。

他的命运，不会因为这本书被彻底改写。

他愈发明白：一本书的销量，作者的名气，绝不是作品本身能决定的。他需要一个推手，一个幕后团队，帮自己策划、宣传、推广，以一种狂轰滥炸的姿态出现在读者面前。

还有书稿出版的版税，出版社承诺书上市以后一个月内全部结清。现在出版上市5个月了，这笔近2万元的"巨款"还在天上飘。

刚才自己已经把话说得很绝了，帮他们做那种事，良心上也过不去。林惠伦惘然地走在街道上，还不小心撞到一个身材窈窕的姑娘。那姑娘白了他一眼，骂了一句："色狼。"他连忙道歉，那姑娘又骂了几句，全身上下打量林惠伦，觉得色狼长成这个模样看着还算顺眼。她没进一步追究他的责任，踩着铿锵有力的脚步走了。

冯诺涵抢在陈雨婷前面发话，用发嗲的口气说："哎呀，我的偶像，你终于来了！"黑格尔有一句名言："存在即合理。"对于粉丝来说，偶像做的任何事情都是合理的。她绝不会因为林惠伦的姗姗来迟，露出任何一点儿埋怨。

林惠伦瞅瞅冯诺涵，又转头看看陈雨婷："今天不是你约我吗？"

陈雨婷听出这句话背后的意思："她是我最好的闺蜜,又是你的铁杆粉丝,吵着要过来,我能忍心拒绝她吗?"

"这个……好吧……"他说话结结巴巴。

等待美食上桌前,和林惠伦聊起他喜欢的作家。林惠伦说心中的偶像是普鲁斯特——20世纪法国最伟大的小说家之一,意识流文学的先驱与大师。

"我也喜欢普鲁斯特,特别是他的代表作《不能承受的生命之轻》。我最喜欢这本书中的一句话:'从现在起,我开始谨慎地选择我的生活,我不再轻易让自己迷失在各种诱惑里。我心中已经听到来自远方的呼唤,再不需要回过头去关心身后的种种是非与议论。我已无暇顾及过去,我要向前走。'"

陈雨婷和林惠伦一致用骇然的眼神看着冯诺涵,最后还是陈雨婷点穿她:"诺涵,人家喜欢的是普鲁斯特。"陈雨婷在最后这个名字上加了重音。

冯诺涵继续"恬不知耻"地说:"我说的就是普鲁斯特呀!"

林惠伦面部发窘,不想让冯诺涵过分难堪:"米兰·昆德拉也是我喜欢的作家。"

冯诺涵一下子醒过来,面红耳赤,忸怩地说:"哎呀,不好意思,是米兰·昆德拉。"两人的脸上都扬起红晕,看来两人确实有夫妻相。

可是,林惠伦会看上冯诺涵吗?第一次一起吃饭,冯诺涵吃相极其难看,刚才又闹出张冠李戴的笑话。对于这样一个神经大条、冒冒失失的姑娘，一向沉稳的林惠伦会作何感想？

可是转念一想，夫妻嘛，不正需要性格互补吗？不过还有一个大前提：人家林惠伦有女朋友吗？要是人家早就有了心上人，自己不是在瞎起劲吗？

必须先搞清楚这个问题。

8

菜一道道上来：三文鱼、金枪鱼刺身、盐烤大虾、生蚝……好在这家餐厅的价格还算亲民，不至于让陈雨婷的腰包瘪下去很多。

陈雨婷刚准备开口，林惠伦的手机响了。他没有回避，直接在陈雨婷的面前接电话。

"你真的要走？"

"我妈脾气是不好，情绪控制不住，让你受了不少委屈，我替她赔不是。"

"你再多待一些时间好吗？好歹容我几天去找人。"

"我每个月再给你加五百可以吗？加一千？"

林惠伦失落地挂断电话。

"没事吧。我们能帮你什么吗？"面对表情颓然的林惠伦，陈雨婷试着想安慰他。

"没……没什么……吃菜吧。今天这顿我来请吧。"

他的家里，一定发生让他猝不及防的变故。怎么还可以让他再破费?再者,今天这顿饭本来就是为了补偿他的损失。林惠伦没有再坚持,闷头吃着菜。

气氛有些沉闷,陈雨婷试着讲了几个笑话,还是无法调动林惠伦的情绪。

餐厅的背景音乐,适时地切换到Piano Squall的*Sadness and Sorrow*。完美的笛子和钢琴,把两个悲情人物刻画得淋漓尽致。陈雨婷仿佛看见天空中飘着白色的雪花,加上这凄美的音乐,泪水很难停留在你的眼眶里。

林惠伦的身上藏着太多不幸的秘密。他的每个毛孔都散发出哀伤、凄冷、愁苦的元素,哪怕拥有阳光俊朗的外表也无法遮挡。

正如普鲁斯特在《追忆似水年华》中所说:"生命只是一连串孤立的片刻,靠着回忆和幻想,许多意义浮现了,然后消失,消失之后又浮现。"他被命运那双有力的手扯成一个个孤立的片段,他试图去建构意义,用自己不懈的努力,用一个不肯屈服的灵魂。可是,他斗不过那个过于强大的"敌人"。这个敌人如此强大,也只是将悲壮的结局留给历史上太多的英雄。当意义退去,他只剩下一副哀伤的行囊。

可是,林惠伦还是那么坚强,也许他信奉:"当一个人不能拥有的时候,他唯一能做的便是不要忘记。"

不忘记就不会丢失一路走来的印记。

陈雨婷突然产生要帮助他的念头,这个念头如此强烈,强烈到陈雨婷的主观意志都无法抑制。不过每个男生的骨子里都有一份孤胆英雄的情怀，天性中有自命不凡的成分，他肯接受陈雨婷的帮助吗？

冯诺涵的眼神中也带着浓烈的母性。也许在这一刻，对于林惠伦的感情，不只是停留在爱情的层面上。也许世界上，确实有超越单纯情爱的男女之情。

送走林惠伦，又和冯诺涵道别，陈雨婷独自来到江边的沙滩。尽管是晚上，来这里休闲放松的市民依旧很多。

一轮清冷的残月，悬于空中，似乎随时随地会坠落下来。尽管天气有些微凉，陈雨婷还是光脚走在这片沙滩上。这里的白沙非常松软，踩在上面很惬意。

刚才被林惠伦带坏的情绪，在江水拍岸的声音中，缓缓平和下来。

几只沙鸥在海面上飞翔，矫健的身影彰显了生命的律动。夹杂着淡淡的水汽，江风温柔地抚摸着陈雨婷的肌肤，像慈母的手安抚着熟睡的婴儿。望着这片流淌了千百年的生命之源，陈雨婷的灵魂也渐渐融化在波涛声中。

一个浪头袭来，陈雨婷的双脚浸润在江水中。来到这个世界时，我们就是用稚嫩的纤足丈量着世界的距离。此刻亲临江边，如同回到生命初始。暂时卸下世俗的负担和羁绊，在沙滩上展现出一个真实的自我。在江边，陈雨婷听不到令人心烦的嘈杂声，只有自己的心跳，还有自然的天籁。

"打你电话也不接，我就知道你来了这里。"温润如玉的孙祉鑫此刻就站在她身旁。陈雨婷和他，似乎有一种心有灵犀的默契。

第八章
蹊跷的遗书

1

"吴崇豪失踪了。"

"什么时候的事?"陈雨婷拽起孙祉鑫就要往回赶。

"快穿鞋吧,你这样在街上跑,别人一定会把你当成疯子。"孙祉鑫指了指陈雨婷的脚。

陈雨婷和孙祉鑫没有回到办公室,直接去了吴崇豪的家。这是一个高档小区,进入小区需要专用的门禁卡,还要输入密码。好在吴崇豪的父亲吴世贤就等在小区门口,他望眼欲穿,见到陈雨婷和孙祉鑫的身影赶紧迎上来。两人随着吴世贤进入小区的核心区域,在一幢独栋别墅面前停下来。

客厅内灯火通明,白色的灯光有些刺眼。

"孩子在两天前出走的。我当时还以为他只是想出去散散心。"吴世贤说话时,急得眼泪差点儿掉下来。

两天前，吴世贤从外地出差回来。返程前，他和一个新客户谈成一笔千万元的大单。自从上次父子和解，吴世贤再也不做那种"提款机老爸"——只顾挣钱，不能给予孩子精神上的关怀，有点儿类似冷冰冰的"提款机"。即便在出差期间，他每天仍雷打不动地与儿子联系。

　　在电话里，吴崇豪未显露出反常。只不过他说最近有些困倦，可能是功课复习到很晚的原因。父亲嘱咐他学习很重要，但是不能过分透支身体。他不会像其他父母那样，在成绩上过分要求孩子。吴崇豪"哦"了一声，还反过来询问父亲的情况，也让父亲不要在外过分劳累。

　　"说实话，听到孩子嘴里说出那句话，我差点儿感动得泪流满面。从小到大，我和儿子的关系一直很紧张，他甚至当着我的面说，希望我早点儿死。就算我死了，他也不会流下一滴眼泪。我在他眼里，就是十恶不赦的暴君。现在他在意我的身体健康，我突然觉得多年来在外辛苦的打拼非常值得。成功签约后，客户邀请我去当地的一些5A级景点转转，正好利用两三天的时间放松身心。不过两天后是小豪的生日，我从小没有给他过过生日，这次一定要补上这个遗憾。"儿子的一句话，让吴世贤的内心起了如此大的波澜。

　　吴世贤给儿子准备了一份生日礼物，想在生日当天给他一个惊喜。礼物不是最重要的，因为儿子出生以后衣食无忧，物质生活方面从不匮乏。他最希望父亲的陪伴，而父亲在生日这个重要时刻赶回来，比任何礼物都会让他激动。

刚打开这栋两层楼高的别墅的房门，吴世贤就开始呼喊儿子的名字。可是，无人应答。几位住家保姆出来迎接。他问保姆们儿子去了哪里？一位胖胖的保姆说，吴崇豪下午3点回家，接了一个电话，对她说有事要外出。他离开家的时间是下午3点半。

他抬腕看表：晚上9点，儿子已经出去5个半小时了。也许是孩子的同学们约他出去，准备在外面给他过生日。想到这里，吴崇豪的父亲不免失望。他有些懊悔，不应该为了所谓的"惊喜"，故意让保姆隐瞒事实。儿子可能要在外面玩到很晚才能回来，再要给他过生日，可能要等到明年的这个时候了。

尽管失落，不过以后每年都还有机会。他将包装精致的礼物，轻轻放在客厅的茶几上。孩子回来时让他亲手拆开，再说上几句生日祝福。

既然儿子不在家，吴世贤又让专职司机开车到公司。顺利拿下一个项目，还有更多大项目等着他。在这些项目中，他的公司处在不利的境地。销售总监在他出差时，每天多次汇报项目进展。他在车上双眉紧锁，思考自己和竞争对手的优势和劣势。这么多年来，他和那几家公司一直是竞争对手。总体来说，他在竞争中胜多负少。正因为如此，他的公司日渐壮大，大有在这个细分行业独领风骚的态势。

这幢熟悉的商务楼就在眼前，公司所在楼层的办公室都亮着灯，他轻轻地舒了一口气。这些属下助他上演过很多逆袭的好戏，这一次，这个强悍的团队也不会让他失望。秘书在办公室门口迎接他，销售部所有的工作人员已经在会议室集合。他点点头，会议5分钟后开始。

2

午夜时分，会议室在一番唇枪舌剑后渐渐变得宁静。他打着哈欠，在车上打了一个瞌睡，到家时还是司机叫醒他。这扇坚不可摧的防盗门，让他想起3个多小时前，他放在客厅茶几上的礼物，还有那一句"生日快乐"。

保姆们都去睡觉了，估计儿子早就到家了，此刻可能在甜美的梦乡中。站在儿子卧室门口，他举棋不定，掏出钥匙的手还是缩回去。

还是不打扰儿子睡觉了。

他躺在自己卧室的床上，落寞地凝望乳白色的天花板。这么多年来，他一直疏于陪伴儿子，错过了他成长中的很多重要时刻。好在儿子参加了这个心灵小组，他才有机会走进儿子的内心世界，父子之间冰释前嫌。明天一起床，他就要对儿子说出那句迟到的祝福。

第二天一早，他遇到昨天那个胖胖的住家保姆，问她儿子昨晚几点回的家？

"他昨晚没回来呀！"

"什么？"儿子夜不归宿，瞬间让他紧张起来。

以前父子关系紧张时，曾经发生过类似情形。但是两天前和儿子的通话时，他没察觉孩子有离家出走的意图。可能是儿子昨天过生日"玩嗨"了，索性在外面过夜。他只好编造一个能抚慰自己的理由，尽力让自己镇定下来。

他拨打了儿子的电话，无人接听。

可能是手机不在服务区或者没听见。他继续用牵强的理由麻醉自己。

他又联系儿子平时要好的同学，对方都说，昨天晚上吴崇豪并没有和他们在一起。

最后是他的前妻，那个被他伤害过的女人，如今有了新的家庭。电话响了很多次，才听到那个熟稔的声音。

"我们缘分已尽，何必来骚扰我的生活？"

他被噎得说不出话，好一阵子才幽幽地说："小豪去你那里了吗？"

"小豪很久没和我联系了，也许他早就不要我这个亲娘了。"

前妻的话，让他心情变得更加沉重。最后的希望破灭，儿子，你究竟去了哪里？他开始有一种不祥的预感：儿子会不会被人绑架了？

他想起那些竞争对手，越想越害怕。商场如战场，为了金钱和利益，这些人什么事都能干得出来。他开始痛恨自己，痛恨自己的贪得无厌。今年拿下这么多订单，肯定让那些对手耿耿于怀。现在还要再去"断他们的财路"，于是他们将"魔爪"伸向儿子。

很可能在下一秒，就会收到这些人的爪牙发来的"最后通牒"。面对可能的勒索和敲诈，该如何应对？

他只是一个商人，无法对付这么复杂的情况。36个小时未曾合眼，他只好求助于警方。面对民警，他说话也不利索，好几次哽咽得说不出话来。从派出所出来，他就联系了孙祉鑫。也只有孙祉鑫和心灵小组，才是这个时候最值得依靠和信赖的。

"我理解您的心情，吴崇豪没和我联系过。"他转过头问陈雨婷，"你呢？"

"我也希望小豪能告诉我他的下落，只可惜，他没有这么做。"

吴崇豪的父亲眼神更加黯淡，沙哑地问道："我倒希望小豪被人绑架，这样至少有个明确的方向。现在他是死是活犹未可知。都过去一天多了，他手机也不接。"说到这里，他又老泪纵横。

"能不能把那个住家保姆叫过来一下？毕竟她是最后见到小豪的人。"

这位保姆的脸色不太好，走到陈雨婷的面前时，眼睛看着地上的双脚。吴崇豪的父亲让她坐下来说话，她的屁股只沾着沙发的一小部分，上身紧绷而僵硬。

"都怪我不好，不该让他出门。要是拦住他，也不会……"

"不要自责，当时你也不清楚情况。请把你知道的都说出来，才能尽快把他找回来。"

陈雨婷对吴崇豪的父亲使了一个眼色，示意他还是不在场为好。

保姆这才放下心中的芥蒂，进一步还原当天的场景。事发当天下午，吴崇豪回到家的时间，比以往早了一个多小时。这和他父亲说的3点回家，基本上是吻合的。接下来的半个小时，吴崇豪待在自己房间。保姆继续收拾客厅，本来应该在每天早上整理房间，正巧这天保姆家里有些事，她临时请了半天假。吴崇豪放学回家，她已经把屋子收拾了一半，想赶在做晚饭前完成这件事。

吸尘器"嗡嗡"地工作，保姆弓着身子在客厅中缓缓挪动。她擦了擦额头的汗珠，倏然发现吴崇豪已经站在身旁。

"有什么吩咐吗？"保姆急忙放下手中的吸尘器。

"我要出去一下，可能晚一点儿回来。"

"您的父亲今晚要回家，他关照我多做一些菜……"其实，吴崇豪的父亲告诉保姆今天是儿子的生日，他想陪儿子过生日。不过，他又反复叮嘱保姆不要把真相说出来。眼看吴崇豪要外出，这个时候出去很可能不回家吃晚饭，到时候主人怪罪起来，她可担当不起。无奈之下，她只好说出部分实情。

"那好，我争取回来吃晚饭。"

"假如你赶不回来，我该怎么对您的父亲解释？"

"你就说我接了一个朋友的电话。"

3

"吴崇豪出去时，穿什么衣服？手上拿着什么？脸上的表情如何？"孙祉鑫插话。

"他穿着一件黄色的夹克衫，以前从未见他穿过黄色的外衣。

这孩子性格有些孤僻，穿衣服喜欢穿冷色调，比如深青色、深蓝色。他手上拿着一只小盒子，外表上非常精致的那种，里面可能装着珠宝首饰之类的东西。他的脸上带着淡淡的笑容，平时他几乎不笑的，当时我也在纳闷：这孩子因为什么事情这么高兴？"

"这些都和你主人说了吗？"

"那天主人心急火燎，把我搞得非常紧张，很多细节一下子记不起来。您觉得孩子会有事吗？"

"我们会把这些信息提供给警方，相信警方有能力将他救出来。"

"我会天天上香为他祈福的。"保姆脸部绷紧的肌肉，终于松弛下来。

开车的孙祉鑫，那双黑曜石般的双眸凝望渐渐沉睡的都市。他一只手托腮，嘴唇抿得很紧。陈雨婷知道他在沉思，这个时候不希望有人打扰他。

深夜的商务楼只剩下巡逻的保安。他对陈雨婷浅笑，这笑容里似乎带着其他的意思。

孙祉鑫闷在最里面的办公室，陈雨婷在外面的接待室里，不知道该做些什么，突发事件让人心情杂乱，只好茫然地对着电脑。孙祉鑫在办公室待了半个小时才出来，详细分析吴崇豪目前的遭遇：

一是被人绑架。按照吴崇豪家的保姆还有他父亲的讲述，这种可能性最大。作为生意人的儿子，绑架吴崇豪的收益会很大。吴崇豪的父亲在生意上关系网错综复杂，竞争对手一定不少。某些人想从吴崇豪身上入手，对这位生意人敲山震虎。这种情况下，吴崇豪一般不会有危险。对方要么是图谋一笔巨额的赎金，要么想给吴崇豪的父亲一个教训，让他以后在生意场上收敛一些。无论是上述两种动机中的哪一种，目标都不会指向吴崇豪的生命。

二是发生什么意外，比如交通事故。孙祉鑫查了近两天的交通事故，受害人的体貌特征、年龄等情况，没有与吴崇豪相匹配的。吴崇豪还可能消失在某些常人难以发现的僻静处，比如失足落水、落入下水道或某个坑中。天有不测风云，这种情况的概率也不能被排除。

三是由于自身原因遇害，这种可能性微乎其微。吴崇豪还是一个高职学生，平日里不曾出入各种社会场所，大多数时间把自己锁在家里，属于典型的"宅男"，社会关系极其简单。既然如此，他不可能有特别的仇家。况且要上升到杀人的层面，必须是切齿之恨。不过保姆提到吴崇豪出门前，手中拿着一只精致的小盒子。据此推测，盒子里很可能装的是值钱物品。也许有人见财起意，在人烟稀少的小路上，意欲对吴崇豪下手。估计吴崇豪与凶手进行搏斗，可能在搏斗过程中，凶手失手杀死吴崇豪。

四是由于某种原因，不肯与家人见面。孙祉鑫从主观上很排斥这种情况，这等于否定之前陈雨婷和他所做的努力。无论理智还是情感，很多表面现象并不能说明一个人深层次的想法。假如存在这种情况，那么从上次他们父子和解，再到吴崇豪接到电话离家的这段时间里，一定发生了让他们父子之间关系急转直下的事件。

这个事件，从吴崇豪的父亲、住家保姆的讲述中，无法找到确切的依据。

难道是他们两人隐瞒了部分事实？孙祉鑫观察过两人说话时的微表情，陈述某些细节时，表情上没有发生过显著变化，语气语调非常自然，排除了说谎的可能。如果没有这个改变关系的事件，很可能是吴崇豪本人在伪装。他的伪装，骗过了陈雨婷和孙祉鑫，骗过了他的父亲，让别人误以为他原谅了父亲。他的心里还装着仇恨的怒火，只不过到了这个时间点才爆发出来。但是情绪爆发的导火索是什么？还需要进一步去探究。

这件事一下子理不出头绪，只能静观其变。

4

吴崇豪的父亲又把陈雨婷和孙祉鑫叫到家中。

本以为事情有了眉目，这位老总脸色却不阴不阳，将一封信递给孙祉鑫。据他说，这封信是今天早上收到的。

进入网络时代，大多数情况下人们通过手机联系。谁还会选择书信这种相对原始的通讯方式？还是那位胖胖的保姆，在邮递员登记簿上签收这封挂号信，仿佛接收一件刚从地下出土的文物。

信封上只有吴崇豪的家庭地址，没有寄件人信息。盼儿归来心切，吴崇豪的父亲急忙撕开信封，顿时闻到一股发霉的味道。这股味道，是从信纸上发出来的。这张信纸，也许被主人搁置了很长时间。直到多年以后,出于某种需要它才得以重见天日。

信纸被折成两半,折叠得很整齐,看得出写信人是个心思缜密之人。可是开头的"遗书"二字,让他的眼前一黑,差点儿摔倒在地上。

谁这么无聊?把遗书寄到自己家里?可是想到失踪的儿子,吴崇豪的父亲迫切想读下去。

亲爱的父亲:

您好!我离开家这么多天,您一定很想念我吧。还是别想念了,这将是我最后一次这么称呼您,当您读到这封信时,我已经不在人世。

也许,我的出生就是一个错误。我沦落到今天这个结局,从出生那一刻就已经注定。

在别人眼里,我是一个幸福的孩子,有花不完的钱、吃不完的零食、数不尽的玩具,还有别人一辈子都不敢想、不可能去住的独栋别墅……反正,我拥有超过绝大多数人的物质生活。同龄人看我的眼神,都带着羡慕嫉妒恨。

可是,他们哪里知道我是这么可怜。我很富有也很贫穷。我的富有体现在钱,体现在银行账户内的数字;我的贫穷,体现在精神世界。我穷得只剩下钱了,只剩下账户中的数字。

我曾目睹您和母亲激烈的争吵、厮打。可能在结婚前，你们深爱过，不然也不会选择结婚。可是结婚后，特别是您的事业越做越大，您对妈妈、对我、对这个家，还有多少关心？您把家当成了旅馆，把我和妈妈当成了抽象的符号。这个家只是名义上的存在，我和妈妈只是您在外人面前的摆设。

终于，这个家名实俱亡。一纸离婚协议，妈妈走了，我的天空彻底塌了。

从那以后，我就恨您，恨不得您立刻死去。我有过很多次违背人性的念头。还好我没有失去理智，没有犯下这种大逆不道的罪行。

我是一个有血有肉的人，不是被喂饱、有衣穿、有房子住就能满足。我需要有人陪伴，需要在伤心的时候，能有人倾诉。

按理说，我可以找同龄人倾诉。可是，我觉得他们都不是喜欢我这个人，而是喜欢我口袋里的钱，希望和我攀上关系，能从我身上获得什么。我讨厌这群虚伪、势利的小人，也彻底和他们断了联系。

多少个夜晚，我从噩梦中醒来，只能对着冰冷的墙壁，独自哭泣。偶尔来到窗前，仰望夜空中一轮残月。月光，也无法照亮我这颗幽暗的心。

从那以后，我迷上了虚拟世界，开始疯狂地练级、疯狂地砍杀小怪、疯狂地攫取"小怪"身上的经验值。敌人血肉横飞，我的经验值和级别不断提升，重新缝合了我的人生缺口。我又找到了人生的意义，既然无法从现实世界找到这种意义，为什么不从这个并不存在的世界中获取呢？

我知道这是饮鸩止渴，可是，我愿意含笑喝下足以要命的毒药。

我早想好了，练到最高级别那刻就是我生命终结之时。我要彻底走进这个虚拟世界，去当主宰一切生灵的王。父亲，儿子没给您丢脸吧？

您以为带我去心灵小组，就能治好我的心病？您以为几滴眼泪，几声忏悔，就能将这些年我受到的心灵创伤一笔勾销？

不可能！绝对不可能！天底下哪有这么便宜的买卖？您本人就是做生意的，知道等价交换的原则。要让我彻底治愈，绝不会只花这么一点儿代价。您就是付出后半辈子来陪我，也无法医好我的"内伤"。

但是，为什么我还要装出一副"脱胎换骨"的模样？这并不奇怪，我想让您一辈子痛苦。埋在心底的恨，除非出现"山无陵，江水为竭；冬雷震震，夏雨雪；天地合"这种极端情况，才会彻底消除。这些异象，您能做到吗？既然做不到，那么我还是继续恨您吧。

我想了很长时间，才决定用这样的方式结束自己的生命。哈哈，我就是先给您希望，以为我一切都好了，然后来一个180° 大反转，彻底将您打入绝望的深渊。从希望到绝望的过山车，一定很刺激吧。这样的跌宕起伏，不会在您的有生之年从记忆中抹掉。我要的就是这种效果。

再补充一句，我在那款游戏中练到最高级别，我就是最厉害的人，一个要去虚拟世界当王的人。

不想再多说了！下辈子有缘，我们还做父子。

准备上路了，我不会带走过多钱财，只带了您上次出差时客户送您的珠宝。这点儿钱，足够我到达死亡之地。

再补充一句，这个心灵小组是非常愚蠢的产物。特别是这个创始人孙祉鑫，是傻子中的"战斗机"。人的心理问题，哪是这么容易破解的？我讨厌这种沽名钓誉，谁知道这家伙办这个小组是什么目的？他不过是做做样子，说一些假惺惺的话，再找一堆媒体吹嘘他的丰功伟绩。我觉得自己的人生受到了不可饶恕的玷污。因为我也曾帮助他同流合污，在他的功绩簿上添加浓墨重彩的一笔。可以这么说，如果不是他掺和进来，或许我还不会下定决心走这条路。父亲，孙祉鑫也是我死亡之路上的推手。

就让我在天堂里，好好"祝福"您长命百岁，一辈子生活在痛苦中。如果要加上一个期限，希望这个期限是一万年。

永远恨你的儿子　吴崇豪

5

吴崇豪的这封遗书已经让陈雨婷惊愕,至于遗书倒数第二段对于心灵小组的鞭挞,更是将心灵小组推到随时可能喷发的火山口。只是身边的孙祉鑫,表情还是一如既往地淡定。也许多年心理学的浸润,让他学会了如何控制情绪的波动,可以轻松地做到处变不惊。

吴崇豪的父亲冷笑一声,用怪怪的口气说:"看来,是我眼睛瞎了,居然把歹人当作善人。说呀,你们究竟对小豪做了什么?"

孙祉鑫深吸一口气,将遗书轻柔地放在茶几上:"我们一直在帮助你的儿子,这个不需要重复吧?"

"胡说",吴崇豪的父亲脸色瞬间变得狰狞可怕,仿佛一头饿了好几天的猛兽,随时准备一下子猛扑过来,将陈雨婷和孙祉鑫压在身下。陈雨婷有些害怕,身子不由自主地往孙祉鑫的方向靠。孙祉鑫从背后轻轻扶着陈雨婷,一双温暖的手握住陈雨婷这双有些冰冷的手。他目光炯炯地说:"我觉得这封遗书有问题。"

"我认得儿子的笔迹,这还会有错?"吴崇豪父亲的脸色依旧阴沉。

"我没否认这封信是你儿子写的,但他写的这封信本身有值得推敲的地方。"

"我不懂你的意思。"陈雨婷不合时宜地插嘴。

"是呀!既然信不是别人仿写的,那么还能有什么疑点?"

"假如,你的儿子是在别人逼迫的情况下写的这封信呢?"

吴崇豪的父亲不再吱声，宽敞屋子里突然变得静谧。过了好一会儿，对方才憋出几个字："愿闻其详。"

孙祉鑫又一次拿起这封信，开始逐字逐句分析："开头的称呼，用了亲爱的3个字，似乎表明写作者对于父亲怀有一分敬意。但是通过上下文语境，可以看出如此称呼是反话正说，故意装作很尊重您，其实内心充满对您的仇恨。接下来的几段，陈述作者在物质上很幸福，而在精神上很贫瘠。导致这一切的根源，缘于您心里只有事业，很少关心家庭，导致家庭破裂。家庭破裂，对您的儿子打击很大，他才迷上网络游戏，企图用游戏填补人生的空白。再后来，行文提到心灵小组，说心灵小组并未治愈他的心病，因为他受到的伤害过深。就在表达充足的死亡理由后，这位作者又一反常态地再次提到心灵小组，似乎和刚才的分析有些背离，把所有责任都推到心灵小组身上，还诬陷我是厚颜无耻、沽名钓誉的小人。纵观整封书信，行文比较流畅、有力，在某些地方还引经据典，显示出较强的文字功底。然而就是这种文风，暴露了作者真实的身份。"

"您再说得清楚一点儿？"吴崇豪的父亲似乎清醒了一点儿，愤怒程度有所减轻。

"首先，我曾听吴崇豪本人说过，他的学习成绩一向不好，作文更是他最头疼的地方。至于后来上了高职，又把很多心思花在玩游戏上，不愿意看书和练习写作。按照他的文字表达能力，是不可能写出如此通畅、有质量的文字。其次，一个人写遗书时，情绪波动一定处在比较强烈的层面上。要写出高质量的文字，必须情绪稳定。试想在心情一团乱麻时，文字上一定前后逻辑颠倒甚至还会出现自相矛盾。可是，这封遗书看上去非常工整，从逻辑上也找不出明显的毛病。正因为没有毛病，才是最大的毛病。最后，这封信的作者反复将矛头指向心灵小组，这点也非常可疑。一个人想自杀，注意力通常在自己身上，怎么会反复提及一个组织？再者心灵小组和他想自杀，怎么看也不存在明显的因果关系，为什么要强行将两者联系起来呢？纵观这些疑点，我敢肯定这封信绝非出自您儿子的本意。作者真正的目标是心灵小组，进一步说是在我身上。"

"那我儿子没有想去自杀？谢天谢地，只要他没事就好！"

孙祉鑫接下来的话，将吴崇豪父亲刚燃起的希望又一棒子打死："尽管他没想过自杀，并不代表他现在是安全的。您的儿子一定在神秘人的手中，只不过他还未想好下一步的计划，所以暂时没和您取得联系。"

"我刚问过警方，他们说一有消息会马上通知我。"吴崇豪父亲期期艾艾地嘟哝。

孙祉鑫也沉默了，毕竟他不在刑警大队工作，只能通过心理学揣测某些事实。要让吴崇豪远离陷阱，只能靠奋斗在打击犯罪一线的人民警察。

6

这封诋毁心灵小组的遗书，居然出现在一个新注册的微博上。

该微博在几天前才注册,就是这短短的几天,粉丝量居然爆增到10多万人。人们纷纷在这条微博下评论,把孙祉鑫和陈雨婷骂得一文不值。看来成为"公众人物"也不是幸事,特别是以负面的"人设"出现。难怪有人在巨大舆论压力面前精神崩溃。

"这些人渣,还没搞清楚事情真相就妄加评论。起诉他们,以诽谤罪统统起诉他们。"勃然大怒的陈雨婷,就差将屋顶掀翻。

"你这样发火,那些造谣中伤的人能听到吗?"孙祉鑫还是那么气定神闲,端起紫砂茶杯,轻轻啜了一口,"先把这条微博和评论截图留好,真到了法庭上这些都是证据。"

他的稳重老练,再次化解陈雨婷的毛躁冲动。有时候心里觉得他们俩是绝配,陈雨婷是火,孙祉鑫是水;陈雨婷是阳,孙祉鑫是阴。两者互补,相辅相成。

又到了活动时间,看着那个空着的座位,大家沉默不语。

在座的几位组员都看到了那条带有遗书截图的微博。大家群情激奋,都表示愿意投入这场维护心灵小组的战斗中,只等孙祉鑫一声令下。同时,众人又为吴崇豪的生命安全担心。这孩子怎么这么不懂事?孙老师为他花费这么多心思,身边还有这么多关心他的人,千不该万不该,也不能选择自杀呀。哪怕父亲做过对不起他的事,现在已经悔过了,应该给父亲改正的机会。他选择这条不归路,对得起他的父亲、对得起孙老师、对得起这么多关心他的人吗?

孙祉鑫冲大家挥挥手,示意他们安静下来。

"你们不觉得奇怪吗?遗书一般只会留给家人或身边亲近的

人，怎么会落到这位素不相识的微博博主的手中？他通过什么渠道获得？大家再看看，这封遗书中措辞极为讲究，像是一位很有文化的人所书，而吴崇豪平日里不喜欢学习，文字功底较差，怎么能写出这样的文字？此外，文中两次提及心灵小组，更是有些此地无银三百两。人都要死了，为什么还要把大量精力放在心灵小组身上？"

"我明白了，这封遗书主要就是针对心灵小组和孙老师。"还是罗夕瑶为人机灵，毕竟多年创业经历，她早已见惯各种诡计。

"假的真不了。如果要打官司，我们都愿意替孙老师作证。"黄墨萱攥紧拳头说。

"只要他没事就好，时间一长，这场风波就会过去的。"作为两个孩子的母亲，赵紫莹还是更关心吴崇豪的安危。

"吴崇豪的安全还真不好说。有人胁迫吴崇豪写这封遗书，不清楚他们会在吴崇豪写完遗书后，如何处置这个孩子？"孙祉鑫叹息道。

"还是要快点儿找到他……"同为女性的杨晓燕，显得颇为着急。她以前做过刑警，和这些犯罪分子多次打过交道。这些亡命之徒，不管你是老弱病残、妇孺等这类相对弱势的群体，只要挡了他们的路，他们就会毫不犹豫地举起屠刀，除之而后快。不做刑警一年多来，那些血腥的场面，还是会经常出现在她的梦中。

其他几位组员也表达了关切，唯独张云霞，依旧一言不发。众人用嫌恶的眼神看着她，她知道这眼神背后的意思，不由自主地低下了头。

这次活动，原本想探讨剖析一部韩国电影背后的心理问题。可是大家的兴致都在失踪的吴崇豪身上，只好搁置这项活动计划。两个小时的活动结束后，其他人都走了，只有黄墨萱主动留下来，说有事找孙祉鑫。

7

桌上放着几张照片，这是黄墨萱给孙祉鑫的。

照片中的人物，右手脱下头上的假发，原本长发披肩的美女，瞬间变成一个大老爷们。由于是背面拍摄，没法看清这个人究竟是谁？

"张云霞是男人，平日里'她'男扮女装。"黄墨萱的话，让陈雨婷的手按在胸口上，仿佛有一只小雀鸟钻进心中，"扑腾、扑腾"地扇着翅膀。

"你跟踪张云霞？"孙祉鑫还是保持稳定的情绪，仿佛没有听到刚才那句话。

"没错，我始终觉得这个人非常可疑。"黄墨萱的手指，情不自禁地敲了几下桌子。

"哪点可疑？"

"这个就不用我说了吧。从"她"参加心灵小组活动以来，从来没有说过话，终日阴阳怪气。您不是学心理学的吗？正巧我也有些研究，凡是那种眼珠子乱转、视线游移不定、不敢正视别人、不肯轻易开口的人，心中准有见不得人的秘密。"

"你就这么肯定？单凭这几个微动作，你就能判断张云霞的为人？"

"孙老师，如果你不赞同我的观点，就当我刚才没说。"黄墨萱将桌上散乱摆放的照片收好，起身离开。

孙祉鑫望着她的背影，若有所思。

难怪那天张云霞说话的声音有些别扭，原来"她"是男人，男人捏着嗓子装女声，就是再好的反串演员，也会露出一些破绽。就在两个星期前，"她"还绘声绘色地诉说自己被人要挟，不得不和神秘人合作，不得不将心灵小组的一些情况泄露给林惠伦。说得真可怜啊！当时陈雨婷还挺同情"她"的遭遇，现在看来，这些都是欲盖弥彰，掩盖"她"不齿的恶行。

陈雨婷再次提议将张云霞赶出小组，孙祉鑫还是摇摇头。孙祉鑫啊！你也太过于自信了吧。现在张云霞的真实身份暴露，把"她"留在心灵小组，只会惹出更大麻烦。只怕这次吴崇豪的失踪，也许"她"在其中里应外合。不能继续容忍这个祸害，陈雨婷决定背着孙祉鑫行事。

这么环境优雅的咖啡厅，居然用来和这个败类摊牌，陈雨婷想想都觉得有些扫兴。孙祉鑫下不了这个狠心，一再宽容张云霞，这种脏活累活就该由自己来做。陈雨婷愿意包容他人的过错，只要这个人在本质上是好的；陈雨婷愿意对弱势群体行善，尽自己所能帮助别人。可是这种不思悔改的败类，任何宽容和放纵，都是对善人的伤害。不能再等待了，等她来了以后，一定要说得"她"无地自容。

张云霞的脸上涂了淡淡的粉底，睫毛在睫毛膏的作用下显得很长，进一步放大了那双本来就不小的眼睛。还有披肩的长发，随着走动在空中飘逸。如果是一个自然心善的美女，陈雨婷会用欣赏艺术品的心情，去品鉴、赞美"她"的美貌。可是"她"伪装性别，给心灵小组惹了很多麻烦，这种美丽就来到它的反面——丑陋。

"上次谢谢你，耐心听完我的唠叨。有些事不适合藏在心里，时间长了会变成一颗毒瘤。你的善心、耐心、贴心，帮我切除掉了这颗毒瘤，正好想借此机会表达我的感谢。""她"递过来一个小盒子。盒子里装的是一件小羊模样的手工水晶制品。

"第一次活动时，你讲了自己的年龄。根据你的生肖，我让朋友连夜做了这个小羊水晶制品。价格不贵，也算我的一份心意吧。"张云霞的脸上笑盈盈的，脸颊还露出两只小酒窝。

陈雨婷的手伸过去，又缩回来。不能接受这个败类的礼物。"她"在打情感牌，故意麻痹自己的意志。那些影视作品中的坏人，都用这类手法收买好人。这么一点小玩意儿，绝不可能动摇陈雨婷的主张。

"你不喜欢这个水晶制品吗？"张云霞收起笑容，脸上有些失望。

"也许上次，我不该……"话刚说了一半，孙祉鑫的电话就追过来了。

电话里的消息，让陈雨婷没有情绪将后半句话完整说完。

陈雨婷把小羊水晶制品还给张云霞，头也不回就走了。

8

就在半个小时前,吴崇豪的父亲接到警方电话,说在郊区的一座小山上发现一具无名尸体,尸体被毁容。为什么会将这具尸体与失踪的吴崇豪联系起来呢?因为这段时间,警方通过调阅大量视频监控的资料,详细研究了吴崇豪离家以后的行踪。各个路口和小区门口的监控显示,吴崇豪出了小区,上了一辆出租车,这辆车行驶10多公里,横穿市中心,从市区的东北角来到西南角。下了出租车,不远处早有一位戴着墨镜的女人等着吴崇豪。两人寒暄几句,由那位女人领路,上了一辆黑色轿车。随后,这辆轿车往城郊方向行驶,在这座小山3公里外的岔道口下了高速,又行驶几公里,车子出现在最后一个监控的地点,离这座山的直线距离还不到500米。

也就是说,吴崇豪被神秘人带到了这座小山上。又是那辆黑色轿车,孙祉鑫不禁想起在墓地停车场,也有一辆来接送林惠伦的黑色轿车。他对警方报出车牌号码,果然是那辆劫持吴崇豪的轿车。那天送林惠伦来墓地的人,用同一辆车挟持吴崇豪来到这座小山。

那天车里是否坐着其他什么人,由于天黑看不太清楚。那个站在路边的戴墨镜的女人,再次出现在路边监控中,看来这两起事件确系同一伙人所为。

至于这辆两次出现的可疑车辆,警方从数据库中调取车牌号对应的车主信息。结果让人非常失望,该车牌号对应的是一辆蓝色雪佛兰。也就是说,有人伪造车牌,这辆车属于套牌车,这条线索基本上断了。

吴崇豪的父亲闻讯后晕倒在地，此刻还在医院抢救。他无法面对儿子的尸体，无法原谅自己这些年来对孩子造成的伤害。一切都结束了，没有了儿子，赚再多的钱也失去意义。如果受害者确系吴崇豪，这个中年男子很可能命丧黄泉。

陈雨婷的眼前出现那个命运掌握在别人手中的孩子。他的头发凌乱，浑身上下的衣物也被人撕扯过，口被一块布塞住，根本发不出声音。他的双手双脚被捆绑，无力反抗身边几个凶神恶煞的歹徒。他们用刀指着他，命令他往前走，再往前走。他不能回头或者有什么侥幸逃跑的念头，歹徒一旦发现他有这个念头，后果就会非常严重。

终于，这几个人将孩子带到人迹罕至的地方。

"小子，不要恨我们。谁让你的老爸断了别人的财路？他作的孽，将由你这个儿子来偿还。不过，我可以让你死得痛快些，不会那么痛苦……"

手起刀落，一股鲜血汹涌地喷向天空……

经过法医和刑侦人员现场勘查，这具无名尸体已经被运回刑警大队的解剖室。由于吴崇豪的父亲还在医院抢救，一时之间找不到其他人。他家的保姆自然想到孙祉鑫，谎称孙祉鑫是这个孩子的亲戚，可以代为认领尸体。

就在解剖室的门外，一位法医对陈雨婷说，已经到医院采集了吴崇豪父亲的DNA，将与死者的DNA进行比对。不过DNA比对需要两到三周时间，公安部门希望能尽快确定死者身份。因为时间对于后期侦破案件尤为重要，很多案子时间拖得越长，将凶手从茫茫人海中揪出来的难度越大。

想到解剖室冰柜里躺着一具具尸体，陈雨婷的脸色开始凝重，走路的步子慢了，本来并排的他们，变成了一前一后。

孙祉鑫发现陈雨婷不在身边，回过头语气柔和地说："雨婷，尸体的样子很可怕，你还是别进去了。"

女孩子大多害怕血腥的画面，陈雨婷也不例外。对于尸体和死亡，陈雨婷是能躲则躲。有一次，陈雨婷目睹一个骑助动车的中年妇女被一辆大货车从腰部碾轧。死者的半身处血肉模糊，大货车的车轮上、地面上沾着血迹。当时，陈雨婷还好奇地往里挤。可是这幅冲击力极强的画面，把胆子本来就不大的陈雨婷吓得呆若木鸡，回到家还发了几天高烧。从那以后，遇到马路上围了一圈人，陈雨婷的第一反应就是尽快离开，不敢再钻到人堆里去看个究竟。孙祉鑫就是贴心，他不知道陈雨婷曾有这么一段经历，却能以一位心理学博士敏锐的嗅觉，捕捉到陈雨婷去解剖室时的一些细微变化。陈雨婷带着庆幸和感激留在解剖室外，目送孙祉鑫进入解剖室——这个对于大多数人来说极其神秘的空间。

孙祉鑫又对刑警详细描述吴崇豪的体貌特征，还有他右手上有一块伤疤。这些特征，倒和死者是基本吻合的。陈雨婷等在解剖室外面，能听到里面孙祉鑫说的每句话，越听越觉得心怦怦直跳。

不过孙祉鑫在看到死者的那双手时，坚定地说了一句："他不是吴崇豪。"

第九章
救人身负伤

1

去医院的路上,陈雨婷问孙祉鑫:"那双手给了你什么信息?"

"吴崇豪出生在富商家庭,双手细皮嫩肉,不应该有死皮或老茧。那具尸体的双手指关节、掌心都有厚厚的老茧,能判断死者生前曾从事重体力劳动。这种身份,显然与吴崇豪不符合。"

吴崇豪的父亲醒了,也许这是他听到的最好的消息。

必须找到那个戴墨镜的神秘女人,从她身上一定能得到吴崇豪的下落。孙祉鑫提醒陈雨婷,这个女人不是和林惠伦有关系吗?不如先从林惠伦身上找突破口。

陈雨婷给林惠伦打了几次电话,可是他一直没有接。会不会他也失踪了?如果他也从人间蒸发,那么和吴崇豪的失踪难逃干系。不过想起上一次见到林惠伦,他在陈雨婷和冯诺涵面前接了一个电话,他家里出了点儿事。这段时间她的心思都在吴崇豪的失踪上,竟然把这茬给疏忽了。如果家中有事，倒是能解释他这几天的隐身。可是，如果这是他演的一出戏呢？还是要尽快找到这个美男作家。

去找林惠伦前，陈雨婷先要安抚好冯诺涵这个花痴。上次与"网红服务员"擦肩而过，她心中有百般的不甘，这次一定要见到此人的真容。这不，她又拽陈雨婷去这家人气很旺的小吃店。

就在店堂正中间，几个女生围住一个戴着口罩的小伙子。在满足这几个女生的拍照欲望后，陈雨婷和冯诺涵终于能与这位服务员正面交流。当四目相遇，他即刻转身，一路小跑溜进厨房。即便动作如此敏捷，他还是暴露了自己的真实身份。

"他怎么会在这里做服务员？"冯诺涵满腹疑团，愣在原地。

陈雨婷拉着冯诺涵的手说："还愣在这里干什么？既然林惠伦是美男小鲜肉作家，又是网红服务员，你还有必要纠结于这个毫无意义的问题？去厨房把他拽出来。"

"这样不好吧。"一向大大咧咧的冯诺涵，此刻却开始扭捏起来。

"你这样磨叽，他早就被下手快的竞争对手抢走了。别耽搁了，跟我走。"陈雨婷生拉硬拽，将冯诺涵拖进烟火味十足的厨房。

厨房内烈焰四起，有生命的动植物，经过这个充满着奇妙化学反应的"化工厂"变成食客嘴里的佳肴。厨师们个个满头大汗，有人哼着小曲，有人全神贯注于手中的铲子。先倒入经过加工的食材，再加油盐酱醋等作料，猛火加热，起锅……一系列步骤有条不紊、娴熟老练。因为过于投入，居然没有人注意到陈雨婷和冯诺涵的闯入。

就在厨房的最里边，她们发现了要搜寻的"猎物"。林惠伦再无躲藏的地方，只好摘下口罩，赧然面对她们。

"我的偶像，大作家，你怎么沦落到这般地步？"冯诺涵的双眸中满是怜惜。

林惠伦缓了一会儿，从尴尬中走出来："这里不是说话的地方，不如去旁边的一家甜品店吧。"

陈雨婷和冯诺涵的面前，各自放了一杯卡布奇诺咖啡，林惠伦只点了一杯清茶。本来陈雨婷要付钱，他再三阻止陈雨婷，说哪有让女生付钱的道理。陈雨婷的心一酸：他家里出了事，经济条件又不好，还表现得如此绅士！一旁的冯诺涵，估计和陈雨婷的想法差不多。

相比于签售会上的侃侃而谈，眼前的林惠伦却不知从何说起。尽管在那天，他也讲过一些家里的情况，可是那些只能算创作经历的点缀。今天，他要剖开自己，把最不堪的一面呈现出来。内心的自尊，悄悄地堵着他的嘴。

茶水喝了一大半，他终于肯开口了。

2

写作，没有带给他光鲜亮丽的生活，他坚持了这么多年，用那一腔永不熄灭的热情之火，换来的是生活上的捉襟见肘。

世上哪有那么多化茧成蝶、绝地反击的逆袭？那些鸡汤书中大肆渲染的所谓"真人真事"，不过是作者虚构出来的。至于那些创业成功、逆袭成功的大咖，他们的成功经历也很难复制。因为，更多的失败者没有机会在书上得到展示。

林惠伦就在"希望—失望"的循环中不断挣扎。父亲离世，母亲精神失常，他的世界一片灰暗。那时他还是孩子，根本不可能像签售会上说的那样踌躇满志、鸡血满满。他只想做一个普通的孩子，一个有父母爱的孩子。他渴望父爱、母爱，也想依偎在父母的肩膀上，他也曾在一个个夜晚，孤独地缩在床头难过、哭泣……

写作给了他慰藉，也给了他希望。拿到第一笔稿费，他给母亲买了一条围巾，却被发病的母亲扔进火里。围巾在火中哭泣，他也在哭泣……

他想凭自己的本事挣更多的钱，看好母亲的病……

直到后来，他才知道母亲的神经受到损伤，这种损伤是不可逆的。母亲的病，只会越来越严重。林惠伦没有其他本事可以仰仗，只有写作。写作成为他爬出生活黑洞的唯一救命稻草。

在写作初始阶段得到一块糖，不代表后面的创作道路会一路高歌。退稿成为常态。他费尽心力写的作品，出版社看不上，就连网站也不肯签约。有些编辑说，他的作品介于传统的纯文学和具有时代青春气息的通俗文学之间。人生最怕的就是不上不下，林惠伦的作品不能归入纯文学或通俗文学的阵营，自然是没人疼爱的孩子。

时来运转，和飞来横祸一样，让人猝不及防。

居然有一家出版社主动找到林惠伦，说他的作品与众不同，不是陈词滥调的堆砌，也没有让读者审美疲劳的套路。对方给出一份出版合同，合同上列出的条件让他无法拒绝。

这是林惠伦第一次赚到5位数以上的稿费，如果后期销量喜人，还有可能达到6位数。命运终于在"扇了他无数记耳光"后，停了下来，温柔地对他说："疼吗？刚才那些都过去了，你就好好迎接后面的好运吧。"

他在甲方一栏签下大名，期盼小说出版后结算的第一笔版税。望了一眼身旁傻笑的母亲，"拧巴"多日的皱纹终于散开。

好运就像前方一路小跑的美女，只能看到她露出的香肩和背影，却无法有肌肤之亲。林惠伦追得累了，盼得望眼欲穿，但是开户的银行账号内，还是没有多出来一分钱。

"出版一本书的成本很高，最近纸质出版市场不景气，再容我们一段时间。"

"等你的书再卖掉一点儿，就给你结算稿费。"

"这几天领导出差。等他回来，一定让他签字，打款给你。"

图书市场不景气，这是大环境问题。至于这本书的销量，林惠伦缺乏渠道去验证。最让他无语的是那家出版社的领导一直出差，一直没法签字。他的两万多元版税收入，也就只能无限期拖延。

合同上写明出版后一个月内结清首印的全部版税，时间已经过去半年，乙方还没有履行义务的意愿。

和他们协商？未果。起诉他们？打一场官司劳民伤财，要耗费大量时间和精力。即便委托给律师,也需要配合做好取证工作。林惠伦忙于写作,哪有时间去这样折腾?律师看过那份合同,摇摇头说,就是打官司你也捞不到便宜。因为合同上明显倾向于乙方,对于甲方著作权人的保护条款几乎没有。也就是说,即便乙方不按照合同约定执行,也不会受到相应的惩罚,难怪他们会有恃无恐。

3

说到这里,林惠伦停下来问陈雨婷和冯诺涵:"在两位美女粉丝面前'自黑',我原先的'人设'彻底坍塌,你们还会看我的作品吗?"

冯诺涵急着放下咖啡杯,快人快语:"当然要看。你能向我们坦承自己的遭遇,比那些虚情假意的'名家'不知强出多少倍。有缺憾、有无奈的人生,才是真实的人生。"冯诺涵无意间说出一句带有哲理的话。过于完美的"人设",必然是矫揉造作、虚与委蛇,只为博取别人的同情,进而到达经济上的目的。林惠伦"从神到人",也有丑陋,也有自私,也有为五斗米折腰,这才是一个活生生的人,而不是存在于现实世界之外的符号。

这一刻,陈雨婷不禁对林惠伦产生一丝好感。不过这种好感,不是那种情爱。

林惠伦继续讲述。被出版社拖欠稿费,还不是最让他揪心的。这一年多来,他越来越感觉在照看母亲上力不从心。他毕竟是男人，某些生活细节上有诸多不便。另外，他不擅长做饭做菜、整理房间。左思右想，他还是请保姆代行这些职责。为了支付这笔额外开支，他除了给一些杂志期刊、微信公众号写专栏稿件，还在这家小吃店找了一份服务员的工作。他下午4点半上班，一直做到晚上9点，每月也能多个3000元收入。近日他成为"网红服务员"，小吃店的营业收入增加好几倍，老板一高兴，又给他加了一倍工资。

这股高兴劲持续不久，一向任劳任怨的保姆突然提出要辞职。林惠伦几次给她加钱，也不能挽回对方执意要走的念头。母亲的精神错乱异常，随时随地会陷入歇斯底里的状态，保姆无时无刻不为自己的安危担忧，这不是钱能解决的问题。林惠伦出门时，只能将母亲绑在床上，即便如此，他还是担心母亲会发生意外。

林惠伦打开一款手机软件，那是一款视频监控软件。镜头中的母亲又开始挣扎反抗，试图挣脱绳子的束缚。陈雨婷知道林惠伦的心在滴血，可是又不得不说："这样下去也不是长久之计。既然你的母亲病了，应该送去精神卫生中心接受专业治疗。尽管，这病……"

林惠伦为难地说："我对母亲提起过好几次，她的反应很激烈，反复强调自己没病，不肯去精神卫生中心，还说那里是魔鬼统治的地方，去了很快会没命。"

精神卫生中心被说成魔鬼撒旦的领地，这还不是精神有问题的佐证？冯诺涵一把抓住林惠伦的手说："男神，没想到你受了这么多委屈，我都为你感到伤心。"她一边说，一边眼泪不住地往下流。

林惠伦的脸瞬间石化,平时确实有很多女生主动接近他,想和他合影留念,但是这么直接地抓住他的手,大大超出他的预期,他只好嗫嚅地说:"谢谢你的关心。"

陈雨婷白了冯诺涵一眼,她如此猴急,竟然一点儿都没有女生的矜持。一段感情中,哪一方先动了情,先沉溺在对另一方无限的迷恋中,必然会成为卑微被动的那一方。正如才华横溢的张爱玲,对胡兰成一片痴情,最后只落得一辈子活在孤单中。"见了他,她变得很低很低,低到尘埃里,但是尘埃里开不出爱情之花。"这是张爱玲式爱情悲剧的真实写照,陈雨婷不想闺蜜重蹈这位民国才女的覆辙。

冯诺涵不理会陈雨婷无声的警告,继续"恬不知耻"地说:"要不我来照顾你的母亲吧。反正我空闲时间多,不碍事的。"

"这怎么成?不行,绝对不行!"林惠伦的头摇得像拨浪鼓。

"你嫌我不会照顾人吗?"冯诺涵说话的声音越来越恶心,陈雨婷感觉刚才喝进去的咖啡快要吐出来了。

"不是的,你很会照顾人,谁做你的男朋友,一定是前世修来的福分。"林惠伦唯恐措辞不当,伤了一个女粉丝的好心。

"我还没有男朋友呢,要不……"冯诺涵双眼忽闪忽闪,射出和往常完全不一样的光芒,仿佛即将天降一笔巨大的财富。

"冯诺涵,人家只是假设……"陈雨婷赶紧打断,要是冯诺涵把下半句话说出来,后面不知该如何收场。

"你干吗?这是我和我家惠伦的事,与你何干?"冯诺涵刚才还是温顺的小女人,此刻迅速披上"战袍",准备"修理"陈雨婷这个"电灯泡"。

林惠伦嗅出空气中的火药味,赶紧拦在她们中间:"两位美女,我妈情况不太好,以后有空再交流吧。"

他的"落荒而逃",带走了点燃陈雨婷和冯诺涵战火的燃料。

冯诺涵和陈雨婷分别时没有道别,她向左,陈雨婷向右,头也不回地走了。没想到为了一个男生,居然可以让多年的闺蜜情破裂。

4

孙祉鑫的电话又追过来了,陈雨婷带着置气的口吻说:"马上就到。"

孙祉鑫办公室里,那个精致的小盒子让陈雨婷觉得非常眼熟。吴崇豪失踪时,保姆说他出去带着一个小盒子,会不会吴崇豪的下落有了进展?陈雨婷努力搜索记忆的残片,孙祉鑫单刀直入地问她:"几天前,你是不是去见过张云霞?"

这下子有了方向,原来这盒子是张云霞那天要送给陈雨婷的礼物。只是这个礼物,什么时候到了孙祉鑫的办公室?孙祉鑫不理会陈雨婷的愣神,继续抛出第二个问题:"你去见'她'是不怀善意吧?"

陈雨婷反诘道:"怎么?'她'恶人先告状?"

"先回答前面两个问题。"

"我这么做,还不是为了你?"陈雨婷心里委屈极了,孙祉鑫啊,你的冷静沉着让我佩服。可是有时候,这种冷静和隐忍是不明智的选择。现在事实清楚、证据确凿,张云霞就是从中作梗的"内鬼","她"存在一天,心灵小组就一天不得安宁。值此多事之秋,把"她"赶出这个小组不对吗?

陈雨婷把这些话憋在心里,只是用不服气的眼神看着他。

"你呀!哎!总是沉不住气。"

"我沉不住气?那你去找"八棍子打不出一个屁"来的人吧。我只会给您添麻烦,不是称职的助手,从一开始就不是。或许我不该出现在这个小组中。"陈雨婷越说越激动,刚才被冯诺涵误解的委屈,统统撒在孙祉鑫的身上。

"你遇到了什么事?"对于陈雨婷的使性子,孙祉鑫还是一如既往地保持克制。

"我今天就是不爽,反正我在别人眼里是多余的人。"为了虚伪的坚强,陈雨婷过得好累好累。突然,有一种液体滑过脸颊,流在唇边,是淡淡的咸。刹那间,陈雨婷明白,那是久违的泪。泪水悄然滑落,黑暗中犹如两束湿漉漉的阳光,在陈雨婷冰凉的思绪上撒上一层暖暖的慰藉。

眼前的孙祉鑫变成一个模糊的身影。仿佛回到很多年前,陈雨婷依偎在他的怀中,哭诉家中的不幸。她无法控制对这个肩膀的依赖,一头倒在他的怀中。一股浓烈的男人味道,一种无法言状的解脱。

孙祉鑫目光直视着涕泗横流的陈雨婷说："别这么说，即便全世界都嫌弃你，我也不会。"一向克制内敛的孙祉鑫，说出了一句让陈雨婷感动的话。

"你昨天睡得真熟，估计地震也不能把你吵醒。"孙祉鑫的手中端着一杯冒着热气的牛奶，放在床边的柜子上。陈雨婷刚刚睁开眼睛，回想昨晚和孙祉鑫的对话。与孙祉鑫认识10多年，一直将他当作哥哥，一个冷静、睿智，能在自己最需要时把肩膀伸过来的哥哥。将哥哥升级为恋人，让陈雨婷非常不适应。尤其是前男友死后，陈雨婷对爱情产生了严重怀疑。这世间会有不变质的爱情？那个口口声声爱着你的人，是否真的言行一致，心里总是时时刻刻念着你？前男友给陈雨婷一个负面的例证，直到现在，她还是无法走出阴影。

陈雨婷很想握住那双温暖的手，可是理智告诉她，不能！陈雨婷很想推开自己的心门，义无反顾地走进他的世界，可是理智告诉她，不能！

孙祉鑫，再给我一段时间吧。

陈雨婷的眼前又浮现出林惠伦那张帅气的脸。自从他开始在自己的世界晃悠，这团感情乱麻更理不出头绪。

还是想想心灵小组的前景吧。毕竟吴崇豪失踪将近10天了，至今音信全无。希望他没事，也希望心灵小组能平稳渡过这场意外。

5

吴崇豪终于有消息了,尽管这个消息是歹徒发来的。他们知道吴崇豪是富商的儿子,开口就索要500万元赎金,还警告吴崇豪的父亲不能报警,不然就不能保证人质的安全。

吴崇豪的父亲原本不想惊动警方,他只想尽快将儿子安全营救出来,不想惹恼这群穷凶极恶之徒。但是孙祉鑫极力阻止他,完全按照歹徒意志行事,不仅孩子的生命没有保障,而且连他自己也可能搭进去。

"你要相信警方的能力,他们长期以来和犯罪分子作战,积累了非常丰富的经验。他们会在不打草惊蛇的前提下,对歹徒进行合围,一举将其歼灭。"

从接到索要赎金的电话到约定的交赎金的时间,中间只有四五个小时。这么短的时间内要凑出500万现金,对于每年公司营运收入十几亿的吴世贤来说,也不是一件很容易办到的事。为了儿子,他只好在一些采购原料的价格上让步,恳请对方宽限一些付款时间。同时,他又找了一些合作伙伴,声泪俱下地请求他们尽快将项目款打过来。这是儿子的救命钱,大家都有孩子,在这个节骨眼上人心还是善良的。

终于拿到最后一笔30万元,吴世贤不放心财务,自己亲自开车去取款。幸好他在金融圈也有很多朋友,需要提前一天预约的大额现金取款,也能让他在当天就拿到。

接头地点是郊区一个废弃的加油站,接头时间定在晚上6点。从吴崇豪家里出发,到达目的地的车程大约一个小时。吴崇豪的父亲下午4点就出发了,警方只派几辆黑色日产尾随在后面。即将到达目的地时,几辆警方的车分头行动,避免歹徒看出异常。

孙祉鑫不让陈雨婷去现场,可是陈雨婷决心留在他身边。坐在吴崇豪父亲的车上,陈雨婷明显感觉他看自己的次数很多。不过当陈雨婷注意到这一点时,他又故意将视线转向窗外。

这天的路况很好,下午四点三刻到达目的地。这座废弃的加油站,如一具丧失生命的躯壳,横躺在少有人来的荒郊野外。

吴崇豪的父亲下了车,孙祉鑫决定跟上去。陈雨婷拽住孙祉鑫的胳膊,眼神复杂地看着他,仿佛他这一走就再也不会回来。因为他即将面对的是一群杀人不眨眼的歹徒,尽管他练过几年跆拳道,但是真到了实战,他能应对各种复杂情况吗?

孙祉鑫轻轻地松开陈雨婷的手,拍拍陈雨婷的肩膀说:"我会注意的,别担心!"

陈雨婷在车内,孙祉鑫和吴崇豪的父亲在车外,天色在变暗,那群歹徒不知何时过来。

这座山的半山腰上,就在孙祉鑫、吴世贤还有陈雨婷目力不及的地方,有几个戴着墨镜的女人和男人,注视着山脚下的情况。通过高倍望远镜,他们发现除了在约定地点有一辆银白色的宝马汽车,左右两侧的路上还有几辆黑色日产轿车。

"警察还是跟过来了,现在下去取钱就是去送死。"那个右侧脸颊有一个很大瘩子的壮汉冷冰冰地说。

"你们干这行有经验，事成之后，这笔赎金可以分给你们兄弟俩一半。"说话的是一个穿着黑色披风的女人。

"只是有一点我不明白，你们老板那么有钱，还会干这种勾当？是不是和这个富商结下过梁子？"

"这个就不需要你们操心了。这一票干成，后面你们只管等着领钱。"

"必须更换接头地点。"壮汉非常肯定地说。

"这是肯定的，狡兔三窟嘛。"女人给了壮汉一张纸条。

时间过了6点，对方依旧毫无踪影。吴世贤的手机响了，在这个寂静的山谷，哪怕是一丁点声音也会显得非常刺耳。

"你们没有遵守约定……"电话里，那个人说话恶声恶气。

"你……我……"吴世贤当时就慌了，一个完整的词儿都蹦不出。儿子攥在他们手中，要是被他们发觉警察跟在后面……

"吴先生，别慌，淡定，您的儿子目前还好好的。"说话人停顿一下，随后话筒里传来一声"惨叫"。

那是儿子吴崇豪的声音。

"你们把小豪怎么样了？"

"没怎么样！只是这个孩子太调皮，一点儿也不肯乖乖待在原地。我们在替您教育这个不孝子。"

"求求你们放过我儿子吧！不行，我来给你们当人质。"吴世贤就差双膝跪地。

"调皮的孩子更聪明,尽管他不听话,我和几位哥们都还很喜欢他。您刚才说什么?您要做人质?"

"是啊!我愿意去换我儿子。"

"哎呀,您可是千金之躯,我们这些粗手粗脚的笨人,还从来没伺候过大老板,只怕会让您受苦。不如这样,我们换一个地方交易,一手交钱,一手放人。"

"这里不行吗?"

"您就不要明人说暗话,我们看到旁边疑似有几辆警车。我们这么下来取钱,还不成了警察的猎物?识相点,按照要求做,您的儿子才不会有事。"

"啊!啊!"吴崇豪似乎又受到这伙歹人的虐待。

对方给了一个新的地点,距离此处大约10公里。

吴世贤对旁边一言不发的孙祉鑫说:"麻烦您让警察别跟来好吗?再给这伙人发现,我儿子真没命了。"

6

一行人跟歹徒折腾了3个多小时,辗转几十公里,换了3处交易地点。终于,对方要求吴世贤将现金放进指定的垃圾桶。吴世贤按照他们的要求做了,他非常吃力地拎着3只咖啡色皮质手提箱来到垃圾桶旁。他在那里站了一会儿,忍受着经过发酵的垃圾散发出的难闻臭味。"快点儿离开,过一会儿你儿子就会在附近出现。"对方用恶狠狠的口气命令他。吴世贤一步一回头，仿佛那只垃圾箱里就装着他奄奄一息的儿子。

"吴先生，告诉你一个好消息。"吴世贤离开垃圾箱将近500米，就接到警方的电话。几个黑影，从斜刺里蹿出来，速度之快有如疾风。很显然，他们的目标就是垃圾箱中的巨额现金。

"我儿子在哪里？"

"要不让你儿子和你说说话？"

"爸爸！爸爸！"话筒里是熟悉的声音。喊了两声"爸爸"，吴崇豪开始放声痛哭。这一个多星期以来，他仿佛在鬼门关上转了一圈，九死一生，突然转危为安，难免百感交集。

"孩子，别哭。没事就好！"吴世贤抹了抹从眼眶溢出的泪水。

孙祉鑫一边观察着即将与儿子团圆的吴世贤，一边紧盯着垃圾箱边的动静。

那几个黑影打开垃圾箱的盖子，费劲地从里面取出3只重量几十斤的手提箱。他们脸上奸笑着，仿佛下一刻这些箱子里的钱就是自己的财富。

由于担心他们撕票，警察只能在很远的地方监控。能阻止这些家伙离开案发现场的，只剩下离他们最近的孙祉鑫。孙祉鑫的关节发出"咯嘣咯嘣"的声音，已经做好战斗准备。他脚步很轻地挪动，努力不让这几个人发现，离他们还剩下100米左右，他突然停下来，等待发动突然一击的机会。

突然，其中一个歹徒脚下拌蒜，一个"狗啃屎"摔倒在地上。拎着的手提箱也随之摔在地上，几块石头从箱子里滚出来。很不巧，石头正巧砸在跌倒的壮汉脚上，疼得他"嗷嗷"直叫。其他两个歹徒傻了眼，赶紧放下手提箱，按下打开按钮。不出意料，里面同样是又黑又硬的石头。

他们这时候才意识到被人耍了，刚准备落荒而逃，头部就被人踢了一脚。

孙祉鑫就趁着这个当口，几个箭步冲到他们跟前，用两记漂亮的回旋踢，将恼羞成怒的歹徒打倒在地。这两个家伙有些抗击打能力，尽管被踢中头部，让他们晕了一阵，但还是硬着头皮不让自己倒下。近身格斗的过程中，倒地几乎宣告任人宰割。他们踉跄地走动两步，重新聚集注意力，一前一后围住孙祉鑫。

孙祉鑫用蔑视的眼神看着这两个小喽啰："小子，别劳烦大爷动手，刚才那一脚只是见面礼，后面别怪我不客气。"

"小兔崽子真横啊！刚才是被你偷袭，真刀真枪地干，你不是我们哥俩的对手。"

"哎！你们知道自己是怎么死的？蠢死的！"

两人首先发动进攻，一通密集的出拳，纷纷被孙祉鑫闪躲过去。他瞅准两人出拳的空档，拳头直奔一人的肋骨，那人大叫一声倒地不起，另一人见状不妙，准备撒腿开溜，被孙祉鑫从身后抓住肩膀，一个过肩摔，这家伙也像一摊烂泥躺在地上。

孙祉鑫掸了掸肩膀上的灰尘，突然感觉背后一阵冰凉……

7

是那个刚才被石头砸到脚的歹徒,从身后用小刀袭击了孙祉鑫。那把刀子硬生生从他的后背插进去。不过那个歹徒终究受了伤,还没跑几步就被赶来的民警擒拿。连同那两个被打晕的歹徒,一同塞进日产车中。

孙祉鑫还没起身,陈雨婷克制不住内心的担忧,打开车门跑到他跟前。轻轻地扶起趴在地上的孙祉鑫,他双目紧闭,呼吸很微弱。刚才还生龙活虎的人,此刻已在黄泉路上。陈雨婷不忍心更不敢去想那个字。

泪水不自觉地涌了出来,一种难以名状的疼痛开始随着血液升腾,进入心房,深入骨髓。这里是荒郊野外,风很大,无情的风,吹散多少绚丽的芳华,带走多少美好的时刻。无情的命运几年前带走那个男生,尽管他背叛了自己,陈雨婷却依然在心中暗暗伤心。现在,它又要带走孙祉鑫,再次将陈雨婷变成孑然一人。风吹起地上的落叶,只留下一地的伤感。

也许这就是陈雨婷的宿命。凡是接近她的男生,俱无善终。看来,陈雨婷早该推开孙祉鑫,逼着他远离自己这个扫把星。陈雨婷狠狠咒骂自己。可是,咒骂又有何用?如果能换回孙祉鑫的命,陈雨婷宁愿被千夫所指。

陈雨婷浑身开始颤抖,突然听到一阵咳嗽声。

声音从孙祉鑫的嘴里发出来,他没有死。

10分钟后救护车赶过来，急救医生们小心地将受伤的孙祉鑫抬上担架。陈雨婷一直陪在孙祉鑫身旁，他的意识时而清醒时而模糊，嘴里哼哼唧唧地说着什么。

孙祉鑫是为吴崇豪负伤的，吴世贤在电话里表示愿意承担所有医药费。

陈雨婷终于听清昏迷的孙祉鑫嘴里咕哝的两个字："雨婷。""雨婷"，多么亲昵而又充满爱意的称呼。在生死一线间，他最先想到的还是陈雨婷。这个称呼，暴露了他对陈雨婷的感情。

陈雨婷担得起这份感情吗？

好在是深秋季节，身上的衣服比较厚，再者凶手刺入的角度关系，这一刀不深，创伤面不是很大。输入一定量的血浆，孙祉鑫的背部缝了3针，基本脱离生命危险。又在重症监护室观察了一天，他就被转到了普通病房。

孙祉鑫看到病床边一脸憔悴的陈雨婷，用他那双微凉的手，触碰到陈雨婷的面部，轻声道："辛苦你了！"

"和我客气什么？"发现盐水瓶中所剩无几，陈雨婷赶紧去叫隔壁病房的护士。陈雨婷领着护士从隔壁病房回来，发现孙祉鑫的病床边站着其他几位小组成员。只是，人群中少了吴崇豪和吴世贤。孙祉鑫对陈雨婷使了个眼神。陈雨婷从附近的病床边取了几把椅子，让大家坐下来说话。

赵紫莹首先打开话匣："孙老师，听到您受伤，我心里非常难过。一开始，我们还对您心存芥蒂，对这个心灵小组也只是抱着试试看的态度。可是通过一次次的活动,还有您这次为救吴崇豪而负伤可以看出,您是真心想为别人做一些事。在这个年头,能为陌生人做一些事的人不多了。"

罗夕瑶握住孙祉鑫的手,久久不肯松开,眼里闪出别样的秋波:"孙老师,我真佩服您这么勇敢的男人。以前接触到的很多男人,那还能叫男人?!我公司里的一个男下属,有只蟑螂爬到办公桌上,他居然像女生那样吓得直叫'小强''小强'。我在隔壁被他吵得心烦,随手抄起一张餐巾纸,一巴掌拍下去,再用这张餐巾纸清理蟑螂尸体留下的白色糊状液体。回头再看那个男人,居然吓得面色有些青紫。这还是男人吗?简直连我这个女人都不如。即便其他男人没有这么怂,关键时候也不一定能顶上。有时候,我简直怀疑这个世界的真男人都死光了。可是孙老师,您让我对雄性生物重新焕发了信心。"

朱丞聪接下去说:"孙老师,其他话我也说不来。我活了快30年,一直窝窝囊囊,以前被老妈管得死死的,后来又多了一个女人,一度被这两个女人弄得不男不女。我要做一个真男人,要向您多学习。"

"孙老师,您现在的样子,让我回到两年前的记忆。"过去当刑警时,杨晓燕曾经在和歹徒的搏斗中受过伤,这些伤都抵不上家人惨死对她的打击。好在她在孙祉鑫的引导下,在心灵小组活动的影响下,这些伤痛在慢慢淡化。

很长时间没来参加活动的郑浩轩,在妻子的陪伴下来到孙祉鑫的病房。他对妻子的误解,也随着真相大白而不复存在。

郑浩轩妻子找了一份酒吧歌手的工作,工作时间通常在晚上。

既然要登台演出，就必须留下良好的舞台形象。她把自己打扮得漂漂亮亮，不过是想挣到更多的钱给丈夫治病。她清楚：医疗费是个无底洞，即便如此，她也要用自己的努力填平这个深渊。至于那个男人，不过是这家酒吧的老板。她和老板之间也只是合作关系，绝不是郑浩轩想的那样……

"你为什么不早和我说？"泪流满面的郑浩轩问妻子。

"你不也是这样？还想用乱发脾气赶走我。记住，什么也不能把我们分开。"妻子一边说，一边抱住郑浩轩。

有了妻子的支持，郑浩轩治疗的动力变得更足了。

化疗、放疗让郑浩轩的身体更加虚弱，即使坐在椅子上，他的额头上还是冒着冷汗。本来他想说些什么，突然又不说了。

孙祉鑫不忍心让一个癌症晚期病人过分受累。郑浩轩离开病房前，回过头艰难地对孙祉鑫说了一句话："孙老师，保重！"

就是这一句话，包含着一份沉甸甸的情感。

黄墨萱吐出满腹的牢骚："最该来看孙老师的人，居然这个时候还不到，什么人呀！孙老师为这种人受伤，太不值了！"

张云霞还是没说话，像一个置身事外的观众。

尽管陈雨婷不太喜欢黄墨萱张狂的性格，不过她这句话说得在理。孙祉鑫是为救吴崇豪受伤的，尽管他父亲吴世贤工作很忙并答应负责全部医疗费，也不能不到医院探望救他儿子的英雄吧？这个时候，陈雨婷确实有一种替孙祉鑫鸣不平的想法。

门外，响起一阵脚步声。

第十章
理想vs现实

1

在众人鄙夷、不屑、反感的眼神"欢迎"中，吴崇豪和父亲走进孙祉鑫的病房。他们的脸上没有感激，反而夹杂着怒容。陈雨婷看不下去了，直接冲过去说："有你们这样的吗？"陈雨婷指了指病床上的孙祉鑫："他为什么会变成这样？你们应该是清楚的。"

孙祉鑫冲陈雨婷扬了一下手，有气无力地说："你别冲动，他们晚来是有原因的，还是先听他们把话说完。"

"就是她！爸爸，就是她！"吴崇豪用手指着陈雨婷，仿佛在审讯室指认嫌疑犯。

什么就是她？她是谁？陈雨婷被这两句不带任何质疑语气的指认，搞得彻底没了方向。

吴世贤冷笑道："孙祉鑫，真没看出你居然是这样的人。"

陈雨婷再也压不住内心的怒气，这对父子简直可以用冷血无情来形容。就在10天前，吴世贤还像一条狗围在陈雨婷和孙祉鑫身边，乞求他们帮忙尽快找到吴崇豪。冲他爱子心切，陈雨婷和孙祉鑫这些天几乎没有睡过安稳觉，始终为这件事奔走。这次与绑匪交易赎金，孙祉鑫也冲在前面，背后还挨了一刀。现在好了，他的儿子安然无恙地回到家，父子团圆。不说一声感谢也就罢了，居然反咬一口，开始怀疑起孙祉鑫的为人。

陈雨婷滔滔不绝地喷出心中的愤怒，根本不给对方还击的机会。说到最后，陈雨婷指了指外面，怒吼道："这里不欢迎你们，滚吧！"

"哎哟，脾气还不小。"吴世贤进一步露出他的奸商嘴脸，对儿子说，"大家都在，把你这些天的经历都说出来。我倒要看看，到底是我刚才诬陷他，还是这个姓孙的为人本来就有问题？还有你，陈雨婷，别在这里装好人。今天我就要把你送进监狱。"

"让他们说。"孙祉鑫坚毅的眼神中，透出一份"身正不怕影子斜"的正气。

吴崇豪不得不重新翻开这本记录10天来苦难记忆的大书。

对着镜子，吴崇豪有些不认识自己。多长时间没有手捧一本书，沉浸在文字的世界中？以往这个时候，他都在虚拟世界中面对一个个送死的小怪。随着小怪们不断阵亡，那个游戏人物的经验值、级别不断得到提升。今天很奇怪，他竟然没有动过打开电脑的念头。也许他不是在骨子里喜欢网络游戏。他只是想逃避父亲这个暴君。他同样在用这种自残的方式，报复父亲的缺席。

与父亲和解后,他觉得过去的想法是多么愚蠢。他和父亲之间的裂痕越来越大,他的自暴自弃确实伤了父亲的心,同时也伤害到自己。每次看见镜子中头发散乱、面容枯槁的模样,他开始质疑最初的决定。

可是他无法回头,回头意味着妥协。他不肯妥协,在他的世界中,只有别人妥协的份儿。

当他认识孙祉鑫,走进心灵小组,他发现这个观念大错特错。妥协不是示弱,停止去伤害别人,其实是在宽恕自己。吴崇豪愿意宽恕父亲,也愿意接纳那个不完美的自己。放下了恨,他想着去改变。

过去沉溺游戏,荒废多少宝贵时光,他想把这一切补回来。就在昨天,他和父亲的通话过程中,当他说出那些关爱的话,随即听到电话那头传来一阵哽咽声。父亲不是他以前想象的那么冷若冰霜、无情无义。他冰冷的外表下,同样藏着一颗爱子之心。也许母亲走后,自己成为他唯一的精神寄托。

吴崇豪在一次小组活动中,说出自己这个心愿。下个月5号是父亲的生日,他想给父亲准备一个惊喜。只是父亲什么都不缺,他为送什么礼物而纠结。与父亲冷战这么多年,他竟不清楚父亲的喜好,只记得父亲嗜好烟酒,一天能抽掉两包香烟,在酒席上能喝下一斤白酒。吸烟、喝酒有害身体健康,不适合作为生日礼物。

陈雨婷本想从女性的角度给出建议,可是孙祉鑫在桌子底下踢了踢她的脚。这次,陈雨婷没有像以往那样口无遮拦。

2

这是前几天网上买的散文集《目送》，据说是作者龙应台根据自己的亲身经历写的，细节上非常饱满，读起来非常感人。年迈的母亲，即将飞向远方的儿子华安，龙应台在"女儿"和"母亲"的角色中切换，演绎出一段段真挚的亲情故事。从翻开第一页开始，吴崇豪就再也不想停下来。

一阵手机铃声打断了这段美妙的阅读体验。

"你好，是吴崇豪吗？"陌生的号码，不熟悉的声音，他从哪里知道自己的名字？不过如今个人隐私泄露严重，在各种场合填写的表格，会被人打包出售牟利。吴崇豪从惊讶中缓过来，不想理会这种以推销为目的的销售人员。他刚要拒绝，对方的下一句话让他的瞳孔放大："你的父亲是不是在下个月过生日？你想送他一份生日礼物，表达对他多年养育之恩的感谢？"

这个愿望，吴崇豪只对孙祉鑫和心灵小组的成员讲过。难道是孙老师和其他组员委托朋友，帮助自己实现这个想法？既然是熟人关系，吴崇豪的警惕心松懈下来，诚恳地问对方："你有什么好建议吗？"

对方说自己是做定制珠宝的，所谓定制珠宝有别于普通流水线上生产的珠宝首饰。那种传统的珠宝样式单一，无法满足每个人的审美需求。而定制珠宝完全是纯手工制作，根据人们不同的喜好设计，深受很多人青睐。

心灵小组的组员中,罗夕瑶就是做定制珠宝的,这人会不会是她的朋友?既然是熟人,那么价格方面应该好商量。当明白父亲在外辛苦打拼,每一分钱挣得都很不容易时,吴崇豪花钱不再大手大脚。他开始变得"抠门",变得精打细算,买东西时也懂得讨价还价了。他想当然地问道:"听上去有点儿意思,不过能在价格上给点优惠吗?毕竟,我不是普通的顾客。"

对方也不方便将这层关系点穿,含糊地说:"您当然是贵客,价格方面请放心,肯定比市面上的珠宝便宜很多。最近正在搞一个活动,您可以将家里的旧珠宝带过来,我们可以重新为您加工,让旧物重新焕发新颜。"

这个提议点亮了吴崇豪心中的另一个想法。

那个首饰盒一直躺在父亲卧室内床头柜的第一格。即便父母协议离婚,首饰盒不再承载那份意义,吴崇豪依旧想从它身上寻找慰藉。因为这个首饰盒中的钻戒是父亲送给母亲的定情信物。尽管过去很多年,钻戒依旧闪亮夺目。

父母也曾经相爱过,哪怕后来劳燕分飞,也不能改变他们相爱过的事实。还有那段残留的温馨回忆,一家3口待在拥挤的房间内,享受着现在看起来很廉价的天伦之乐。父亲给母亲捶背,母亲给吴崇豪讲故事。那时候,他们家不是很有钱,父亲还未下海经商。那时的他们生活在融洽和幸福中。

这份简单的快乐,被后来经济上巨变的浪潮吞噬。吴崇豪的心被挖掉一大块,父亲变得越来越暴躁、冷漠,父子之间紧张的关系持续升级。只有通过这个首饰盒，他才能找回渐渐飘远的幸福回忆。

他和父亲和解了，那么父亲和母亲，是否还能破镜重圆？

吴崇豪不知道母亲再婚的事实，还天真地希望这枚并不算珍贵的钻戒，能成为开启父母心锁的钥匙。

对方让他现在就把首饰盒拿过来，如果赶得紧，或许一周后就能拿到成品。吴崇豪迫不及待地答应了，甚至还在出门时对保姆撒了谎。

3

吴崇豪后面的行程，基本上就是小区和十字路口的监控反映的情形：他在小区外上了一辆出租车，这辆出租车横穿市中心，在市区的西南角停车。下车地点附近，有一位戴着墨镜的女人等候着吴崇豪。两人寒暄几句，由那位女人领路，他上了一辆黑色轿车。这辆轿车迎着落日余晖，往城郊的方向行驶。

吴崇豪夹在后排的两个人中间，那个戴墨镜的女人坐在副驾驶位置。在车上，吴崇豪问这个女人：“电话里是你吗？”那个女人摇摇头，随后指挥司机下了高速，又继续在一条坑坑洼洼的公路上行驶。

“这要去哪里？到达目的地还有多久？”依旧是吴崇豪提问，无人回答。

"我不去了,快让我下车。"吴崇豪用力拍击前方座椅的后背。

"这可由不得你了。"一左一右两个壮汉,目露凶光,分别抓住吴崇豪的手。他刚想喊救命,后脑就被钝器击晕。

吴崇豪醒来时,发现自己的手脚被捆绑在一根柱子上,很难动弹。他的嘴里塞着一团棉花,呼吸有些吃力。环顾四周,他待在一间小木屋中,木屋里没有其他摆设,只有一张桌子和一把摇椅。桌上有个玻璃杯子,里面残留着泡过很长时间的茶叶。

这伙人是什么来头?劫持自己是为了钱还是为了其他目的?吴崇豪在心中盘算着,一个身材高大的男人走进来,他同样戴着墨镜,身边就是那个把自己骗上黑车的女人。从他们口中,吴崇豪才清楚自己已经昏迷了三天三夜。就在这72小时里,他做了很多光怪陆离的梦,绿色的天,紫色的太阳,漂移的建筑,半人半兽的生物,流淌着黏稠液体的大陆……在这个荒诞的世界中,没有任何生物注意到他,吴崇豪始终是透明般的存在。

他拿到一张纸,被要求写下规定的文字。对方的嘴里刚喷出两个字,水笔就从他的食指和中指之间滑落。"遗书",一道通往死亡之路的催命符。他们会不会在写完这封遗书后,就将自己秘密杀害?他反抗,不肯再拿起笔。有个暴脾气的人,过来扇了他两个嘴巴,鲜血顺着他的嘴角滑落。好汉不吃眼前亏,先顺从他们的意思,以后再见机行事。

这封不是出自吴崇豪意志的遗书终于出炉,对方给出承诺,一周时间内可以保证他的安全。可是一周后呢？那个领头的戴墨镜的人，"呵呵"一笑，说："那就要看老天的意思。如果第八天是晴天，你就可以生还；如果下雨……"

天气，居然成为左右吴崇豪命运的因素。

不能等待命运的宣判，要想个办法逃出去。可是他的身体被绑得结结实实，门口肯定有人把守，成功出逃的概率几乎为零。

眼看到了第七天晚上，吴崇豪隐约听到门口有人说话，好像是让看守者出去喝酒。从门外进来一个人，手中拿着一只碗，浑身散发着浓烈的酒气。他走路跟跟跄跄，突然重心不稳摔倒在地上。那只碗，就在不远处摔成两半。

屋内恢复安静，吴崇豪的心再也无法平静下来。那两半碎碗，让他想入非非。他用脚将碎碗片挪过来，用力摩擦捆绑在脚上的绳子，几分钟后双腿得到"解放"。随后将碎碗片移到身后，终于彻底摆脱了绳子的束缚。

屋外根本没人看守。即将离开这幢小木屋时，他听到另一间屋子内非常热闹。好奇心让他透过门缝往里看。这一看不要紧，那个女人的面容让他惊呆了。

这不是陈雨婷吗？她不是孙祉鑫的助手吗？

吴崇豪的讲述在这里停顿，留下一脸惘然的陈雨婷。

陈雨婷怎么可能成为那伙人的帮凶？但是从容貌判断，那个人就是她。

自从那次车祸后，陈雨婷开始漫漫的追寻。一次又一次，下一秒似乎就能触碰到那张熟悉的面庞。她总是躲开陈雨婷的视线，却始终未能走远。她就在陈雨婷的身边，只是何时以她的真实身份重新登场，她还未想好！

她为什么要这么做？陈雨婷知道她恨自己，但是这种恨绝非仇人之间的切齿之恨，是可以被时间溶液逐渐稀释的。她为什么要这样？

很想在这个时候直接说出她的名字，这是最能洗脱嫌疑的办法。但是不能！即便她如此对自己，也不能以牙还牙！

众人都想听陈雨婷的表态，陈雨婷只好说："那只是一个和我长得很像的人。吴崇豪出事的那个时候，我肯定不在那个路口。"

"那你在哪里？"

让我想想！想起来了，那个时候不是和冯诺涵去小吃店见"网红服务员"吗？

两周，是小吃店内监控视频的保存时间，幸好事发时正巧处在这个期限内。监控视频的像素不高，不过陈雨婷的身影可以证明她的清白。既然陈雨婷不会分身术，自然不可能出现在那个十字路口。

4

"我还想弄明白一个问题，你如何判断交接赎金的时候，这伙歹徒手中没有我的儿子？万一小豪没逃出来，你用石头冒充现金戏弄他们，会不会引起他们撕票？"吴世贤收起刚才那副可怕的嘴脸，重新切换到常规的神态模式中。

"那天他们在电话里'虐待'人质，我听到一声非常细微的笑声。尽管声音很轻，依然被我捕捉到。我敢肯定，他们这么做只是在演一场戏，故意要让你乱了阵脚。还有吴崇豪失踪快10天了，他们这时候才想到要钱，这不符合大多数绑架者的心理。如果他们谋财，肯定会在第一时间找到你。如果铁了心要撕票，不会有这么一通折腾。有两种情况可以解释这种反常，一是他们手中根本没有吴崇豪，他们只是一群讹人的骗子，估计经常玩这种空手套白狼的把戏。如果接到电话的人，正巧家中有人被绑架，很容易上了他们的圈套，乖乖送钱给他们。另一种情况，他们原先掌握人质，后来人质就在他们打电话前成功逃脱。只不过人质进入一片密林，非常容易迷路，弄不好会丢了性命。他们觉得还不过瘾，干脆再敲你一笔。无论哪种情况，巨额赎金都对找回你的儿子毫无帮助。所以……"

孙祉鑫从头到脚打量身材瘦削的吴崇豪："那天你逃出来时，身边和门外没有一个看守你的人，你不觉得很奇怪吗？"

吴崇豪有一种恍然大悟的感觉，刚想说话却被陈雨婷抢先："我懂了，他们是故意要放你走。"

吴世贤不明白地问道："这到底怎么回事？绑架小豪的是他们这伙人，为什么又无缘无故地想把他放走？"

孙祉鑫叹了一口气："世上不会有无缘无故的爱、无缘无故的恨。也许这伙人清楚，就是把吴崇豪放走，他也很可能死在那片密林中。他们前面逼迫吴崇豪写下遗书，如果有人在密林中发现他的尸体，自然会想到这个孩子离家出走，一心赴死。主谋并不恨你吴世贤，和吴崇豪也没有冤仇，只不过想借这个事件整垮心灵小组，进而整垮我。他不想让自己的双手沾上鲜血，所以决定给吴崇豪一个活的机会，一切只看他的造化。"

吴崇豪无疑得到上天的垂青。就在密林中，饥渴难耐的他遇到一位巡山老汉。老人把他带到山下的家里，用粗茶淡饭救了他。

孙祉鑫没有告诉吴崇豪父子背后的隐情，甚至还瞒着陈雨婷。他能这么肯定地判断歹徒手中没有吴崇豪，超强的推理能力是一方面；另一方面，他收到一封没有署名的信，信上非常明确地提供了这条"情报"。前几次，这位神秘人传过来的信息都非常准确，由不得孙祉鑫不信。

那几个歹徒在接受审讯时，都说不清楚幕后主使人的情况。他们和一个叫玲子的女人联系，至于这个玲子是不是主谋，从他们这边无法获得详细信息。这几个人只是喽啰中的喽啰，主要人物依然逍遥法外。

根据吴崇豪的描述，警方对这个戴墨镜的女人进行通缉。看着通缉令上那个和自己长得很像的人，陈雨婷的心里非常不是滋味。"人各有命，她早就不是唯你是从的妹妹了。"孙祉鑫安慰她。但是妹妹走上这条不归路，她觉得作为姐姐难辞其咎。

警方收到过一些举报，这些嫌疑人经过摸排被一一排除，案件一时陷入僵局。也许妹妹早就是游荡在世间的幽灵,她不会用真实面目示人,非常懂得在别人面前伪装。即便在网上发布通缉令,居然也未能将这个幽灵从茫茫人海中挖出来。

从派出所做完笔录出来,陈雨婷和孙祉鑫走在行人稀少的路上。天气越来越冷了,初冬掀开她那神奇的面纱,送来阵阵凛冽的寒风。路边的梧桐树上,几片枯黄的叶子摇摇欲坠。只有不断闪烁的广告灯箱,告诉人们这个城市的心脏还在跳动,我们还在呼吸。

孙祉鑫停下来,声音沙哑地问:"还准备帮你妹妹隐瞒到什么时候?"

陈雨婷被他这一问噎得说话有些结巴:"她是我的妹妹,我的亲妹妹……"

"你这不是爱她,而是……"

"难道我忍心让她进去?"

一阵低沉的"汪汪"声,一大一小两只腿脚有些瘸的、全身毛乱七八糟的黄色贵宾犬从斜刺里蹿出来。陈雨婷本来就怕狗,本能地往孙祉鑫的怀里缩过去。孙祉鑫暖意盎然的胸怀,非常自然地为陈雨婷敞开。

直到那两只狗渐渐远去,消失在花坛的灌木丛中,陈雨婷这才离开孙祉鑫的身体,捋了捋被风吹乱的头发说:"有时候,我觉得这些流浪狗也挺可怜的。也许以前,它们是主人的心肝宝贝,现在却沦为丧家犬,命运捉弄了它们。"

孙祉鑫的眼眶中,竟闪着晶莹。

陈雨婷似乎也若有所思，这两只狗相依为命，恰似陈雨婷与妹妹的境遇。陈雨婷不能"出卖"妹妹，就是将刀子架在陈雨婷的脖颈上，也不能。

5

路过那家小吃店，陈雨婷习惯性地朝里面瞥了一眼。果不其然，他刚从厨房出来，手中端着几屉热气腾腾的小笼包，满脸堆笑地招呼顾客。

一个将文字视作生命的写作者，为了生存，为了他的母亲，不得不干着这份与兴趣毫不相干的工作。陈雨婷控制不住自己，不顾身边还有孙祉鑫，径直向林惠伦走去。孙祉鑫皱了皱眉头，步履坚定地跟了过来。

"那笔稿费要到了吗？"林惠伦脸上沾了太多的烟火气，相比签售会上的帅气褪色不少。陈雨婷看他的眼神中，只有关爱和心疼。

"哪有这么容易？作者是弱势群体。"他耸耸肩，双手一摊。

"一切会好的，是你的不会跑掉。"

"借你吉言。"林惠伦耷拉着脑袋，目光中满是暗淡，双手无力地垂在身体两侧。也许，他是真的累了，既有和出版社长时间的拉锯战的原因，也有母亲给他的心理压力。

"近期还在写新的作品吗？"

"忙挣钱还来不及,还要帮母亲找保姆。或许,这场梦该醒了。"总觉得这句话中,透着对于现实的沉重无奈。

"不,这不是一场梦,这是你的梦想。梦是虚幻的,而梦想是可能实现的。眼下,你只是遇到一点儿麻烦,不该……"陈雨婷大叫起来,试图唤醒这个被命运打击得灰头土脸的灵魂,唤醒他最后一丝残存的信心。

林惠伦牙齿紧咬上唇,许久才憋出几句话:"谢谢你,我以前写过很多励志鸡汤文,以为不断打鸡血就能战胜一切困难。最近,我才意识到自己以前有多么天真。那些留下励志故事的,不过是奋斗者中幸运活下来的一小撮人。大多数失败者,都被排除在话语体系之外。努力就能成功?呵呵,真是这样,成功也太过廉价。那些成功者的故事,只是天时地利人和的结果,努力只是其中一种因素。趁早认清现实,趁早从'努力神话'中醒来,才能活得轻松一些。"

"你说这些话,是出于内心的呼唤吗?若干年之后,你会不会为这个选择而后悔?"陈雨婷瞥见旁边一语不发的孙祉鑫,掐掉了后半句话。

"不……不会……"林惠伦喑哑地说,眼角边闪着晶莹的泪花。

一个有抱负的男生,被现实逼得不得不放弃梦想。不能让他就这样消沉下去,陈雨婷一把抓住他的手,使劲地摇晃:"你要相信奇迹,也许下一秒就是见证奇迹的时候。"

他像直流电通过身体一般，全身一阵痉挛。随后，他脸上凄楚的表情骤然消失。

厨房有人叫他，旁边有顾客开始抱怨，和他的谈话只好先到这里。

从小吃店出来，一直到陈雨婷的住处，孙祉鑫没说一句话。气氛有些尴尬和诡异，陈雨婷试图在挥手道别前，打破这种沉闷："我和他都喜欢写作，我们也就这样。"

"听你们刚才的对话，好像这个人碰到了困难。"孙祉鑫漫不经心地说。上次在墓地的入口处，林惠伦还与他针锋相对，当时的他和现在的他反差真大。孙祉鑫倒不是记恨这个人，只是在反思这种变化背后的缘由。

"他拿不到稿费，经济上陷入困境，这才不得不到小吃店打工。还有他的母亲，精神有些问题……"陈雨婷尝试用中性的词汇来描述林惠伦的情绪，努力不将情绪带到叙述中。

"哦，听上去确实有些凄惨。"

"是吗？我们能否帮帮他？"孙祉鑫用了"凄惨"这个词，既然如此，就没必要克制内心的情感。

6

"怎么帮他？我可不是富二代。"

"你的铁哥们巩志杰，随便施舍一点儿，就能救他于水火之中。"

"我不想去麻烦巩志杰。再者林惠伦也是一个有骨气的人，不愿意随便接受别人的施舍吧？"孙祉鑫说话时打着哈欠，毕竟这段时间，吴崇豪的失踪让他操了不少心，即便是钢筋铁骨也需要一段时间好好调整。

陈雨婷认同他的后半句话，只是疑惑孙祉鑫为什么不愿意去麻烦巩志杰，巩志杰可是和他从小一起长大的好哥们，只要孙祉鑫说什么，巩志杰一定会照办，根本不存在"麻烦"一说。

陈雨婷又想到一个人，这个人如果肯出手，就不是孙祉鑫刚才所说的"施舍"。

"你让我去找魏亚玲？人家资助心灵小组，没义务去对一个和心灵小组无关的人施以援手。再者，这不还是对林惠伦的施舍吗？"

"魏亚玲从事广告传媒行业，而林惠伦的才气毋庸置疑。现在他缺一个施展才华的平台，正好魏亚玲能为他提供这个平台。这和单纯意义上的施舍完全是两码事，相信林惠伦愿意接受这份好意。"

孙祉鑫不吱声，继续护送陈雨婷走进楼道。

为何孙祉鑫的态度如此冷淡？难道自己出手帮助另一个男生，激起孙祉鑫心中的醋意？陈雨婷不禁想起前男友钱斌，也有过类似的反应。有一次看完全国大学生篮球联赛，她在钱斌面前反复描述外校一位篮球队队长如何带领球队取得胜利。说着说着，钱斌的脸色变得很难看。

"你哪里不舒服吗?"

钱斌扬起头说:"不就是一个打篮球的吗?你又不是没看到我在全国空手道锦标赛上的表现。我哪点比他差?"其实钱斌不只是空手道高手,他的篮球打得也很棒。他们能够相识,也得益于钱斌在篮球场上出众的表现。

陈雨婷拧了一下他胳膊:"就为这点吃醋呀!我只是说人家篮球打得好,又没说你空手道练得不行。不过,我可看到某人在团体型决赛中,一次次'死'在两位队友的拳脚下,这是怎么回事?"

"这是空手道团体型的拆解,用来演示空手道套路中每个动作的实战意义。两位师兄的技术比我好,当然是他们摔我。这只是为了演示动作,是为了夺得最后的竞标,不代表我是一个脓包。"

"好啦,你就是躺在擂台上,也是我心目中的英雄。"男生就是要面子,尽管如此,还是要给足他们面子。

"这还差不多,以后别提那个篮球队长,好吗?"

"他和你怎能相提并论?"

回到眼前的孙祉鑫,这话和当年陈雨婷在前男友面前称赞篮球队长的情况如出一辙。不过这番醋意的背后,是他对陈雨婷的爱,对这个女生的在乎。因为爱得太深,因为非常在乎,他对任何潜在的对手有着本能的警惕。

不能勉强他。

这幢老公房年久失修,楼道内的声控灯坏了很长时间,也没见物业公司前来维修。今天早上出门时,陈雨婷在小区内无意间听到一位阿姨对买菜回来的老奶奶说:"听说,这里将要市政动迁了,不知道这个消息可不可靠。"

说出这个消息的就是那位戴红袖章的大妈,其他大妈闻讯并不兴奋。毕竟大家在这里住了很多年,和老邻居们有了感情。这位红袖章大妈说:"这破房子是该拆掉了,家里经常漏水,屋外下大雨,屋内下小雨。听说动迁地块有两处可供选择,不如大家都选一个小区,今后又能在一起,住新房子总比旧房子好。"这么一说,大家开始欢呼雀跃。

动迁?对于陈雨婷这个租客来说,却是一个"灾难"即将降临的信号。房东给她的房租非常便宜,外面还能找到相同性价比的房子吗?陈雨婷还未对孙祉鑫提起这个消息。怕一说,他又为自己担心。走在黑咕隆咚的楼道中,难免有些害怕。好在身边有他,有他那双温暖的手。

7

送走最后一个顾客,热闹的小吃店终于恢复平静。林惠伦轻轻拍打酸痛的腰背,想起被捆在床上的母亲,鼻子一阵酸涩。

"你说这些话,是出于内心的呼唤吗?若干年之后,你会不会为这个选择而后悔?"陈雨婷的指责又在耳边响起。他确实心有不甘,更不愿意放弃写作。倘若在写作这条路上一条道走到黑,他也只能过着灰头土脸的生活,不仅养不活自己,还让母亲跟着受苦。

"儿子，我饿……"下午出门前，林惠伦喂过母亲一些速冻水饺。8个小时，母亲滴水未进，还被捆得动弹不得。林惠伦的肚子早就饿得"咕咕"叫，他赶紧跑到厨房打开冰箱，准备母子俩这顿迟到的晚餐。

空空如也的冰箱，除去一些布满斑点的水果，再无其他可供食用的食材。将近一个星期未去超市采购，那袋速冻水饺是家里最后的"战备物资"。眼见"弹尽粮绝"，林惠伦摇了摇头，捏着几张皱巴巴的小额钞票，想去楼下的24小时便利店买几包方便面。

手机响了，还是那个号码。

"上次已经说过，我不会为你们做事。"林惠伦咆哮着，早就对这个多次骚扰自己的号码怒不可遏。这种暴怒，从另一个角度映衬出他的无助。

"先听我把话说完，你家的保姆是不是最近离开了？"

"你是怎么知道的？"

"美男小鲜肉作家，'网红服务员'，这么大名鼎鼎的人物，还能有什么隐私吗？网络时代，要人肉搜索一个人还不容易？"

林惠伦放下手中皱巴巴的钞票，一屁股坐在地上，深吸一口气说："我……我不需要别人施舍。"

"我没有别的意思，只是不想看到一个天才作家就此'泯然于众人'，在烟火俗气中堕落消沉。我会为你找好保姆，保姆明天就能上门，当然还会有其他好事等着你。我是一个惜才的人，愿意包装你。当然，我不会强迫你干不情愿做的事，一切都是双向选择。"

对方说得非常有诚意，林惠伦再无理由拒绝。

可是天下有免费的午餐吗？接受了他的好意，意味着今后必须按照此人的意志行事。他可以给你美好的前途，也可以随时将这些收走。他为什么要看上自己？他会让自己去做那些昧良心的事吗？这份善意充满着诱惑，可是善意背后隐藏的动机却让他心存顾虑。

母亲又开始哼哼，肚子又开始叫唤，林惠伦只好先答应对方。

第二天一早，门外站着一位穿着蓝色粗布衣服、年龄在50岁左右的中年妇女。不曾想到，对方会这么快就将保姆送到家中。以后，有人会给母亲做可口的饭菜，会照顾母亲的饮食起居；他不必再将母亲捆在床上，不必时刻担忧母亲的安全，不必让母亲吃着营养价值不高的垃圾食品。

他想要的那份未来，对方却没有立刻送到他手中。他还要去那家小吃店打工，还要继续当他的"网红服务员"。

8

孙祉鑫给陈雨婷带来一个好消息：魏亚玲有意资助林惠伦专心写作，不过在此之前还必须见上他一面。陈雨婷不会料到，那天态度冷淡的孙祉鑫，会为了自己去执行内心非常抗拒的任务。孙祉鑫终究是一个气度不凡的男生，不会像其他人那样拘泥于某些小节上。只是她还无法接受孙祉鑫转变成恋人。这还需要时间，她在心里对自己说。

陈雨婷又开始犯难：如何把这个好消息告诉林惠伦？如何既能帮到他又不伤到他的自尊心？还是冯诺涵鬼点子多，说这件事包在她身上。

坐在孙祉鑫的办公室，感觉温度和室外差不多。陈雨婷心疼孙祉鑫，平时只有遇到筹备活动或商量心灵小组重要事宜，她才会从出租房赶过来。孙祉鑫几乎天天待在这里，这里冷若"冰窟"热如"烤炉"，那台买来不久的空调，隔三岔五就会"闹情绪"。由于是特价商品，商家不提供退货或调换服务。也难怪，他做的公益项目不会产生经济效益，每次活动的费用都由投资人魏亚玲全额承担。他重情重义，感恩魏亚玲的无私赞助，总考虑尽可能为她节省开支。其他活动的开支不能节省，只好对自己"开刀"。对于状况不断的空调，他也是睁一只眼闭一只眼。一个海归心理学博士，待在如此恶劣的办公环境中。陈雨婷对着那个无法冒出暖气的空调，轻轻地叹了一口气。

收回嗟叹的情绪，陈雨婷又为下周的采草莓活动犯愁。这个季节，室外早已一片肃杀，只有大棚里还有充满勃勃生机的瓜果。联系过郊区几个果蔬基地，对方都说早就过了对外开放的时间，让他们明年五六月份再去联系。既然孙祉鑫交给她这个任务，不能令他失望。好在有一个人，能让某个果蔬基地向心灵小组敞开大门。

"哎哟，嫂子有何吩咐，小弟照办就是。"一接到电话，巩志杰就开始充分发挥油嘴滑舌的本能。

嫂子？她连孙祉鑫的表白都没答应，名义上还不是他的女朋友，何来"嫂子"的称呼？陈雨婷急忙纠正他："我是为了心灵小组的活动求你帮忙。还有，我不太习惯'嫂子'这个称呼。"

"哎呀，你将来迟早是我的嫂子，现在这么叫你，也是让你先习惯起来。有你这么漂亮聪明的嫂子，我这个泥腿子脸上也有光彩。孙祉鑫这小子，真是走了狗屎运。"巩志杰的伶牙俐齿，把陈雨婷逗得咯咯直笑。好话果然中听，哪怕好话只是好听的谎话。

搞定了活动场地，陈雨婷又开始策划活动的具体细节。策划案刚写到一半，林惠伦"从斜刺里杀出来"："最近我好事连连，是不是你和冯诺涵在背后帮我？"

"你把我说糊涂了。我只是一个公益项目的助手，冯诺涵也只是大学生辅导员，没钱没权没势，有什么资源能帮到你？"

林惠伦将信将疑地说："说得也是。有时候好事来得太突然，让我怀疑它的真实性。你说怪不怪，人家一个资产十多亿的大老板，居然愿意资助我全职写作！作为名不见经传的小作者，我身上的哪点特质让对方嗅到商业价值？"

他说得非常在理，商人只认利益，在他们眼中文字并没有好坏，作品的价值无非在于能否吸引读者注意力，是否能带来丰厚的商业开发价值。难怪现在IP盛行，当文字成为一种奇货可居的商品，只能让那些对于文字雕琢怀有一份敬畏的文字匠人徒呼奈何。

估计林惠伦有过这样的挣扎。"鱼和熊掌不可兼得"，他在作品的文学价值和商业价值之间如何取舍中挣扎过、彷徨过。现实生活面前,他只能暂时偏向后者。也许等到摆脱物质上的束缚,他才能全身心投入那个熠熠生辉的精神世界中。

他的"俗",是为了今后更大的"雅"。

为了等到他的"雅",陈雨婷觉得必须指点他走好这条"俗不可耐"的道路。为了不让林惠伦难堪,她推说那次签售会让资本方发掘出他的作品中存在商业价值。林惠伦在陈雨婷的谎言说服下,总算心安理得地接受命运的馈赠。

9

期待中的好消息并未落地。

魏亚玲见过他吗?两人在见面中谈到哪些内容?魏亚玲是否一眼相中林惠伦,让这个美男作家彻底过上无后顾之忧的生活?

看来从林惠伦这边,无法得到这些问题的答案。

后天就是采草莓活动,该安排的事项都已准备妥当。忙碌整整一周,陈雨婷有种被掏空的感觉。林惠伦这档子事,正好填补这个空当。"我想拜访魏总,她待我们不薄,我想当面感谢她。"她不能说出这次去见魏亚玲的真实想法,只好编了一个自认为说得过去的理由。

孙祉鑫一语中的:"怎么突然想起去见她?我觉得你想从她身上确认一些无法从其他途径获取的信息。你要告诉我真实理由,我不想听到谎言。"

罢了，还是实话实说吧。魏亚玲不像某些成功企业家那样遥不可及，答应第二天早上就和陈雨婷见面。

去魏亚玲公司的路上，陈雨婷忽然看见那个戴墨镜的女人。上班高峰的人群中，她走路不紧不慢，不像其他上班族那般步履匆匆。要不要继续跟踪她？想到即将和魏亚玲的重要会面，陈雨婷的内心开始摇摆。好在对方的出行线路与她一致，也在这个地铁站点下车。

地铁出口处，有一位母亲怀中抱着一个六七岁的孩子，那个孩子只有眼白，嘴角旁有残留唾液的痕迹，双手胡乱地在空中挥舞。水泥地上摆放着一张塑料纸，上面讲述着这个孩子因为一次医疗事故，变成现在又瞎又疯的模样。即便亲眼所见，很多路人还是绕道而行。这年头，人与人之间的信任程度极低，也许这孩子根本不是那个女人的儿子，也许孩子是在装疯卖傻。听到有人这样窃窃私语，陈雨婷的心里非常难过，把身上所有硬币都投进地上的那只搪瓷碗中。

此刻，她心中怜悯着这个疾病缠身的孩子，还有这个绝望无助的母亲。正当硬币在碗中发出"叮叮当当"的声音，另一张百元钞票惹眼地躺入碗中。

谁出手这么阔绰？一定是富二代或成功人士。看清这张惨白的脸庞后，陈雨婷的心被狠狠地揪了一下。

怎么会是他？

"你自己都在化疗，还管别人的闲事。"身旁的妻子不理解郑浩轩的做法。

"我的生命之路也就这点了，可是这个孩子，他的未来还长着呢。这点儿钱也许不算什么，却能给予他们母子对于未来的信心。"郑浩轩说话带着喘气，可见他的近况非常糟糕。

"浩轩，我和孙祉鑫这段时间太忙了，早该去医院看看你。"陈雨婷被郑浩轩的博爱精神感动着，一个朝不保夕的重症病人，还念着另一个需要关怀的灵魂。这样的好人就应该有好报。可是，从他光秃秃的头上，从他无精打采的样子，再从他刚才的话语，显示这个好人在人世间的时间不长了。好在她和孙祉鑫在他生命的最后时刻，投下一片温暖明媚的暖阳。

"我要谢谢你们，没有你们，也许我走得也不踏实。"郑浩轩握住陈雨婷的手。他的手，冰凉而潮湿。

"是啊！要不是你们及时干预，或许我会离开他，让他一个人面对死亡。我真蠢，以前怎么没意识到他是这么爱我？"郑浩轩的妻子一边说，一边落泪。

三双手紧紧地握在一起……

陈雨婷刚离开一段时间，郑浩轩突然胸口一疼，随后摔倒在地上。妻子凄厉的呼喊声，他却听不到……

第十一章
人为的事故

1

等候在这间会议室中,陈雨婷还想着那个戴墨镜的女生。就在她和郑浩轩夫妇道别后,那个女生早已不见踪影。陈雨婷只想追上那个女生,对她深情地说:"妹妹,别再玩失踪好吗?姐姐对不住你,你有什么怨气都撒在我身上。"

因为她,妹妹受到太多的伤害。她一直想当面道歉,想尽力弥补,哪怕自己伤痕累累也在所不惜。可是,妹妹不给她这个机会,继续在她身边若即若离。每次当她的手将要触碰到那个熟悉的身体,对方就加快脚步,迅速离开。

进入这栋商务楼前,保安拦住陈雨婷。任凭她怎么解释也不放行,保安给出两条能进入大楼的途径:要么出示大楼物业统一制作的工作证,要么让持有工作证的人员下楼接她。保安打电话给德凯公司的前台,前台小姐说今天上午董事长没有访客接待,至少她这边未接到通知。

铃声一次次响起,陈雨婷的情绪也越来越焦急。

为什么魏亚玲不事先告知下属?

作为商务人士,时刻关注手机动向是长期以来养成的习惯。为什么今天她一反常态,不遵守这个习惯?

陈雨婷惘然地站在大厦入口,一双双高跟鞋或油光锃亮的男式皮鞋从她身边经过,"啪嗒啪嗒"的声音不断敲击她的内心。商务楼是一个胃口很好的饿汉,将大把充满活力、激情四射的年轻人统统"吞入口中"。到了下班时刻,再吐出一张张疲惫的、没有表情的面孔。

等待过程中,有个戴墨镜的女生从身边闪过。她的脖颈上挂着工作证,高傲地冲保安点点头,又不屑地瞥了一眼满脸焦虑的陈雨婷。保安毕恭毕敬地对她敬一个礼,像迎接大人物似的目送她进入大楼。

"大叔,她是我妹妹。"陈雨婷对着保安叫嚷。

"你的妹妹?她刚才瞧你像陌生人。别想蒙混过关,我不会让闲杂人等进入大楼。"保安表现得极其敬业。

她苦笑着退到一旁,盯着手表上的时间,时间在一分一秒地流逝。

赵紫莹的电话来了,她如同即将被去掉枷锁的囚犯,憧憬着沐浴在自由的空气和阳光中的时光,说话中带着轻快:"雨婷,这次终于说服我老公,他同意我参加这次活动。"她的丈夫深爱着她,但是这份爱过于深重，深重得她不得不丢失自我。参加心灵小组后，赵紫莹不再是成天泡在相夫教子生活中的全职主妇。可是，她活动的空间还只是家里那块有限的地方。

当然，也不能说赵紫莹的状况没有变化。她的丈夫开始学会尊重妻子，学会把她当作一个独立的个体。她刚才提到的"说服"，证明赵紫莹的主观能动性正在不断增强。只要沿着这条路继续走下去，她就不再是那个满腹怨气的全职主妇。

远处走来一个穿着精致的女人，浑身上下都是名牌，耳朵上的耳环、脖颈上的项链、手上的手镯，映衬出此人不俗的气度和内蕴。果然，刚才还对陈雨婷吃五喝六的保安，此刻温顺得像晚清时期的太监，恭顺地对她说："魏总，早上好！"保安指了指陈雨婷："刚才她要找您，不知您……"

"是陈雨婷吗？跟我进来吧。"魏亚玲拉着陈雨婷的手往里走。

保安的脸变得绿油油的，似乎想说什么又忍住没说。

2

魏亚玲先带陈雨婷参观她的公司。

23楼，行政部、人力资源部、公关部、市场营销部等200多名员工正在忙碌地工作。移步24楼，大多是总监级别的办公室。陈雨婷跟在魏亚玲身边，不时有迎面遇见的员工过来打招呼。这些员工的表情有点儿怯生生的，似乎不敢靠近魏亚玲。陈雨婷对魏亚玲的第一印象，她似乎不是一个过于严厉、严苛要求下属的上司。这公司里面，一定藏着什么秘密。

董事长办公室的隔壁，陈雨婷又发现那个熟悉身影。那人瞟见陈雨婷，赶紧侧过身去，钻进最里面的格子间。

陈雨婷想起警方的那则通缉令。陈雨珊还在上班，她通过什么办法躲避警方的追查？她就不怕公司里有人看到那则通缉令，将她交给警方吗？妹妹还平安无事，做姐姐的多少有些宽心。不过她触犯了法律，法网恢恢，疏而不漏，即便躲得了一时，却躲不了一世。与其这样像个幽灵般活着，不如承认自己犯下的罪孽。怎么搞的？这是要怂恿妹妹去自首的节奏吗？她犯下的罪恶说大不大，说小也不小。在吴崇豪这起离奇的劫持案中，她不是主谋，却在其中扮演了一个角色。作为从犯，即便自首，也可能被判个一年半载。要是妹妹坐牢了……陈雨婷不敢顺着这个思路想下去。

自首还是继续躲藏？这个只能取决于妹妹的意思。无论她今后的处境怎么样，作为姐姐都会等着她，亲口对她说一声："对不起。"

阳光透过落地窗，投射到魏亚玲办公室的地板上，整间办公室宽敞明亮、气派非凡。透过落地窗向外看去，一条滔滔的江河就在不远处奔流不息。高贵典雅的水晶吊灯，老板椅背后一排排摆放整齐的精装书，正对着檀香木办公桌的是银灰色的两张单人皮质沙发和一张三人皮质沙发。办公室的里面，还有一间房门紧锁的董事长休息室，里面应该放着一些魏亚玲的私人物品。

　　董事长秘书是一个"90后"的年轻女孩，外表上看大学毕业没两年。为魏亚玲和陈雨婷沏好茶，她步履轻盈地离开，带上房门的声音也非常轻柔。陈雨婷还在欣赏办公室的布置，传来魏亚玲柔和的声音："今天找我，是为了那个林惠伦？"

　　对方没有拐弯抹角，就不必再说那些客套话。陈雨婷端起茶杯，轻轻地吹开碧绿的茶叶，一缕清香进入鼻腔。她放下微烫的茶杯说："魏总，林惠伦有才华、有气质，从事文学创作多年。他写的作品，文字上有与他年龄不相称的成熟。最近他遇到麻烦，这些孙祉鑫应该和您说过，我就不再赘述。"

　　魏亚玲点点头，身子凑过来说："我想知道，你为什么要帮助他？"

　　商人的眼中，每个人做事都带着经济上的理性，正如亚当·斯密的"经济人假设"，这位《国富论》的作者非常郑重地指出：人的行为动机根源于经济诱因，人都要争取最大的经济利益。

　　"我仰慕他的才学，是他的粉丝。"

　　"你喜欢他？"

　　"喜欢"这个词内涵丰富，既可以是男女之情，也可以是朋友之爱，还可以是某一方面的倾心仰慕。魏亚玲冷不丁这么一问，陈雨婷自己也蒙了。

　　难道自己真喜欢他？不然会为了帮他，贸然来见魏亚玲？

　　相比林惠伦，孙祉鑫更早出现在自己的世界中。她还没有理清和孙祉鑫的关系，怎么可以再和另一个男生产生瓜葛？她赶紧澄清："我对他的喜欢，只是粉丝对偶像的喜欢。"

陈雨婷最害怕别人提到她的感情问题，脸上不禁染上一抹绯红。

"你肯定会想我怎么突然提到这点？我希望你能认真对待孙祉鑫，他为你付出很多，你不能辜负他对你的一往情深。"

"他做的一切我都看在眼里。只是，我们还不能……"陈雨婷的心里，有一股黏稠带着腥味的液体在缓慢流淌。父母突然坍塌的感情、前男友"温柔"的背叛，她还是无法走出这些伤痛。陈雨婷害怕重新投入一次感情，再次品尝刻骨铭心的苦涩。

魏亚玲"哦"了一声，空气渐渐变得和缓。

"是否方便问一句，您为什么要为孙祉鑫说话？"陈雨婷用相同的方式诘问这个女人。

3

"我……"不复往日的口若悬河，这个提问戳到魏亚玲最隐秘的部位，那是她不想让别人知道的事实。毕竟在商海中浮沉多年，她很快恢复镇定，"有些事不方便说，时候到了你会明白的。"

"那您资助心灵小组的原因，也暂时不方便透露？"陈雨婷审视魏亚玲这张刻下皱纹的脸。

魏亚玲双臂交叉，身子开始往回缩，似乎对这样的问题非常不欢迎。只好再换一个话题——林惠伦和她的面谈过程。

"我们交流了一个多小时,说实话,我不太想帮助这个人。他出身贫寒,母亲有点儿精神问题,自古寒门多出白眼狼、负心汉。他可能只想着如何翻身,为人处世会非常自私。"魏亚玲的态度毋庸置疑,不给陈雨婷继续争取的余地。

"您这么说我不太赞同,寒门还是出了不少品德高尚的俊杰。单凭这一点就否定他,未免有失偏颇。"

"他在自我陈述过程中,反复使用'我想''我认为',根据我多年和人打交道的经验,这种人非常自负、自我化倾向严重。他表达观点时不注意和听者互动,不会使用诸如'您觉得如何''不知您是否认同我的观点'之类的词语。"

"自负和自我化倾向的另一面,不就是自信心强、有主见?"

"我们看问题的角度不同,判定同一个人就会产生完全不同的结果。不过,是我资助他,而不是你。"魏亚玲的最后一句话,明确告诉陈雨婷:你无法改变我的决定。

"很感激魏总能资助心灵小组,我也敬佩您的为人。只是通过这次谈话,我有些失望。"杯子中只剩下茶叶,此刻已经粘在一块儿,不复刚才的生机活力。

魏亚玲没有叫来秘书,而是亲自起身,将茶壶中的热水轻轻倒入陈雨婷的茶杯中。即便如此,陈雨婷的神情依旧非常肃穆。

"你的名字,让我记起一位旧友的女儿,她和你同名同姓。"魏亚玲给自己的紫砂茶杯里也加了一点儿水。

"世界上还真有这么巧的事？只不过是同名同姓罢了。"

"这位旧友和我很多年没有联系。哎，都怪我当年多嘴，不小心把她拉下水。也许她还恨我……"魏亚玲转过头，望了一眼窗外的江景。

江水带走多少时光，却带不走那段旧日恩怨。陈雨婷和魏亚玲有着相同的感受，失踪的妹妹也许和魏亚玲的旧友一样，躲着不肯见她。还有孙祉鑫，因为那些沉痛记忆，让她一次次将他从身边推开……

"魏总，欧德隆公司的范总那边想请您过去。"秘书敲门进来，打断陈雨婷和魏亚玲回忆的思绪。

陈雨婷借机起身告辞，魏亚玲一直送到底楼大厅。那位保安赶紧打起精神，对着魏亚玲和陈雨婷行了一个很标准的敬礼。

送走陈雨婷，魏亚玲又回到办公室的落地窗旁。日夜流淌的江水，宛若她几十年来跌宕起伏的人生。

她在22岁时开始第一段婚姻，少不更事，婚前那个体贴、懂得心疼人的男子，却在婚后成为一头嗜酒如命的野兽。她是一头小鹿，忍受这头野兽的咆哮和踩躏。好在那次商务谈判，遇到助她脱离苦海的第二任丈夫。

她终于有了说"不"的底气，果断终结上一段错误的婚姻。只不过她和前夫有了孩子，缺少母爱的孩子，大多数会留下心理问题。她纠结、苦闷，因为第二任丈夫明确对她说："我只爱你一个人。"

下一步该怎么做？他会认自己这个狠心的母亲吗？在他最需要母爱时，自己狠心地弃他而去。现在他长大成人，却要他承认一个没有尽到分毫责任的亲生母亲，自己是不是太过于自私？

只能自私下去，绝不能让那个败类得逞。

4

魏亚玲整了整衣冠离开窗边，用惯常的语气对秘书说："把方总监叫上，这个设计项目他最熟悉情况。"奔驰高端商务车的车轮碾碎细密的雨滴，空气中只留下一股淡淡的、略显惆怅的汽油味。

欧德隆公司是德凯公司多年以来的战略合作伙伴，范总是丈夫生前的MBA同学，多次帮助他们公司策划会展、宣传推广。范总的秘书将魏亚玲和方总监迎进会议室，范总和他的下属早就在那里恭候。

这间会议室的入口处竖起两根豪华的罗马柱，右侧墙角有假的壁炉造型，墙面上贴着金黄色的壁纸，辅以几幅精美的人像油画。门窗上半部成圆弧形，用带有花纹的石膏线勾边，顶部挂着华丽的枝形吊灯，营造出一种奢华的气氛。

"范总什么时候喜欢上了这种欧式古典风格？"

"年纪大了，难免嗜好复古的东西。相比传统中式风格，我更偏爱欧式风格的大气和豪放。"

"这和范总'老骥伏枥，志在千里'的做人风格是相符的。"

魏亚玲淡淡地笑了，即便是半老徐娘，她风韵犹存。

慢慢切入正题，范总的脸色明显严肃、凝重起来："魏总，我跟您丈夫打交道10多年，您应该了解我的性格。本来公司20周年庆典这个项目，有多家广告设计公司、会展公司参与竞标。您给出的条件不优厚，价格上也不具有优势。不过想到我们之间的关系，即便和你们签了全年的广告业务，还是决定再把这块大蛋糕分给你们，但是再要提出加价，恕我实难接受！"

魏亚玲把头转向身边的方总监，他是这次业务洽谈的负责人，不可能不清楚情况。

"我没让您加价，这是谁的主意？"

方总监有些坐立不安，想说什么却欲言又止。魏亚玲没有逼问他："范总，或许是信息沟通有误，至少我没下达过类似指令。"

"那就好，如果没有其他问题，今天就签合同。"

从欧德隆公司出来已近中午，魏亚玲谢绝范总请客的好意。公司正值多事之秋，人心难免浮动。刚才谈判时，她接到好几条紧急信息，必须赶回去"救火"。她在商务车内继续盘问方总监，他支支吾吾地说："是姚副总。"

方总监这段时间总是魂不守舍，工作中也错误百出。魏亚玲好几次想对这位"老臣"开刀，但是念及他多年在公司中勤勤恳恳、兢兢业业，始终下不了这个狠心。方总监本来还想说下去，不过他似乎意识到自己说错了话。那个一直和他通话的神秘人，如同一把锋利的尖刀悬于头顶。不能再多说一句话，不然这把刀会落下来，将自己劈成两半。

姚峻峰！魏亚玲丈夫的养子、侄子，公司员工都敬他几分。就连魏亚玲这个女强人，也拿他没有办法。丈夫死后，姚峻峰从那封公证过的遗嘱上，得知自己不是公司的最高管理者，随后便处处和魏亚玲作对。要是换作几年前，魏亚玲还有大刀阔斧革新的雄心，可是自从收到那份化验报告，魏亚玲的天空彻底塌了。她的时间不多了，必须尽快将公司交到那个孩子手中，可是那个孩子，根本没有继承公司的意愿。

几年前，在丈夫的病榻前，奄奄一息的丈夫对魏亚玲说："峻峰不成器，公司交给他我死不瞑目。以后德凯公司的前途，就全靠你操劳。"她没忘记提到那个孩子，丈夫眨了眨眼睛，不再说什么。

5

就在魏亚玲将陈雨婷送出大楼之时，一双黝黑的眼睛从高处注视着这一切。

一个女人在他背后说："留给你的时间不多了。"

"我何尝不知道？那个孙祉鑫的命真够硬，居然能好几次大难不死。"

"那就从她下手吧。"那个女人也来到窗前，指了指已经走远的陈雨婷。

"她可是……"

那个女人民双唇紧抿,似乎要咬碎嘴里所有牙齿。

"听内线说,明天那个破小组要搞活动。"

"那还犹豫什么?"女人对着变成黑点的陈雨婷,做了一个"咔嚓"的手势。

方总监回到办公室,还为刚才的多嘴而心中忐忑。他知道后会饶恕自己吗?这个不争气的儿子,他的性命就捏在那个人手上。他拿起手机,又沉重地放下……

上次活动,郑浩轩由于身体原因缺席。即便不能来参加活动,他会提前告知,这次却未发来只言片语。联想到此前的吴崇豪,陈雨婷内心焦灼:不会有人对这个癌症晚期患者下手吧?那样简直是泯灭人性!

暗处有一个人或一群人,故意为难孙祉鑫和心灵小组。也许心灵小组创办前收到的恐吓电话,就预示着这个小组将会命运多舛。陈雨婷打量身旁的孙祉鑫,他的呼吸平和,平静的神色中看不出一丝慌乱。他是一个能给人安全感的男人,哪怕山雨欲来、泰山压顶,也能将危机化作和风细雨。一个多小时的路程,车子终于在一个小区门口停下。

孙祉鑫带着一定力度,有节奏地敲了三下门,无人开门应答。隔壁出来一位银发老人,慈祥地问:"你们找这对小夫妻?我和老头子一天都在家,早上7点多听到隔壁有关门声,直到现在还未听到有人拿钥匙开门。"

"老人家,他们大概去了哪里?"

"应该是去看病吧,不过也有可能出去散步。那个小伙子年纪这么轻就得了癌症,头发都掉光了,真可怜!"

"谢谢老人家,打扰您休息了。"

从郑浩轩家的小区出来,两人又赶去郑浩轩经常去做放化疗的医院。晚上9点到达医院大厅,白天的门诊医生早就下班了,只有几个急诊科医生面对一群满脸焦躁的病人。孩子毫无征兆的哭闹声,家属等候时间过长的抱怨声,患者不断发出的呻吟声……孙祉鑫拦下一位护士,那位护士额头上满是汗珠,把孙祉鑫领到值班的副护士长办公室。

那位副护士长翻看就诊记录,说今天的患者中没有叫郑浩轩的。再详细问,这位副护士长被一位家属叫过去,走廊里临时增加的输液座位,有人要更换输液瓶。

陈雨婷的手机上,有一条冯诺涵发来的信息:"下周六的晚上6点,在F大的大礼堂,将举办一场新锐作家作品分享会,诚邀贵客陈雨婷参加。"

6

大家对于郑浩轩的再次缺席,都显露出忧虑的神情,毕竟他这个病是不治之症,药石无效。很长一段时间内车上寂静无声,只听到车轮与地面摩擦的声音。这种沉闷的气氛,需要有人来打破。坐在最前面的赵紫莹站起来。她对上次不能参加活动表示歉意,还说今天采草莓的活动，让她不禁想起高中时的学农经历。

学农的时光是辛苦的。辛苦不仅仅体现在田间劳作，更在于艰苦的生活条件。破败的房间，孤零零的灯管，露出棉絮的床褥，还有从未见过的小虫。学农也充满快乐。野炊的烟火，稻草秸秆烧焦后的烟气。从泥里挖出一个个的红薯，大小错落有致，刮开表皮露出鲜嫩的橙色。放慢步调，漫步在蓝天白云绿树中，小鸟在树梢间雀跃，鸿雁低低掠过远处葱茏的树影。

赵紫莹印象最深刻的，当属学农时的一次远足。几十公里长途跋涉，意外发现有一片草莓地。她在几个男同学的"唆使"下，也忍不住摘了几个草莓。草莓还未彻底成熟，放到嘴里酸得牙齿都要倒了。嬉闹声引来当地农民，赵紫莹和同伴们四散奔逃，慌乱间，不小心跑掉一只鞋子。她索性把另一只鞋子也扔了，光脚走在凹凸不平的路面上。才走了不到一公里，脚上的水泡破裂。有一位男同学心疼她，愿意背她行走。那天走了整整一下午，最后男生的体力濒临极限，回到寝室一看，肩膀上有一道道血印子。高考后，她和那个男生就成为两条没有交点的平行线。

这个因草莓而起的浪漫故事，瞬间调动了车内的气氛。

朱丞聪说，有一次公司组织员工去采草莓，采到一半他觉得口干舌燥。他懊恼没能随身带一瓶矿泉水，也不想再去大巴车上取。干脆，他将筐里的草莓直接塞入口中。这些草莓是他吃过的最可口、最新鲜的草莓。

吴崇豪也提及自己的学农生活，正巧里面有一项采草莓比赛。

由于从小没干过体力活，不一会儿就腰酸背痛。他觉得麻烦，于是开出高额赏金让同学替他代劳。他所在小组不出意外位居第一，因为其他小组的成员都被他"收买"，一手交草莓，一手拿赏金。不过现在回想起来，他后悔当初的选择。尽管采到最多的草莓，却错失了收获果实的乐趣。今天他宁愿头晕目眩，也要好好享受这个过程。

黄墨萱、罗夕瑶积极回应分享者的故事，张云霞照旧置身事外。倒是杨晓燕一言不发，让大家觉得反常。不仅如此，她还侧过头去抹了抹溢出眼角的泪水。大家谈论的兴致越来越高，她干脆戴上耳塞，将手机音量开到最大，只是不想听到众人的谈话。

孙祉鑫压低声音对陈雨婷说："这属于应激创伤，可能现在的场景类似于那个让她伤感的时刻。人的情绪有波峰和波谷，在她产生阻抗情绪时，最好不要干预。等到她宣泄完这种负面情绪，我再帮助她疏导。"

陈雨婷回到座位，与果蔬基地的负责人取得联系。这位负责人卖巩志杰的面子，将心灵小组当作贵客，不仅不收一分钱，还给他们安排了当地最有特色的农家菜。巩志杰的话听上去不靠谱，办事却不含糊。上次和他通话时的不快，被这份满满的诚意驱散。

7

外面气温很低，大棚内却温暖如春。红彤彤的草莓，个个饱满,吸引着众人去采摘。还等什么?大家人手一只篮子,开始分头"作战"。

杨晓燕没有领取篮子,站在大棚出口处,漠然地面对其他人兴高采烈的劳作。一个多小时后,大家手中的篮子里堆满红色的"小心脏"。吴崇豪走到陈雨婷身边,恳切地说:"我想多采一篮,钱由我来出。"

"是不是想弥补当年偷懒的遗憾?"陈雨婷揶揄他。

"算是吧,不过我爸爸喜欢吃草莓,我想满足他这点喜好。草莓的形状酷似心脏,应该对心脏好,而我爸有心脏病……"吴崇豪彻底变了,不再是那个只装着自己、处处和父亲作对的叛逆孩子。这个愿望当然要满足,至于钱也不能让他出,大不了和巩志杰打声招呼。

吴崇豪满意地看着两篮子的草莓,连声说着感谢。

陈雨婷又采了一篮子草莓,送到两手空空的杨晓燕身边。

草莓勾起杨晓燕惨痛的回忆:"我还记得丈夫出事那天,他就采了一篮子草莓回来。他洗好草莓舍不得吃,特意等我回来。"陈雨婷突然想起那次"音乐治疗",杨晓燕说出惨案现场,就有一篮子刚清洗好的草莓。

多么柔情体贴的丈夫!哪怕杨晓燕忙于工作没空照料家庭,丈夫也毫无怨言。敲门声响起,丈夫欣喜地去开门迎接。门外站着的不是他最爱的娇妻,而是几个穷凶极恶的歹徒。他们不由分说,手中的利器直接捅过来。双拳难敌四手,杨晓燕的丈夫倒在血泊中……

尽管后来这些罪犯被绳之以法,他们的死却不能挽回一条无辜的生命。多少个日夜,杨晓燕会梦见丈夫流了一地的鲜血,还有那一篮子水灵灵、鲜红的草莓。

从那以后,她就开始本能地抗拒这种可口的水果,再也没有碰过一个。

陈雨婷轻轻地抱住杨晓燕,任由她在怀中哭泣。此刻说什么都属多余,哭泣也许是最好的宣泄方式。

大家都累了,一桌子丰盛的农家风味菜肴等着他们。就在上菜时,陈雨婷去了一趟洗手间。

"都准备好了,您放心。"有人刻意压低声音说。

"要干得漂亮、干净,别留下什么痕迹。"

"这个自然。"

陈雨婷赶紧从最里面那个厕位出来,搜寻刚才说话者的声源。那个人再没有出声,厕所里静得只能听到下水道的水流声。"卧底"又准备"作案",不知这次她的幕后黑手选中哪个目标。陈雨婷慌不择路地跑进餐厅,拍了拍孙祉鑫的肩膀。

他们在果蔬基地内转了一圈,在门口再次遇见那辆运货的卡车。刚到达时,他们还习惯性地认为果蔬基地用这辆卡车运送货物。那位负责人澄清说,这辆车不属于他们基地,昨天晚上才停到这里。卡车司机在驾驶室内睡觉,应该是跑了几天长途在这里打个盹。负责人以前也干过长途运输,能理解这些底层老百姓的辛苦,所以想等到司机醒来后，让他尽快开走卡车。

心灵小组来到基地将近3个小时，这个司机的脑袋还趴在方向盘上。这辆车，就这样不和谐地把守着大门。

一切如常，可是肯定有一双不怀好意的眼睛，在暗处瞅着孙祉鑫、陈雨婷和心灵小组的组员，不知哪一刻会出手。

要不要告诉组员们？

那会引起不必要的恐慌。还是见机行事吧，是祸躲不过。

8

午餐后的自由活动时间，罗夕瑶提出想单独和孙祉鑫交流。孙祉鑫有些为难，向陈雨婷投以请示的眼神。陈雨婷拽起身边的赵紫莹，对孙祉鑫说：“我和紫莹出去转转。”

走在两个大棚之间的过道上，罗夕瑶含情脉脉地说："孙博士，我的朋友遇到点儿麻烦，想让我替她向您咨询。"

孙祉鑫故意将头侧向一边："最好让你的朋友直接来找我，很多心理问题需要当面详谈，由另一个人转述，效果不太好。"

"我朋友最近总是失眠，好不容易睡着，也总是会出现一个人的背影，怎么也赶不走。"

孙祉鑫愣了一会儿，罗夕瑶这句话背后的意思再清楚不过。

果蔬基地的另一端，陈雨婷和赵紫莹并排走着。聊起这次能参加活动，赵紫莹有太多感慨。参加心灵小组活动以来，她不断尝试与丈夫沟通，取得一定效果，还有孙祉鑫和她丈夫的那次"正面交锋"，让扭曲的夫妻关系慢慢恢复正常。就在这次出门前，丈夫对她说："紫莹，你彻底变了。不过，我喜欢你现在的模样。"

赵紫莹终于不再是那个唯唯诺诺、终日以孩子和丈夫为中心、不敢表达自身意愿、悲观和牢骚满腹的全职主妇。这种改变一个人的成就感，或许只有真正经历过才能体会到。

不知不觉之间，陈雨婷和赵紫莹走出了果蔬基地。果蔬基地对面有一片竹林，还有一条涓涓流动的小溪，赵紫莹想去那边走走。

身后响起汽车马达发动的声音。陈雨婷根本没在意，继续大摇大摆地往前走。声音越来越近，转头一看，那辆停在基地门口的卡车，正以非常快的速度朝自己呼啸过来。20米、10米、5米……"小心。"赵紫莹尖叫一声，本能地将身旁的陈雨婷推开。陈雨婷顺着这股冲击力倒在草地上，只受了一点儿皮外伤。赵紫莹就没那么幸运了，身子被卡车撞飞十几米，摔落在地上，当场昏迷。

赵紫莹这一叫，引来附近的孙祉鑫和其他组员。

陈雨婷从地上爬起来，那辆卡车已经飞驰出去很长一段距离。好在孙祉鑫记下了车牌号，警方接报后，迅速将肇事车辆报告给附近的公路道口和收费站。仅仅过了一个多小时，这辆车就被警车强制拦停。

赵紫莹被抬上救护车，身上多处出血流不止，早已神志不清。急救医生做了初步诊断，摇摇头，面色凝重。

孙祉鑫盼咐考斯特车的司机，务必要将其他组员安全送到出发时的集合地点。大伙见赵紫莹出事,都牵挂她的安危,没人急着回家。就在去往医院的路上,孙祉鑫拨通了赵紫莹丈夫的手机。

陈雨婷清晰地听到孙祉鑫的手机里,传来一阵阵难听的谩骂声。

9

"等会儿,你先不要和赵紫莹丈夫碰面,我来安抚他的情绪。我是一个女人,他不会拿我怎么样!"

"这怎么可以?赵紫莹的丈夫脾气暴躁、嚣张,你的性子急、容易冲动,你们两个正面相遇只会让局面失控,弄不好还会惹出乱子。"孙祉鑫握住陈雨婷那双冰凉的手,一股股热量顺着手心传到她的体内。

车窗外阴阴的天空落下几丝雨,夹着软软的雪花,冰冰的,越下越密。雨刷器左右摆动,车窗上因为冷热对流形成一股雾气,让司机看不清前方道路。正如这灰蒙蒙的天气,那个卧底和背后的那双黑手,又一次对心灵小组下手,事态会向哪里发展?谁也不知道。

还未赶到抢救室门口,就听到一个男人的大嗓门。

"早知道就不该参加这次户外活动,现在倒好,命都要丢了。"

"在室内搞搞活动也就算了,偏要去什么郊外。要是我的老婆死了,我和他没完。"

"你们医院还在磨叽什么,快给她输血。"

"你让我冷静？我怎么能冷静？我老婆躺在里面，换成是你的老婆，你还会这么说话？"这位马先生，完全不念及孙祉鑫在他们夫妻身上花的功夫。不能怪他，妻子躺在抢救室里命悬一线，情绪难免会失控。他的情绪不是完全针对孙祉鑫，而是这个猝不及防的突发事件。

陈雨婷扯住孙祉鑫的袖口："先别过去。他在气头上，弄不好会对你……"

孙祉鑫的右手轻轻抚摸陈雨婷的头发："我研究的就是变态心理学，什么恐怖阵势没见识过？"

"那是书本上的知识，你将面对的是一头失去理智的野兽。"

"谢谢你这么在乎我！"

孙祉鑫的这句话，一下子戳中陈雨婷的要害。自己心里明明爱着孙祉鑫，嘴上却不愿意承认，还刻意与他保持距离。明明可以说出这三个字，却又碍于心中的黑洞，两颗心近在咫尺却又远在天涯。很多时候，我们总以为有太多时间可供挥霍，殊不知人生是一道减法题，也许一个转身，那个人就早已不知身在何处。

孙祉鑫站在这个被怒火包围的男人面前，忍受着要将自己撕成碎片的眼神。其他几位组员也没有闲着，黄墨萱、朱丞聪在一旁用言语劝阻，罗夕瑶和吴崇豪表示愿意在经济上帮助赵紫莹，杨晓燕从警察的角度指出必须找到肇事司机背后的指使者。至于张云霞，还是像一尊石像沉默不语。当然，现场还缺席另一位失踪者——郑浩轩。

"孙祉鑫，你倒敢马上来见我，是条汉子！"

"我是心灵小组的负责人，出了这种事，我也非常痛心和难过。"

"是吗？听上去还真让人感动！"

"你爱着你的妻子，所以才不愿意让她独自出来活动。你现在心里一定特别恨我，责怪我去搞这种郊外活动，让你的爱人变成这副模样。"孙祉鑫开始使用同感共情技术，这是心理咨询中最基本的一项技能。

"那你猜猜，下一步我会采取什么行动？"

"猜不出，心理学研究者不是巫师和先知。但是，我能感受到你的情绪，愿意陪你一同度过这段黑暗时间。"

"看样子，我们还是同盟者？"

"至少对里面正在抢救的赵紫莹，我们的态度是一样的，都希望她能平安无事，尽快好起来。"

"你胡说！你放屁！你这个伪君子！"刚才还说话沉稳的马先生，性情突变，再次切换到暴怒模式。

孙祉鑫没有回击，依旧用朋友似的眼神看着他。

"你把我的妻子害成这样，还口口声声希望她好起来。你以为用这种假惺惺的态度，就能取得我的原谅？告诉你，这事没完！我准备起诉你，起诉你和这个破烂小组。"

站在旁边的陈雨婷开始忍不住，刚要张嘴，背后就被孙祉鑫捅了一下。

于是就形成一幅奇怪的画面：一边是骂骂咧咧、脏话连篇，一边是慈眉善目、心平气和。马先生觉得嘴上出气还不够，一把揪住孙祉鑫的领口，高高地举起拳头。孙祉鑫这才开始讲话："如果挨一顿打能让你的妻子醒过来，那请你动手吧！"

人就是这样，针尖对麦芒会让矛盾很快升级。如果一方打不还手、骂不还口，另一方就会觉得没趣。马先生松开孙祉鑫的领口，退到一边开始失声痛哭。

一个大男人哭成这样，陈雨婷和孙祉鑫还是头一回看到。

孙祉鑫递给他一张纸巾："要从那个肇事司机寻求突破，这件事绝不是交通事故这么简单。"

10

坐在审讯室中，这个肇事司机像个愣头青，不知道该交代些什么。他未受过什么反侦察、反审讯训练，前言不搭后语地说着案发经过。

案发前一天，他刚从外地跑完一单业务。干他们这一行没有休息日，他又在微信群和QQ群联系新的业务。他刚登录QQ，头像就开始闪动。

这位雇主出手非常大方，给出的价格是同行业的两倍。他被要求当天晚上将卡车开到这家果蔬基地，第二天会有货品运往千里之外。到达目的地，有人交给他一副眼罩和一个耳机。他问那人这两样东西的用处,对方很不耐烦地让他不要多问,只管按照指令做就行。为了丰厚的报酬,他只好忍受此人的坏脾气,还有他提出的古怪要求。

他累得在车里呼呼大睡,醒来时已是第二天中午。吃掉随身带的几个馒头,他又开始闭目养神。就在他迷迷糊糊时,他仿佛感觉车子陷进一个大坑里,睁开眼睛,果然周围一片泥泞。耳机里有一个女人在说话:"快开车,不然你就会死。"不管谁发的指令,眼下的情形是这般真实,再晚一刻就会车毁人亡,由不得他不去理会。

他来不及摘下眼罩,慌乱发动汽车,没想到发动机还算给力,车子居然还能动弹。可是没开几步,他就听到一声惨叫,这才意识到自己还戴着眼罩。摘下眼罩,发现不远处一个女人倒地不起……

民警询问道:"你认识那个在QQ上联系你的人吗?"

"不认识,QQ上很多人都是随机加的,大多数是陌生人。反正就是做一笔生意,做完生意大家各奔东西。"

民警哑然一笑,这种人的防范意识很低,很容易成为犯罪分子利用的对象。接下来又问他:"那个交给你眼罩、耳机的人,你认识吗?能描述出他的体貌特征吗?"

"那个果蔬基地在郊区,附近的路灯坏了,单凭微弱的星光,很难看清楚那个人的面容。他还戴着一副墨镜,也没有其他印象深刻的特点。"

司机拿到的眼罩,属于时下比较新潮的VR眼罩,耳机是可以远程发送指令的那种。可恶的是，果蔬基地的监控在很久以前就已损坏，无法得到那个神秘人和司机见面时的影像资料。

孙祉鑫和陈雨婷也被要求去警局做笔录和协助调查。得知司机手中有VR眼罩和远程操控耳机，孙祉鑫在头脑里大致还原了当时的情形。

这个司机估计是被幕后人随机选中的，他们事先拿到心灵小组的活动地点，于是将执行者——司机诓到果蔬基地待命。再派另一位手下利用天黑看不清人的环境，将VR眼罩和远程操控耳机交给司机，作为操控司机的工具。他们的目标明显是陈雨婷，当天陈雨婷在厕所中听到的神秘对话，就是行动实施前最后的部署。最终由心灵小组的"卧底"对司机的眼罩和耳机发出指令，让他误以为身处险境，慌乱间快速发动汽车，没想到赵紫莹舍己救人，陈雨婷躲过一劫。

刚出了刑警大队，医院那边又有了消息：赵紫莹终于苏醒过来。其他几位心灵小组成员闻讯，也先后赶到病房。

赵紫莹了解到丈夫之前对孙祉鑫找茬，脸上极其不悦："这事和孙博士有什么关系？是我自己要去的，车祸该由那个瞎眼的司机负全责。你去找孙博士的麻烦，完全是无理取闹！"

"是是是，老婆大人责怪得是。"

陈雨婷来到赵紫莹的病床前，双膝跪地："谢谢你！如果不是你这么一推，躺在这里的就是我。"

"快起来，还和我客气什么？要不是你和孙祉鑫，我现在还活在灰暗中。"

"心灵小组让我们走到一起，以后我们就是亲姐妹。"陈雨婷抓住她的手。

"早就是了。"赵紫莹笑得特别好看，这是发自内心的笑容。

护士递来一张通知：办理住院手续时交的钱快要用完了，必须马上补交5万元住院费。罗夕瑶和吴崇豪不曾食言，抢着帮赵紫莹付钱。最后还是孙祉鑫协调，两人各出一半。

赵紫莹的状况越来越好，失踪的郑浩轩也重新回到大家的视野中。

那天他和妻子外出散步，辞别陈雨婷后突然晕倒在地，生命垂危，医生下了病危通知书。无奈之下，妻子带着他转到另一家医院。郑浩轩求生的意志力非常顽强，又一次从鬼门关闯过来。由于忙着办理各种手续，郑浩轩的妻子没有及时回复孙祉鑫的电话。直到一切安稳下来，她才把郑浩轩的情况告诉了孙祉鑫。

还有一个多月就要迎来农历新年。赵紫莹要养伤，郑浩轩的身体也非常虚弱，孙祉鑫提议心灵小组的活动暂停一段时间。就在这个空当，冯诺涵的温馨提示"拍马杀到"："婷婷，明天的作品分享会别忘记哦。"

和冯诺涵一同出现的，还有让陈雨婷挥之不去的他。

第十二章
致命的诱惑

1

孙祉鑫一脸忧愁地坐在冯雄岚的办公室中,导师可能是他的最后一根救命稻草。

他可以冷静分析别人的心理问题,慢条斯理、丝丝入扣。但是当这些问题搁到自己身上,他同样会陷入不能自拔的迷茫。

也许那双眼睛,第一次见面就不曾离开自己。

也许自带的睿智、成熟、儒雅光环,撩拨着这根久未奏出悦耳音符的心弦。

随着心灵小组的活动深入开展,她投来的眼神越来越热辣,包含的信息也与日俱增。

上次受伤住院时,她握住自己的手久久不愿松开。还有在果蔬基地,表面上替朋友咨询心理问题,实际上不用猜也知道:那个失眠者就是她自己。对她送来的"秋波",孙祉鑫只是一味躲避,想让对方知难而退。

可是一旦动了这个念头的女人，哪是一点儿小挫折就能知难而退？除非是最冷酷的拒绝，除非被弄得遍体鳞伤，否则爱的波涛不会停止汹涌。

爱就是一味毒药，让多少痴情男女疯癫、醉亡。

爱更不是一场没有观众的独舞。也许是某个举动、某句不经意的言辞，泄露了自己对她的感情。如果说她对自己移情，难道自己也对她反移情？

移情是心理咨询或疏导过程中经常发生的现象。当来访者多次向心理咨询师倾诉内心情感，心理咨询师用知识和经验站在来访者的立场上分析问题，难免会让来访者将过去对生活中某些重要人物的情感，投射到心理咨询师身上。这种对心理咨询师的强烈情感，可能是信任、崇拜、仰慕、喜欢……移情也有其存在的价值和意义，有助于建立来访者与心理咨询师之间和谐的关系，有助于让心理咨询师深入来访者的精神世界，进而帮助来访者找出问题所在和解决办法。

不过如果移情超出一定限度，比如来访者把以前的情感反应，全部转移到心理咨询师身上，将后者作为过去情感对象的替代，对心理咨询师抱有超出咨询关系的幻想和情感时，就会对正常的心理咨询或疏导产生严重干扰。

罗夕瑶对孙祉鑫的感情，肯定超出正常的限度。

昨天下午，罗夕瑶邀请孙祉鑫担任她公司的心理顾问，并请他到办公室详谈有关事宜。直觉告诉他,这只是她主动接近自己的借口。

"我很忙,还请您另寻高贤。"孙祉鑫说了一个自己都不能信服的理由。

"心灵小组的活动不是暂停了?我的公司最近在赶制一批作品,员工的精神压力特别大,这点儿忙您还是要帮呀!"

"比我好的人多的是。"

"我不相信别人,就是觉得您靠谱。怎么,您还怕我一个弱女子?我又不会把你吃了。"

明知这是罗夕瑶的激将法,孙祉鑫孤傲的脾性容不得别人这样说话。不就是做心理顾问吗?也就是一周去一次的频率。这种团体心理咨询,不会有两人单独在一起的情况。罗夕瑶有地位、有身份,大庭广众之下不会做出出格的举动。

世界上很多事情存在灰色地带,不是非黑即白。即便面对让自己尴尬的人,也不必拒绝他的全部请求。也许一个人的成长,就是越来越不会轻易拒绝别人,轻易表露出真实的想法。

有些堵车,这条平日畅通的马路,高峰时段开了整整半个小时。电话那头的罗夕瑶,语气舒缓地让他慢点儿开车。无论等候时间有多长,无论有任何突发紧急情况,罗夕瑶都会坚守到孙祉鑫出现的那一刻。

地图上的小点,变成眼前真真切切的摩天楼,有个女人站在门口。她穿着粉红色针织衣,白色毛绒外套,黑色长靴,一个干练不失活泼的女老板形象。天气有些寒冷,罗夕瑶居然亲自在底楼大厅等候。这张被冷风吹得有些僵硬的脸，随着孙祉鑫的光临重新变得生机盎然。

罗夕瑶先伸出右手，孙祉鑫在握手时看到那枚戒指已从小指移到无名指。

一部几乎层层都停的电梯，终于从30多层的顶楼顺利下落到一层，"吐出"一大堆打着哈欠、低头对着手机的白领。下班了，终于可以卸下折磨自己一整天的面具，当然，这一切是建立在家里那个Ta是否招人喜欢。如果是那种恨不得一刀劈成两半的冤家，下班回家将是另一段折磨的开始。

不过罗夕瑶公司的20多位员工，就连"享受"这样折磨的机会都没有。几间办公室内灯火通明，所有人双眉紧锁，目不转睛地盯着电脑屏幕上的三维设计图。办公桌上，堆放着大量的图纸、毛坯，还有国内外设计方面的专业著作。走在充满复印机油墨味道的闭塞空间中，能清晰地嗅觉出随时做好战斗准备的紧张气息。对这些定制珠宝的设计师来说，"朝九晚五"的工作模式，只存在于那份入职和离职时才发挥作用的合同上。

罗夕瑶办公室的墙体被漆成淡黄色，乳白色的办公桌对面，放着一张淡紫色丝绒面沙发，营造出宛如户外阳光明媚般的氛围。她喝了一口不知是什么时候泡好的咖啡："我的员工一天到晚神经紧张，长此以往容易产生心理问题。我推崇人性化管理，不能以牺牲员工身体和心理健康为代价。聘请您担任心理顾问，就是人性化管理的一部分。"

"你这样的老板很少见。"孙祉鑫的这句话绝非恭维。很多企业在员工身上的花销是能省则省，工作要求却是与日俱增，典型的"又要马儿跑，又要马儿不吃草"。不过陈雨婷曾对自己说过一件事，她在马路上偶遇过罗夕瑶，当时的罗夕瑶脾气暴躁，对待员工的态度不像现在这么和善，有点儿符合"更年期综合征"的狂躁表现。难道是因为参加了心灵小组，让她变得更有耐心，对待员工也更加宽容？

刚说到这里，一位小伙子耷拉着脑袋进来，双手交叠在一起："老板，您看看我刚发的效果图。算了，您还是别看了，估计又没达到您的要求。"

点开那封新发来的邮件，罗夕瑶眉毛上挑、嘴角上扬："尽管与我的要求还有差距，不过近期你的进步很大。就比如这幅作品，颜色搭配比较合理，如果在用料比例和弧线上处理得再精到一些，这就是一幅完美的作品。你还是一个很有潜质的设计师，我能看到你为达到目标所做的努力。"

那位员工黯然的眼神中，瞬间又燃起希望的光芒。

等到小伙子离开，孙祉鑫身子往前凑说："如果我是应届毕业生，一定会选择你这样的老板，哪怕收入暂时还不高。"

"我有您说的这么高尚吗？其实对员工友善，最终也是为了我自己。一家有人情味的公司，才能留住核心人才，任何加薪升职都无法取代这样暖心的举措，这是我从这些年的职场生涯中汲取的经验。"

罗夕瑶聊起她在创业前的经历。她最初进入一家外资设计公司，负责化妆品柜台的陈列设计。随后跳过几次槽，做过很多和产品设计相关的工作，比如家具设计、色彩趋势分析等。图像和色彩方面的天赋，让她在工作中如鱼得水，很快在设计圈内小有名气。

不过那些企业的老板冷酷无情，一些职位很高的设计师，在没有任何征兆的情况下就被通知不用来上班了。

她最后工作的公司，被裁员工中不乏为公司效力多年的"元老"。他们从初出茅庐的年纪一直工作到身体发福、年过不惑，这个年龄失业，再去外面找一份体面的工作谈何容易。正如华为有"35岁走人"的潜规则，有人说这是"职场中年危机"。企业永远不缺才华横溢的年轻人，让薪酬高的老员工走人，引入新鲜血液，可以实现人力资源的新陈代谢。

决定创业时，罗夕瑶已经想好采用另一套管理办法。

具体做什么行业？罗夕瑶整整思考了一个月。一次高中同学聚会，有位同学的脖子上戴着一条闪闪发光的钻石项链，色泽、样式、材质俱佳，引得周围人啧啧称奇。问同学是从哪里买到这条项链的，她才知道这是国外流行的定制珠宝首饰。

于是，罗夕瑶就将定制珠宝作为自己的创业方向。

"可是那天，你为什么对下属那么凶？"罗夕瑶那天的举止，和今天判若两人。透过这种言行不一的表现，往往能发现一些深层次的秘密。

"我的耐心只留给十二分努力的员工，对偷懒者必须采取零容忍的态度。一个人在能力方面欠缺还有可塑余地，如果工作态度上存在问题，那就不适用于人性化的管理方式。"

2

谈话进行到这里，孙祉鑫慢慢放下戒备。或许自己反应过度，人家对自己并没有那种意思。

做公益不等于要做饥寒交迫的"苦行僧"，也需要有稳定的收入来源。魏亚玲邀请他到德凯公司任职，不过因为心灵小组的关系，只能拒绝这番好意。他想过承接一些心理咨询，情况却不如想象的那么好。

国内心理咨询师的地位和生存状况完全不如国外，因为国人对于这个领域存有偏见。很多人认为，去做心理咨询，一定是精神上出现了大问题，说得直接点就是"精神病"。面对周围人的指指点点，人们只能在遇到困惑时选择独自扛下来。从心灵小组招募组员的过程中，孙祉鑫就体会到这种成见的威力。

个体咨询领域打不开突破口，团队咨询或许是不错的出路。孙祉鑫答应罗夕瑶的请求，至于酬劳方面，他选择行业内比较低的标准。

"已经过了饭点，今晚就一起用餐吧，也算庆祝我们合作成功！"罗夕瑶指了指墙上的钟。

孙祉鑫想给陈雨婷发微信，信息在手机上修改好几次都觉得不妥，索性把所有文字都删去。

这个时间点，整个城市都进入一种放松的节奏。密密麻麻的楼房，仿佛笼罩在一团灰蒙蒙的烟雾里，闪着点点迷蒙的灯光，分不清轮廓。罗夕瑶的车经过人民广场，正巧赶上音乐喷泉喷放的时间。雪白的水花洒向天空，忽高忽低，在灯光的掩映下分外妖娆。漫天的雾气从水柱中逸散开来，袅袅地飘在空中。

从外地赶来的游客兴致正酣，顾不上水雾接触皮肤的寒冷，依然在喷泉边流连忘返。尤其是孩子，在喷水间歇时撒开脚丫子穿梭于在各个喷口之间。由于躲闪不及，往往被后来的一股水柱淋湿身体。

漠然地凝望这幅人工制造的美景，孙祉鑫心里五味杂陈。

水流喷起，落下，虽然只有短短的两三秒时间，但却在空中留下最华美的身姿。这样的印记，即便过去很多年，还会残存在记忆中。

可是，他连眼前的喷泉都不如，哪怕费尽心力，也无法将自己华彩的身影投射到陈雨婷的幕布上。

水柱还在喷放，可是孙祉鑫的人生喷泉，又在何时能开启？

这个时间由不得他来决定。

罗夕瑶捕捉到这个落寞的眼神，眼中带着一丝爱怜。

车子停在一家名为"Jean Georges"的情侣餐厅门口。孙祉鑫不清楚这是一家情侣餐厅，若无其事地跟着罗夕瑶往里走。

纯白色桌布、银质餐具以及红黑色的家具，鳗鱼皮质的沙发，经典与现代、传统与时尚在这里巧妙地杂糅在一起。店堂内顾客不多，大多是一男一女面对面或并排坐在一起。从他们亲昵的模样，一眼就能看出是情人关系。

回过神来的孙祉鑫停住脚步，脸色凝重地对罗夕瑶说："这里不适合我们，还是换一家餐厅吧。"

"退掉订好的包房要收20%的服务费。"从这里考究的装潢可以推测出：20%的手续费够在外面普通餐厅吃上好几顿。

虽说罗夕瑶穿着讲究、出手阔绰，但人家赚来的一分一毫也非常辛苦，不能随便挥霍她的劳动所得。只能硬着头皮尾随在罗夕瑶身后，孙祉鑫的手脚冰冷，他不清楚为什么会这么紧张？仿佛即将踏入审讯室，各种影视剧中出现的酷刑等着他。他很想即刻折返身子，离开这个可能会发生些什么的是非之地。

但是，双脚完全不听大脑使唤。

穿着白色工作制服的服务员，推开最里面这间"粉玫瑰厅"，单手朝里伸开，以迎接贵宾的方式将两人迎进去。

粉玫瑰，象征初恋、求爱与特别的关怀。孙祉鑫腿一软，差点儿跌倒在地。还是罗夕瑶抓住他，连拉带拽将他拖进包房。

就在此刻，孙祉鑫的眼前扫过陈雨婷那张失望的脸。

3

几十平方米的包房，那张可供20个人吃饭的餐桌旁，放着两把椅子，更显得有些空旷、疏远。罗夕瑶把孙祉鑫拽到靠近窗的沙发旁边，孙祉鑫本能地抽回手，往后退一步说："罗小姐，请你自重。"

孙祉鑫微微地嗔怒，罗夕瑶毫不在意。坐在沙发上的她，眼神却不似刚才那么热切："您误解了，我只是想让您做一次催眠。"

"催眠？在这里？"

"这里环境优雅，比沉闷的心理咨询室强很多。"

"如果你执意要做，还是去我的工作室比较方便。"

罗夕瑶不再说话，她知道孙祉鑫吃软不吃硬，用一种乞求的目光盯着他。

孙祉鑫只好让她以舒服的姿势，坐在柔软的沙发上。

"现在，把你的身体调整到最舒服的姿势……请看着我手中的挂件，视线不要离开它。感觉到你的身体越来越放松，越来越轻，轻得可以随风飘舞……

"请把眼睛闭上，根据我的指令，放松身体的某一部位……放松脚趾、脚趾……放松头部、头皮……从头到脚，你的整个身体都是放松的，放松得好像不存在。

"请注意你的呼吸，深深吸入新鲜空气，缓缓吐出体内的浊气。不要着急，慢慢来。吸气时，想象着把大量新鲜的氧气吸进来，经过鼻腔进入体内，滋养着身体的每一个部位、每一个细胞。你会变得更有精力、充满活力。

"呼气时，想象着把体内的病气、浊气统统排出去，与此同时排出所有烦恼、忧愁……

"现在,你带着轻松、平静的心情,走进一片人迹罕至的世外桃源。你将远离世俗,任何外界因素都伤害不到你。你现在是安全的,完全安全的。请根据我的指令,缓缓往前走。如果遇到什么,请告诉我。"

随着他口中的引导词,还有那只不断晃动的挂件,罗夕瑶渐渐进入昏沉状态。

"现在你的面前出现一条时空隧道,不要犹豫,勇敢地往前走,它将带你回到过去,那里有你想知道的答案。"

"作为一名心理咨询师,你在错误的地方做了一次错误的决定。"听爱徒讲到这里,导师冯雄岚忍不住点评一句。

心理咨询室是咨询师的大本营和根据地,离开自己的主场去做催眠,孙祉鑫回想起来觉得非常不妥当。可是当时的场合,罗夕瑶的眼神,还有包房暧昧的灯光,他无法狠下心来拒绝。

罗夕瑶的年龄,随着进入"时空隧道"逐渐减小。终于,停在15岁。这年,她即将升入初三。

她和闺蜜路过那条僻静的小巷。

最近,这一带似乎有伙歹人出没,专门对还在发育期的少女下手。就在进入这条小巷前,她对闺蜜说起这个情况。闺蜜带着侥幸心理说:"或许这只是传言罢了,走其他路要绕很大一个弯。今天逛街有些累,我只想尽快回去洗个澡。"

罗夕瑶也走得双脚发酸。她们一天都泡在那个小商品市场,买了好几个价格不高、外形却很招女生喜欢的装饰品。就是这点儿小小的懒惰心理，给她留下不可磨灭的印记。

仅仅走到一半，就从斜刺里闪出几个胳膊上刺着文身的男人，一看就是那种混迹于社会上的二流子。他们对两个姑娘说着不堪入耳的黄段子，接着就开始动手动脚。

两个手无缚鸡之力的女孩，哪是几个五大三粗的男人的对手。她们的反抗，只能招来几个色魔更大的征服欲望。尖叫声，终于引来附近的几个居民。几个人见状，放下哭得梨花带雨的罗夕瑶和闺蜜，消失在那片迷宫般的私房片区。

从那以后，罗夕瑶就开始躲着男生们。她始终能闻到那股让她羞辱的味道，觉得他们和那几个畜生一样，接近自己都怀有邪恶的动机。

大学时，有个男生苦苦追了她四年，好几次当众跪下向她表白。但15岁时的阴影，让罗夕瑶不敢去牵起那双手。

那个男生被拒后，一步三回头地说："没有你，活着对我来说是一种负担。"

"既然活着这么累，你现在就可以去死。"她把男生的痴情践踏得一文不值。

她把戒指戴在右手小拇指上，就是向那些胆敢接近她的男生宣告：我这辈子打定主意准备单身，别来招惹我。

在她心中，钱比男人更加靠谱。男人心怀不轨，钱不会对所有者有异心；男人见异思迁，钱不会喜新厌旧。她宁愿把自己沉浸在疯狂的工作中，也不留出一分钟空闲给自己的感情。哪怕感情世界一片荒芜，忙碌的生活更让她踏实。

可是孙祉鑫出现以后，她单身至死的想法开始松动。

她发现这个男人的爱，不带有任何占有的目的。和那些动机龌龊的男人相比，孙祉鑫就是普度众生的天使。他用一颗真心温暖组员受伤的心灵，他愿意俯下身子，陪他们一起欢笑，一同感受扎心的疼痛。特别是为救吴崇豪受伤的场景，更满足她童年时对于理想异性的幻想。

孙祉鑫就是罗夕瑶心中完美异性的化身，世界上再也找不出第二个和他一样的男人。

但这样的孙祉鑫，是真实的孙祉鑫吗？

4

这段时间，林惠伦和陈雨婷玩起"躲猫猫"的游戏。

自从重新与林惠伦建立联系，虽不像过往那样每日在微信上交流，他们也不至于在这么长时间内"老死不相往来"。

也许是生病的母亲，林惠伦的世界一片荒芜。他不仅仅背负个人的梦想，还有精神失常的母亲。林惠伦好不容易哄着母亲入睡，灵感和思维早不知跑到世界的哪个角落。母亲和写作占据他的大部分世界，他太累了，只想独自静一静。

可是最近，林惠伦的微信朋友圈热闹非凡。

他居然开始发送朋友圈信息，还是一天好几条。

从煽情的标题来判断，这些文章颠覆他以前理性、细腻的写作风格。他开始使用夸张的数字和词汇，比如"……的秘籍，千万别传出去，阅完即焚""听起来难以置信，……""……，你竟然还不知道"。这些字眼是典型的新媒体文案的套路，他什么时候切换到了这种模式？

再细看文章内容，通常开头会讲几个小故事。这些故事遵循特定的套路模式：主人公在工作生活中遇到挫折，随后通过努力战胜困难，最后达到理想的人生状态。

心灵鸡汤——这曾是他最鄙视的文体。现在，他也沦落到混迹这个圈子了。

当然，讲故事、打鸡血不是写这些文章的目的。通常在文章最后一段他会笔锋一转，不管这种转折是否自然顺畅，切换到德凯公司的产品和业务上。"业内翘楚""行业老大"，林惠伦恭维地奉上这些"高帽子"。陈雨婷再也看不下去，这就是一篇赤裸裸的广告文案，毫无文学性、艺术性可言。

除了这些可憎的文字，配图也和德凯公司脱不开干系。有一张林惠伦与魏亚玲、姚峻峰以及其他公司高管的合影，这是在近期的德凯公司的商务活动中拍摄的。林惠伦笑得特别自然，一脸得意地站在魏亚玲的旁边。曾经振振有词地说"不想帮助这个人，自古寒门多出白眼狼、负心汉"的魏亚玲，也与这个自己讨厌的年轻人握手言欢。

世道真的变了，耗子都给猫当伴娘了。

林惠伦曾对陈雨婷如是说："我最讨厌那些舔资本臭脚的作者。我写每个字时都诚惶诚恐，害怕自己留下的不是精品而是垃圾。"

眼前的这些文字，又是什么？难道是林惠伦口中的精品？

都说人会改变，有些是主动求变，很多情况下是环境所迫。什么因素促使他在这么短时间内，变成一个让他自己都讨厌的人？

难道是他的母亲？难道是被人轻看、青灯古佛的失落感？

也许现在的他，已经不再厌恶自己这副趋炎附势的嘴脸。

还要不要去这场在F大举办的作品分享会？陈雨婷后悔过快地答应冯诺涵，这个痴迷林惠伦的闺蜜，根本不会意识到这些变化背后的意义。

5

罗夕瑶处在催眠状态中，孙祉鑫正准备替她"疗伤"，不料她突然开口说话："孙博士，在您面前有一扇门，请推开它。"

哪有什么门？罗夕瑶不是在说胡话吧。孙祉鑫带有磁性的声音再次响起："罗小姐，不要在意某些幻象。那只是幻象，根本伤害不到你，你现在很安全。"

"孙博士，不要犹豫，门已经开了，你走进去就可以。仔细盯着您的眼前，门已经开了。"

孙祉鑫的视线不知不觉地顺着罗夕瑶手指的方向，落在贴有花花绿绿壁纸的墙壁上。真有一扇门,还是那种老式的木质房门。门"吱吱呀呀"地开了,似乎透出年代久远的气息。

跨过这道门,完全是另外一个世界。这里不再是S市,而是孙祉鑫的出生地。眼前这家肯德基店那么熟悉。想起来了,母亲离开前一天,曾带自己来过这里。

20多年前,身边还有母亲,母亲的大手牵着他的小手。而现在,孙祉鑫孤零零地面对熙熙攘攘的人群。母亲走了,再也不会带自己来吃肯德基。他走进店内,遇见那个昨天曾经许下诺言的姐姐。"小朋友,你的妈妈呢?今天冰淇淋机没坏,你可以吃双份圣代冰淇淋。"

孙祉鑫的泪水溢出眼眶,服务员的话无形中戳到他最疼的部位。他盯着那台运转正常的冰淇淋机,仿佛里面搅拌的不是冰霜,而是他的一颗稚嫩的心。

"请注意你的右手边,有一扇门打开了。"罗夕瑶又发出指令。

继父继母催促孙祉鑫赶快收拾东西,他们就要离开这个居住几年的小镇。孙祉鑫在房间里磨磨蹭蹭,许久也没出来。他这么做是为了陈雨婷,这个与他有着类似经历的女生。他想和她说一声"再见",不想就这么不明不白地离开。

透过窗户,可以看到隔壁的房门。孙祉鑫望眼欲穿,那个穿着白衣的女生,怎么这个时候还没回来?继父继母带着愠怒将孙祉鑫拽走,他们是这天晚上9点发车的卧铺列车。离家以后,孙祉鑫不断地回头。多么希望陈雨婷及时出现,他一定会扔下手中的包,冲到这个女孩身边。

老天残忍地拒绝了他的愿望。上了一辆公交车以后,关于陈雨婷的记忆彻底被甩在身后。

接下来是两人在研究生阶段的再次相遇。以前在小镇时,他们更多是同病相怜的关爱,但是这次,孙祉鑫不想让她从自己身边溜走。

他没有去策划表白的场面,没有满地的蜡烛,没有999朵玫瑰,更不会有什么定情信物。他们之间,不需要这些无关紧要的俗物。他直接说出对她的爱,带着感情去说,因为这份感情,燃烧了整整3000多个日夜,即便是熔点再高的金属,也会被这团燃烧的炽热之火融化。

她居然拒绝了,拒绝得极其干脆。他不甘心,不是害怕在大庭广众之下出丑,10多年的情感基础,也算是半个青梅竹马。人们都说两小无猜的感情最为牢固可靠,很容易从亲情发展成爱情,最后再回归到相濡以沫。然而陈雨婷,只愿意和他保持兄妹关系。

那天的风很大,吹乱了他的头发。

最后,他和陈雨婷坐在车上,他开车,陈雨婷坐在后排。就在那个弯道,一辆车从对面疾驰而来,他躲闪不及,车子在空中划出一道通往死亡的弧线。

此刻,他的心情竟然是喜悦的。

都要死了,怎么还会喜悦?

因为只有在这一刻,陈雨婷才会和他在一起,不会拒绝他,离开他。

6

孙祉鑫不曾料到，自己竟然会被罗夕瑶反催眠。

他陷入罗夕瑶为他提供的情境中，仿佛看到失散多年的母亲，又如同遇见不再拒绝自己的陈雨婷。这种感觉美妙极了，压抑在心中多年的伤痛，在这一刻完全得到释放。

后面发生的事情，完全不在孙祉鑫的掌控中。回到安静的工作室，哪怕静得没有任何声响，孙祉鑫的内心还是无法恢复到与罗夕瑶见面前的场景。他的心绪被彻底搅乱，理不清对罗夕瑶的感觉。

后面又发生什么？他极力去回忆，却一次次被大脑储存系统拒绝。难道自己做了对不起陈雨婷的事？还是内心极度愧疚，再加上当时不清醒的意识，主动屏蔽了这段记忆？

无奈之下，他只好求助于导师冯雄岚。

冯雄岚完整地听完他的倾诉，分析他对于陈雨婷和罗夕瑶的感情。其实对于陈雨婷，孙祉鑫完全可以坚持下去。陈雨婷被原生家庭伤得很深，还有前男友的意外背叛，她对于任何异性，哪怕最亲近的孙祉鑫，也不可能轻易地接受。

而罗夕瑶则是利用了孙祉鑫内心的黑洞。不过，既然罗夕瑶替他扯出这些伤痛，就该花时间好好去消化。

至于忘记后面的场景，不必强迫自己再去回忆。

对的，自己的心只属于陈雨婷。无论是以前的陈雨珊，还是现在的罗夕瑶，都只是在考验他对陈雨婷感情的忠诚度。

他不会变心，永远不会。只是如何用一种体面的方式，让被冲昏头脑的罗夕瑶知难而退，同时不伤害到她的感情？

他不想重蹈覆辙，因为伤害一个人很容易，要缝合好伤口却需要很长时间。

同时，移情与反移情是心理咨询师最难过的一关，又是必须要过的关卡，还是让时间来给出答案吧。

冯诺涵大红色的羽绒服分外显眼，她的脸上涂了很浓的粉底，睫毛上涂了特别多的睫毛膏，眉毛画得也特别深，和她平日里淡妆素颜的打扮完全是两种风格。这也难怪，今天是她男神的大日子，或许还有机会向他表露爱慕之情。前一段时间打下的深厚感情基础，一定会在此刻开花结果。

冯诺涵啊！林惠伦不再是那个单纯得只剩下文字的男生。他的世界里掺杂着太多物质，怎么会看上你这个普通的女生？

F大礼堂的门口簇拥着一大群女生，居然都参照林惠伦小说中的女主人公进行打扮。陈雨婷忍不住对冯诺涵说："他有这么多女粉丝，你确信能hold住他？"

冯诺涵眉飞色舞，语气中带着自信："数量不等于质量。他们哪懂得我家惠伦的心思？我听你说过写作者都是孤独的，需要有个人理解他。尽管这些人都是他的粉丝，但是她们何尝能读懂文字背后这个饥渴的灵魂？"

"近水楼台先得月",如果冯诺涵不是学生辅导员,或许她连进门的机会都没有。就在一些平台上,一张免费的分享会入场券被炒到高价,还是有很多热情的粉丝趋之若鹜。

资本的能量非常强大,能将一个名不见经传的作者,在短时间内变成炙手可热的新锐作家。陈雨婷昨晚特意看了林惠伦的微博,仅仅半个月时间,从不到500个粉丝迅速飙升至50万,增长超过1000倍。

林惠伦的作品确实有独到之处,他的长相又特别有异性缘,这就给炒作提供非常大的便利。女生也是外貌协会的,遇到长得帅气的年轻男作家,自然愿意多瞅上几眼。

那边女粉丝一阵骚动和尖叫,肯定是今天的主角抵达了会场。冯诺涵跃跃欲试,想拉着陈雨婷往人群里挤。陈雨婷皱了皱眉说:"我累了,先进会场休息一下。"

冯诺涵很快消失在滚滚人流中,不知她是否能得偿所愿。

一个熟悉身影从陈雨婷面前一闪而过,这个人故意将头压低,小碎步急速走向贵宾休息室。陈雨婷装作若无其事,慢慢靠近贵宾休息室。众人的注意力都在前厅,没人注意到她出现在这个地方。透过微微闪开的门缝,那个人居然和姚峻峰相谈甚欢。

上次在德凯公司,魏亚玲与姚峻峰别有深意的对话,表明二人关系不和。他与姚峻峰的密谋,会不会与德凯公司有关?还有员工诡异的表情,看来德凯公司的水确实很深。

商场如战场,"作战"双方都是为了一个"利"字。陈雨婷对于魏亚玲的好感，随着魏亚玲对林惠伦出尔反尔的态度而发生逆转。

终于心平气和地坐在这个既熟悉又陌生的礼堂。在F大求学7年，这里留下过她的很多足迹。来这里演出的既有专业院团，也有学生自编自演的节目。这里有过美好的初恋记忆，前男友曾挽着她的手，一同看完台上的演出。

3年后回到这里，礼堂经过翻修，原本斑驳开裂的墙面变得光亮如新，还添置不少新的舞台设备。这座剧场如一位老人换上新衣裳，重新焕发年轻时的风姿。

只是今天这场演出的主角，在陈雨婷的心中非常不屑。不过既然来了，还是要把这场戏看完。

礼堂逐渐变得热闹，大家人手一本林惠伦的新作。女生们叽叽喳喳地议论着本尊的真容，有人因为刚才抢到和偶像合影的机会而自豪。

陈雨婷的座位在第一排，这肯定是冯诺涵刻意安排的。

7

冯诺涵垂着头进入礼堂，表情难看得像被毁了容。陈雨婷捅了捅她，问道："怎么啦？跟个瘟鸡似的。"冯诺涵不理她，哪怕偶像林惠伦登台，她也不复之前那样高的兴致。

一定发生了什么事情，不然这颗开心果哪会"发霉变质"？

人在情绪低落时，最忌讳直接去安慰她。那些常规性的、不痛不痒的安慰和劝说，仅仅是让当事人尽快忘记那些痛苦经历，劝他们不要再纠结于这些记忆中，眼光要放在未来。这样的劝慰用心良苦，却不能真正解开当事人的心结。用通俗的话来说就是"站着说话不腰疼"。

只有找到合适的机会，让冯诺涵把苦闷都讲出来，帮助她分析症结，才能真正让伤口愈合。

和刚才在大厅出现时穿着一身便装不同，站在台上的林惠伦换上了一身深黑色的正装，用他标准的、阳光般的微笑说出开场白。他又开始诉苦，和上次新书签售会上的内容如出一辙。估计这些内容是他历次分享会的标准模板。半个小时的分享中，他用最煽情的词汇和事件，争取在一瞬间抓住粉丝的心。这招果然很管用，在场很多女性粉丝纷纷掏出纸巾。他的嘴角露出不易察觉的微笑，似乎是"阴谋得逞"的窃喜。

第一次听到林惠伦惨痛的个人经历，陈雨婷也流下过泪水。彼时的林惠伦是一个不屈的战士，心中怀着梦想，不肯轻易向命运低头。可是现在，这番动人的讲述完全变味。尽管内容不变，但是讲述者本人变了。上次林惠伦带着真情实感，这次则是玩弄技巧、虚与委蛇。

"作者要有骨气，要有挺直的脊梁。一旦沾染上过重的铜臭气，一旦眼里只有五斗米，就不可能写出优质的文字，只会留下一堆文字垃圾。

"作为一名新锐作家，我将聚焦世间的人情冷暖，用笔端记录这个时代的独特音符；我将关注更多不同的群体，关注他们的命运浮沉。

"写作是我的宿命。如果人生重来一次，我还是会拿起那支变幻莫测的笔，创造一个来源于现实又高于现实的文学世界。"

借助麦克风的声音，林惠伦的声音响彻整个会场。这个唾沫横飞、慷慨激昂的身影，怎么看都像一个背着台词的演员。

台上话音刚落，台下响起经久不息的掌声。只有两个人没鼓掌，用冷峻的眼神盯着主讲人。林惠伦的目光扫过陈雨婷和冯诺涵，不敢多作停留。他似乎清楚自己在这两人心中的形象，害怕她俩将自己的底细揭露出来。

进入提问互动环节，现场"呼啦啦"举起一大片手，似乎被选中有机会向林惠伦提出问题，就是一种莫大的荣耀。粉丝们的兴趣点不在林惠伦的作品上，直指他的情感世界。

在这个文学没落的年代，作家早已不是不食人间烟火、高高在上的神灵。他们被裹挟进娱乐的洪流，被粉丝肆无忌惮地消费隐私。不知这是幸事，还是不幸。

"您现在有没有女朋友？"

"能谈谈您的前女友吗？"

仿佛周围充斥着小报娱记，这些提问竭力挖掘关于某位明星的隐私或绯闻。

"无聊透顶。"陈雨婷暗暗骂了一句。

林惠伦不觉得无聊，粉丝们是他的衣食父母，对于父母哪能不恭敬？他几乎有问必答，无意间提到心中的那个她。估计当他说出这句话，多少女粉丝的心碎了一地，陈雨婷分明听到现场有玻璃破碎的声音。

他的描述越来越具体。不会有错，林惠伦心上那个人，除了她还会是谁？可是，他有资格爱自己吗？他这个不堪的、眼里只有金钱名利的小人，自己怎能与之为伍？

陈雨婷不禁想起辛夷坞的青春小说《致我们终将逝去的青春》，这本书中有个男生和林惠伦非常相似。出生寒门的陈孝正，似乎他的每一分钟都为今后的出彩积蓄着力量。那句"我的人生不允许有一厘米的偏差"，道出了这位凤凰男的心声。

事业和成功，才是他们终生追逐的目标。对某个女生的情感，不过是落难或不得志时暂且麻醉自己的安慰剂。一旦感情和事业发生抵牾，他们会毫不犹豫地选择绝情。因为他们担心，一旦陷入某段感情，就会让人生发生不可挽回的"一厘米偏差"。

想到这里，陈雨婷不禁认同魏亚玲的说法。

8

粉丝们都拿着书让林惠伦签名，冯诺涵低声对陈雨婷说："走吧，我不想再多待一秒钟。"

"林惠伦对你说了什么？"陈雨婷很想知道冯诺涵"情绪过山

车"的原因。

"他拒绝我了,说我配不上他。"冯诺涵扯开嗓子哭泣,泪水"啪嗒啪嗒"滴落在地板上。由于现场混乱而吵闹,她的哭声根本不会引起别人的注意。

在进入会场前,冯诺涵好不容易越过"人山人海",来到她的偶像面前,却紧张得说不出一句话。

"冯诺涵,我清楚你想对我说什么。"林惠伦的笑容宛若人间四月天。

冯诺涵彻底放下患得患失,不带拐弯地说:"这么说你肯?"

"谢谢你喜欢我的作品,但是我们只适合做普通朋友。"

"为什么?我愿意为你……"冯诺涵把身子贴过去,即将依偎在他怀中。

林惠伦收起笑容,眼光变得阴鸷而森冷。

"你再这样,可就连朋友都没得做了。"

冯诺涵对林惠伦的纠缠,引来其他粉丝的不满和嘲讽。冯诺涵呆立在原地,用不相信的眼神看着眼前与女粉丝们谈笑风生的林惠伦。在满足了几位粉丝的合影需求后,他跟着工作人员走向礼堂的后台。

粉丝们的尖叫,冯诺涵的无语,仿佛置身在不同的世界中。

一切都结束了。冯诺涵掏出一个小盒子,里面装着一枚戒指。这是她自己买的,希望林惠伦给自己戴上。她不要林惠伦付出什么,却愿意为他付出一切。可到头来,她连付出的机会都没有。

"我恨林惠伦，我要离开。"冯诺涵对陈雨婷怒吼。

"不！我要待下去，我要当面揭穿这个人面兽心的家伙。"陈雨婷同样歇斯底里地怒吼。

陈雨婷拽着失魂落魄的冯诺涵，排在等待签名的队伍最后。林惠伦在每本书的扉页上龙飞凤舞，就是签得手酸脖子疼也在所不惜。随着粉丝们一个个兴高采烈地离开，终于轮到陈雨婷。林惠伦的注意力都集中在桌子上的一本本书上，因为这些书会给他带来滚滚财源。

陈雨婷把那本扉页上盖有印章还有楷体字签名的林惠伦作品，重重地扔在桌子上。

"是你？"林惠伦被这突然一扔怔住了，抬头遇见了陈雨婷怪异的眼神。

"林大作家贵人多忘事，肯定不记得我和冯诺涵这类的小人物。"陈雨婷鄙夷地瞅着他。

"雨婷，你知道我为什么拒绝她！"林惠伦指了指眼圈又开始发红的冯诺涵。

"我不需要知道，因为人和畜类的思维方式有着天壤之别。"陈雨婷说话的口气越来越冲。

林惠伦脸上青一块、紫一块，仿佛刚才挨过别人的一阵毒打。他咽了一口唾液，压压神说："因为我的心只属于你。你看这是什么？"

林惠伦对台上的工作人员做个手势，那个小伙子立刻心领神会，取来一份A4纸文件。他双手捧着这份文件，送到陈雨婷的面前。

陈雨婷不想去接，林惠伦柔情脉脉地说："这是你梦寐以求的，我想你应该不会推辞。"

9

这份出版合同上，甲方著作者一栏署着她的名字，乙方则是一家在出版业赫赫有名的文化传媒公司。能入这家公司的法眼，几乎是所有写作者的梦想。这家公司出版的图书，起印量就是3万册，常常会爆出10万册的销量。只要能在这家公司出一本书，就可以成功迈入畅销书作家的行列。

但是，陈雨婷没写过这本名叫《在一起走过天荒地老》的书。她绝不是为了一己私利可以无耻地占有别人写作成果的小人。她随手将合同扔在桌上，冷笑一声对林惠伦说："你是不是觉得我这样的小白作者可怜，才想出这种方式来羞辱我？"

"雨婷，为什么我在你眼里如此不堪？"

"你什么时候高尚过？有句影视剧台词可以形容你的嘴脸：'只要你一枪打不死我，我又活过来了，咱们接着做生意，只要价格公道。'在你眼里，所有东西都可以明码标价，都可以交易，只要价格公道。什么骨气、脊梁、关注底层，统统只是你欺骗粉丝的伎俩。"

"够了。"林惠伦的脸上由喜转怒。

"你怕我揭穿你？让你身败名裂？"陈雨婷连连冷笑。

林惠伦意识到自己的失态："如果你真要我身败名裂，那就尽管来吧。在你准备揭露我之前，我想告诉你这本书的来历。"

这本《在一起走过天荒地老》的书是情感治愈故事的合集，所收录的文章是陈雨婷近两年来完成的作品。自从以"星如雨"的身份成为陈雨婷的微信好友，他就读了陈雨婷发表在各类平台上的作品。他为这个女生的文笔所折服，觉得应该让更多读者看到它们。他悄悄从中选择一些文章，将其汇编成册。

让作品在更大的范围内流传，被更多读者熟知和评价，是每个写作者的心声，相信陈雨婷同样怀有这样的信念。

未被魏亚玲、姚峻峰扶持前，林惠伦自身难保，更遑论去帮助陈雨婷实现梦想。现在，他终于成为万千年轻女粉丝眼中的知名小鲜肉作家，帮助陈雨婷这个想法自然被提上日程。提携林惠伦的是姚峻峰，是他极力向魏亚玲推荐林惠伦，反复陈述这位新锐作家身上潜藏的商业价值。

尽管魏亚玲和姚峻峰多年不和、明争暗斗，在这件事上却取得一致意见。上次魏亚玲拒绝陈雨婷的请求，一方面是看出林惠伦的为人，另一方面还是出于成本收益的考虑。她用商人的眼光审视过林惠伦的作品，觉得砸重金开发这些作品的风险很大。可是姚峻峰提交的那份关于林惠伦作品商业价值的调研报告中，详细地分析了宣传开发作品的成本以及未来各方面潜藏的收益。通过数字和图表的方式，得出"资助林惠伦是一项明智决定"的结论。

就这样，德凯公司前期投入几十万元，借助多种渠道和平台对林惠伦进行包装宣传，还让他登上微博热搜榜。正是由于上了这个榜单，林惠伦人气爆棚，吸引了众多18—30岁女性的眼球。

林惠伦向姚峻峰提出这个想法，"贵人"态度暧昧，说公司在他身上投入大量资金，后期回报还需要观察，暂时没打算再在另一位作者身上砸钱。

林惠伦说得非常坚决："如果不考虑在她身上投钱，那么也请终止我们之间的合作。"

"你可想好了，合同上有巨额违约金。"

"我愿意为她违约。"

"难得你这么痴情，这钱我投了，哪怕赔钱。"姚峻峰展颜一笑。

10

"这些不会又是你编出来糊弄我的吧？"陈雨婷的内心依旧疑虑重生。

"你还不相信我的话？那好吧，我现在就拨通姚总的电话。如果你还不放心，还可以联系魏总。"林惠伦掏出手机。

"不需要。你再让我想想。"即便林惠伦说到这个感人的份上，陈雨婷对他的成见如同灾后的一片废墟，不是一时半刻就能重建家园。

那份合同就这样无辜地躺在桌上。陈雨婷的内心在挣扎：从自己对于写作的热爱，对于出版的渴求来看，她应该接受。可如果这份好意来自别人，她绝不会有任何犹豫，但是出自这个人之手，接受下来就有点同流合污的味道。

"陈雨婷，不要再犹豫，这是你的梦想。你对于这个梦想是如此饥渴，就像一个几天没吃饭的饿汉。对于饿汉来说，不会去问碗中的饭菜是坏人种出来的，还是好人辛苦劳动的果实。"

"你可以不讲原则，但是我有底线。"

"我想出名有什么错？想赚钱有什么错？我要养活自己，我妈治病需要花钱，钱对我有救己救命的作用。也许你没有出生在特别穷苦的家庭，不能体会到缺钱带来的苦恼。没钱，会让你寸步难行，会让你迷失自我，还会砸碎心中的梦想。为了赚钱、出名，我付出多少个不眠之夜，熬白了头，熬红了眼。我究竟错在哪里？"林惠伦越说越激动，委屈地落下眼泪。

他的情绪失控，让陈雨婷的心软下来。

他没有讲错，赚钱、出名本身无罪。只是有人为了名利不择手段，为了名利出卖灵魂。他只是想让自己和母亲过得好一点，并没有做什么伤天害理的勾当。这种为了生存而苦苦挣扎，是不该被指责的。

她轻轻地为林惠伦擦拭眼角的泪水，说了一句："我接受你的好意。"

"能不能再答应我一个要求？"林惠伦突然抓住她的手。

一阵电流，从这双温暖的手传递过来，酥酥的、麻麻的，让陈雨婷动弹不得。

"做我的女朋友好吗？"林惠伦说出这句话，仿佛在陈雨婷头顶上炸响一声惊雷。

她居然没有摇头。

"好啊！原来是你抢走我的偶像。还让我看你们两个'狗男女'秀恩爱，故意刺激我的神经。陈雨婷，枉我和你还是好姐妹，把姐妹的心上人抢过来的感觉，爽得不能再爽吧？"旁边的冯诺涵见状开始发飙。

陈雨婷急忙解释，由于心急说话结结巴巴："别……误会……我不会……这只是他的一厢情愿……"

"他都向你表白了，还想蒙骗我这个傻瓜。明修栈道，暗度陈仓，没想到我的闺蜜居然是个'心机婊'。算我瞎眼，陈雨婷，从今天开始我们再无任何瓜葛。"冯诺涵把手中的林惠伦的著作，狠狠地朝陈雨婷砸过去。

陈雨婷躲闪不及，被这本书砸得有些晕。就在她倒地的前一刻，一双手托住了她。

陈雨婷不清楚，此刻会场后面有个人正看着眼前的一切，眼神中落寞无光。

也许，他早该想到这个结果，自从这个林惠伦出现以后。

陈雨婷的手机响了。

上面显示的是租房房东的号码。

第十三章
真相不完美

1

陈雨婷离开F大礼堂前,无意间瞥见姚峻峰那张得意的脸。

照理说,作为德凯公司资助的首位"90后"签约作家的作品分享会,公司的掌门人魏亚玲不该缺席这个重要场合。唯一的可能就是魏亚玲遇到了麻烦。只是她猜不出魏亚玲的麻烦与她的身体状况有关。

比陈雨婷更关心魏亚玲身体状况的人,当属一直觊觎董事长宝座的姚峻峰。

上次魏亚玲和姚峻峰在陈雨婷面前针锋相对,她就意识到两人有难以弥合的矛盾。姚峻峰本以为自己是德凯公司的接班人,尤其是养父病入膏肓时。可是当公司法律顾问当众宣布前任董事长的遗嘱时,姚峻峰彻底傻眼。

他居然败给一个和养父没有任何血缘关系的女人。他是养父的侄子，按理说不该把这么大的产业留给外人。姚峻峰抗议，质疑遗嘱的真实性。但是公证处的印章，让这个"暂时性躁狂症患者"彻底闭嘴。

他不断在暗地里活动，做了大量准备工作，只等待机会发动致命一击。

现在，他不会放过这个天赐良机。

姚峻峰把她找过来，两人在副总裁办公室密谋一下午。

"陈雨珊，事成之后孙祉鑫和陈雨婷都将身败名裂。这两个人，一个是你的亲姐姐，另一个是你爱过的人。你愿意看着他们在精神上死亡，只以一副皮囊存活在世上？"姚峻峰喝了一口早就没有任何味道的龙井茶。杯内的茶叶，一下午都没有更换。

陈雨珊咬牙切齿，面部非常狰狞："我巴不得他们在身体上和精神上统统消失，彻底消失。他们把我变成一个幽灵，一个只能游荡在世间而不再有任何欢乐的幽灵，我和他们还有什么感情？不仅没有感情，而且只有恨，比天还高比海还深的恨。这两个人的命真大，这么多次都躲过了设计好的圈套。我等这一天很久了。老天呀，终于让我等到这一天。"

魏亚玲昨天上午离开公司，手机一直处在关机状态。直到林惠伦作品分享会结束，她才通过秘书告知姚峻峰：自己正在美国接受治疗，要过很长一段时间才能回国。她希望姚峻峰不计前嫌，以公司大局为重，这段时间内担负好管理公司的重任。

这条简短的信息，却让姚峻峰的眉毛拧成一字形："我总觉得魏亚玲病得有点儿蹊跷。"

"你就是多疑、优柔寡断,这件事不会有错。你没看到魏亚玲平时工作时,经常会莫名其妙地冒冷汗,说话也不太利索,有时说多了还要喘几口气。听说她几年前动过大手术,还做过化疗、放疗,大伤元气。估计现在旧病复发,癌细胞转移……"陈雨珊替姚峻峰分析局势时,双手不停挥舞,颇有一种女诸葛的风范。

门外有人敲门,两人停止交流。

进来的是方总监。这位辅佐两任董事长的公司元老,原来一直为姚峻峰鞍前马后地办事。

"姚总,我得到魏总那边的确切消息。"

"快说!"姚峻峰急着把身子探过来,似乎晚一秒钟就会错过这个千载难逢的机会。

"我刚和美国那家肿瘤医院联系上,魏总确实在那边接受治疗。情况非常严重,她体内的癌细胞大量扩散,已经转移到肝脏、肾脏。她在昨天下午接受过手术,手术只持续不到一小时,主刀医生不得不终止……"

"天助我也!"姚峻峰还没等方总监说完就强行打断。

"这下子,你不该再有什么顾虑。干吧!夺回本该属于你的东西,顺带干掉孙祉鑫和陈雨婷,帮我解心头之恨。"陈雨珊紧握双拳,脸上青筋暴出,眼睛严重充血,似一头发现猎物,正准备扑倒在地用力撕咬的猛兽。

2

  房东的电话就是最大的十万火急。

  顾不上向冯诺涵解释她和林惠伦理不清的关系，先要联系上这个说话阴阳怪气的大妈。大妈直接在电话里给陈雨婷下了最后通牒，必须在3天之内搬出房子。

  由于附近地区车流拥堵，这条道路将扩展成双向八车道，这个小区靠近马路的一排住房将面临市政动迁。为了拿到那笔为最早动迁住户设置的奖励，大妈才不会管一个在底层苦苦挣扎的外来女生。

  就在这3天时间内，陈雨婷只好奔波在各个房产中介的店面。那些中介个个口齿伶俐，热情招呼她登记租房需求。

  此后，她接到几十个甚至上百个房产中介打来的电话，问她是否有购房意愿。等不及她的回答，对方就开始推荐某某地方有一套南北通透、采光条件好、交通方便的房子，如果她有兴趣可以随时看房。

  拿着听筒发烫的手机，陈雨婷无奈地摇摇头。

  房东只给她3天时间，只有短短72小时。这么局促的时间内，她几乎不可能找到合意的落脚点。

  还有不到一个月就要过年，总不至于年三十这天自己流落街头吧，她只好在电话里恳求房东再宽限几日。大妈态度极为强硬，说必须按照她的要求搬走，不然就别怪她不客气。

惹不起躲得起，陈雨婷不想和她发生正面冲突。只是在找到新的房子前，她去投奔谁呢？

脑海中闪过冯诺涵的名字，但她很快就放弃这个想法。因为林惠伦，这个闺蜜已经和自己绝交。现在正在气头上，她肯定不会原谅自己。

只有他了。就像父母离异孤弱无助时，她第一个想到的就是他。

陈雨婷的这根"救命稻草"，此刻独自坐在床边，手中拿着一杯红酒。天上一轮圆月，将他的影子投射在木质地板上。杯中的红酒一饮而尽，味蕾感受到的只有苦涩。

他不断反刍亲眼看到的那一幕。

就在他准备离开导师的办公室时，冯雄岚突然对他说："今天礼堂有一个年轻作家的作品分享会，据传心理系的女生一个不落都去了现场。要不我们也去看看，什么样的小鲜肉作家让这群女生如此神魂颠倒？"

如果知道这是林惠伦的新书分享会，如果预料到会在现场看到那一幕，孙祉鑫打死也不会跟着导师一同来到大礼堂。

从林惠伦的作品分享会回来，他的心就碎了。

一直以来，他的门永远向陈雨婷敞开，等待她蹦蹦跳跳地闯进来。好几次，陈雨婷对着他这扇门张望，就是不肯踏入一步。无奈之下，他只好给她一个台阶，为她修好路、建好桥，让她更方便地来到身边。他做了自己能做的一切，只差把心挖出来给她看。可是这些路、这些桥、这些付出，换来的只是眼下的不温不火。

他回到茶几边,又倒了一杯酒。陈雨婷的电话来了,他一激动碰翻酒杯,一整杯红酒洒在茶几上。他贴在茶几上的左手衣袖上,也沾上一片红酒。他顾不上去擦,只想尽快听到陈雨婷的声音。

他彻底沦陷了,哪怕知道这些付出徒劳无获,哪怕最终他仍将是那个出局者。

她是他的药,可能医好他的病,也可能让他长眠不醒。

3

站在这套精装修的两室一厅门口,陈雨婷许久没有将钥匙插进锁芯。包里还有几样特殊的东西,她该不该将这些旧物带进新居?

这些贝壳不是从地摊上买来的。陈雨婷还清晰记得大三时的暑假,她和前男友在松软的沙滩上赤脚狂奔。那些沙子软得就像面粉,踩在脚下非常舒服。陈雨婷总是追不上他,只能干瞪着眼瞅着他在前方肆无忌惮地挑衅。

最好能想办法打击这个家伙的嚣张气焰。

前男友听不到后方愤怒的骂声,觉得情况不对。回头一看,地上躺着一个人。

他不停晃动陈雨婷的身体,还把嘴唇凑过来,似乎要给她做人工呼吸。陈雨婷愿意继续"装死",享受他的深情一吻。

"你输了!"陈雨婷突然睁开眼睛。

"输给你一万次,我也愿意。"

舌头缠绕在一起,两个灵魂也在灵与肉的层面上纠缠。他让陈雨婷坐在原地,迎着正在涨潮的海水,捡了一些外形精致的贝壳。

她把这些贝壳带回来,引来妹妹陈雨珊的羡慕。那时候孙祉鑫还未出现,两姐妹的心还贴在一起。

"姐姐,我什么时候能收到男生送来的情书和礼物?"陈雨珊歪着头问她。

"我这么漂亮、冰雪聪明的妹妹,怎么会没有男生喜欢?迟早会有的,缘分到了自然就会有的。"陈雨婷捏了捏妹妹的脸蛋。

这些贝壳,自前男友出事以后,陈雨婷就一直带在身边,不舍得扔掉。

还有失踪的妹妹,这段时间一直忽隐忽现。她就在身旁,就在她意识注意不到的"灯下黑"里。

她渴望妹妹归来,正如她始终无法放下前一段感情一样,这份执着有增无减。

新的住所,由孙祉鑫的好友巩志杰提供。这位富家公子,家中闲置房屋甚多,随随便便就可以腾出一套。不过这份来自于孙祉鑫的好运,附带着陈雨婷嫌弃的元素——孙祉鑫要求搬过来与她合住。他租的房子碰巧也到期了,一下子找不到合适的住所。陈雨婷曾在孙祉鑫的工作室过夜,现在要长期和他在一个屋檐下生活,尽管分居不同的房间,想起来还是有些别扭。不过想到没有孙祉鑫,自己将会沦落街头,还有租金上分文不收,即便有万般不情愿,陈雨婷也只好答应他的请求。

孙祉鑫过来住的第一天,就做了一件让陈雨婷哭笑不得的事。

她的床边放着一整箱方便面,那是她几天前从大型购物广场买来的打折商品。陈雨婷不怎么会做饭,近期又接到新的约稿任务,时间上更加紧迫,更不会在吃饭这件事上浪费时间。方便面省钱、快捷,几分钟就能搞定一顿正餐,当然是陈雨婷这类"码字一族"的首选。

孙祉鑫当着陈雨婷的面,抄起这箱只吃了几桶的方便面往门外走。

"强盗!土匪!这是我的命根子。"陈雨婷从他身后抓住方便面,摆出"面在人在"的气势。

"我才不稀罕这种垃圾食品,它们只配待在小区内的垃圾桶。"

"垃圾食品?我在上大学时经常拿它当主食。"

"最近一则新闻报道中,有一个和你岁数差不多的女生,因为长期食用方便面得了癌症,晚期,胃被切掉五分之四。我不想你成为'无胃人'。"

"你把它们扔了,我喝西北风啊?"

"我给你做饭,保证把你养得胖胖的。"孙祉鑫的双手在空中比画,似乎那将是陈雨婷不久以后的体型轮廓。

"我才不要胖。"陈雨婷不停摇头,仿佛即将签署一份不平等条约。

"你放心,即便你胖得走不动路,还是我最爱的人。"孙祉鑫再次趁机表白。

陈雨婷的脸开始发烫，含羞带怯地注视着孙祉鑫。

4

从那以后，孙祉鑫正式掌管两人的伙食，这间屋子由此多了几分烟火气。饭桌上一道道清淡不油腻的菜肴，不放入重口味调料刺激味蕾，用清蒸、白灼、微焖、清炖等方式，保留食材本身的鲜香。陈雨婷的脸色开始红润，不知是美味佳肴的滋润，还是孙祉鑫日夜守护的缘故。

至于林惠伦苦心争取的出版合同，陈雨婷最终未在甲方一栏签字。她对于自己处女作的要求很高，不能随便找一些作品拼凑而成。这些年来的随性之作，在她眼里还未达到出版要求。

即便这次未能合作，因为林惠伦以及背后姚峻峰的强烈引荐，有家出版公司邀约她写新的作品。只要完成新作，就以10%以上的高版税出版。10%以上的版税，那可是国内一线作家或畅销书作家才能享受到的待遇。

这次，陈雨婷不再拒绝。自从被前房东赶出来，为了有个遮风挡雨的住处而焦头烂额，她对钱有了不一样的认识。正如著名情感专栏作家这样写道："钱，跟你没仇。不要让它成为你的主人，不要让它成为你的敌人。你要尽力拥有它，你越是没钱，钱越是大爷。"

赚钱不是错，只要赚得问心无愧。

两部10多万字的作品，出版公司只给了3个月时间，只剩下熬夜写作这条路。反正这些年来，陈雨婷已经习惯挑灯夜战。

凌晨这个最难熬的时刻，客厅餐桌上会放着一碗孙祉鑫专门为她熬的养胃粥。每顿正餐前，她的面前都有熬了一下午的营养汤。孙祉鑫读大学时有个广东的同学，母亲从小给他炖营养汤，孙祉鑫从这位同学那里学来这道汤的做法，只为炖给最爱的人喝。

临近春节，陈雨婷还是整日与码字为伍。孙祉鑫一直陪在她身边，哪怕巩志杰多次请他去咖啡馆小酌几杯，他都无动于衷。到后来，巩志杰带着酸溜溜的口气说："都说有了老婆就会丢了兄弟，看来这句'兄弟如手足，妻子如衣服。衣服破，尚可缝；手足断，安可续？'的古语，已经完全不适用于现代。"

孙祉鑫只好宽慰他："兄弟和妻子都是我的手足，不存在可以任意丢弃谁。等陈雨婷忙完这阵，我带她一起到你这里坐坐。"

"你的红旗已经插到城楼上？"巩志杰阴阴地说。

"早着呢，人家可是城门紧闭，把我当作……"

"别急，这事可急不得。"

"我对她说过，我等她的期限就是永远。"

"有句话不知当讲不当讲。"这不是巩志杰的风格，他可是有话就说，有屁就放，什么时候说话还要征求别人的意见？

唯一的可能性就是这件事与孙祉鑫，或者与孙祉鑫身边的人有关。

"德凯公司要出大事了。"

这场发生在德凯公司内部的争斗，似乎和自己有很大关系。

孙祉鑫不禁想起太多往事。这几年来，他的身边发生太多不可思议的情况。国外求学时，他的住所曾被人闯入，诡异的是屋内值钱的物品分毫无损。一年多前那场车祸，尽管因为避让对面车辆弯转得非常突然，但也不至于失控坠落到山崖下。心灵小组成立前，他收到过一个神秘的恐吓电话，小组成立以后，意外更是接连发生：天降花盆，差点儿砸伤陈雨婷和自己；墓地活动的信息泄露；吴崇豪被人劫持，后来又鬼使神差般地脱险；果蔬基地活动中，赵紫莹被货车司机撞伤。还有陈雨婷接连收到的匿名信、匿名快递……这些事件看似相互之间缺少关联，实则都和他本人以及由他创立的心灵小组有关。

听完巩志杰的陈述，孙祉鑫的目光变得更加肃穆。那个一直摸不着的幕后黑手，正在渐渐浮出水面。只是自己与他往日无怨、近日无仇，为什么他一而再再而三地加害自己，非得要让自己身败名裂？

5

陈雨婷还在电脑前写作，孙祉鑫不想让这些纷扰影响到专注于写作的她。就在她的视线离开屏幕的一瞬间，遇见孙祉鑫温润的目光。刚才为安排某个情节而抓狂的小心脏，瞬间安静下来。

这个房间，就是他们最温暖的小窝。

由于S市执行"禁燃令",进入迎接新年的10秒倒计时,室外一片寂静。屋内,只有陈雨婷"噼噼啪啪"的打字声,她以忙碌的姿态从旧年踏入新年。

凌晨,眼圈发黑的陈雨婷敲完最后一个字,手脚因为长时间不活动而冰凉,身体由于寒冷缩成一团。孙祉鑫从身后抱住了她,用身体的热量温暖她。最后,他让陈雨婷闭上眼睛。

陈雨婷觉得脚底痒痒的、暖融融的,她的右眼露出一条缝隙,发现孙祉鑫正握着她的脚。

脚是女生比较敏感的部位,这是第二个异性触碰到她的脚。

上一个就是她的前男友。那时还在读大三,她和前男友一起报名当世博会志愿者。穿着绿白相间的志愿者制服,陈雨婷在A片区的沙特馆门口引导游客。参观过世博会的游客都清楚,沙特馆是上海世博会最热门的场馆。为了引导络绎不绝的游客,陈雨婷和几位同伴很少有休息时间,不仅嗓子喊哑了,而且双腿也酸得抬不起来。她光脚穿着平底凉鞋,几天下来脚底磨出水泡。前男友心疼她,把她的脚捧在面前,用一根针轻轻挑破,让里面的脓水流完再贴上邦迪创可贴。他的动作非常娴熟,陈雨婷一点也感觉不到疼痛。

也许和心爱的人在一起,就是再疼也不会感觉到。

如今孙祉鑫也捧着她的一双玉足。她的害羞,体现在缩成一团的脚趾和紧绷的脚背。终究觉得不妥,陈雨婷把双脚从孙祉鑫的手中抽出来:"我只能把你当成哥哥。"

"难道我们这一辈子注定只能这样兜兜转转却始终无法走到一起？"

陈雨婷的眼泪在脸上肆意流淌。有太多话想对孙祉鑫说，可是她却理不出头绪，不知该从哪儿说起。

"雨婷，我不希望我们重蹈阿里萨和费尔米纳的悲剧。"

阿里萨和费尔米纳是马尔萨斯的代表作《霍乱时期的爱情》中的人物。阿里萨年少时爱上费尔米纳，费尔米纳却不接受这个翩翩少年的爱慕。经历这段情感打击后，阿里萨过上了放纵堕落的生活，身边的女人换了一个又一个，以此打发情感世界的寂寞。

53年后，两人相逢在一艘船上。当年貌美如花的少女，此时已垂垂老矣。阿里萨鼓起勇气，用指尖抚摸她干瘪的脖颈，像装有金属骨架一样的胸部，塌陷的臀部和老母鹿般的大腿。想到旅行结束后，两人将再次分隔天涯，阿里萨将自己关进卫生间里，痛痛快快哭了一场，哭得只剩下最后一滴眼泪。这时，他才意识到自己曾经多么爱她。

如果费尔米纳在年少时能接受阿里萨，也许不会有这种转过身就错过一辈子的悔恨。

正如杨宗纬在《洋葱》这首歌中这样唱道："如果你愿意一层一层一层地剥开我的心/你会发现、你会讶异/你是我最压抑、最深处的秘密/如果你愿意一层一层一层地剥开我的心/你会鼻酸、你会流泪/只要你能听到我、看到我的全心全意。"

有些话有很多机会说，却想着以后再说，要说的时候，已经没机会了。有些事有很多机会做，却一天一天推迟，想做的时候却发现没机会了。有些爱给了你很多机会，你却任性挥霍，到了想开始这段感情的时候，发现早已物是人非。

放下那份执念，直面心中的黑洞。它们确实存在，可是不该阻碍你去争取幸福。孙祉鑫越说越激动，声音响得仿佛是在和别人争吵。

面对孙祉鑫渐渐靠近的、富有雄性激素的身体，陈雨婷终于不再抗拒。

6

陈雨婷比规定时间提早半个月完成两本著作，窗外早已是春暖花开、百花争艳。从南方长驱直入的暖湿气流，赶走尘封S市一整个冬天的严寒，又是一年春来早。

收到陈雨婷的书稿，出版公司很快发来两本著作的4份合同，也就是说每一本著作都有两份合同。

两份合同在其他条款上完全一样，只有版税及影视改编费用这一项的数字不同，两份合同竟有5倍的差额。她找到林惠伦询问缘由，换来一句轻描淡写："只是为了规避税额，想想你熬夜写作，凭什么把钱送给税务局？"

"逃税是犯罪行为，后果非常严重。"

"怕什么！只要和出版公司达成攻守同盟……"

"这合同我不能签。"

两本新作又成了没人要的孩子。

陈雨婷并不懊恼。只要书的质量好，今后总有机会被出版公司、影视公司看上。一旦违法犯罪，那将惶惶不可终日。在一次旅行中，她无意间遇到一位在逃多年的逃犯。从他焦虑惶恐的眼神中，陈雨婷充分体会到"做贼心虚"这个词的含义。

"莫伸手，伸手必被抓。"出名，拿到丰厚的稿费，也要通过合法合理的途径获得。人不能有贪念，很多陷入牢狱之灾的人，本质上并非十恶不赦之徒，就是这点小小的贪念，将他们送上一条只有悔恨和泪水相伴的不归路。

心灵小组恢复活动前，孙祉鑫、陈雨婷和其他小组成员都收到了赵紫莹的邀请函。

赵紫莹将再次穿上婚纱。

别误会！她没有离婚后又再婚，三月底是她和丈夫结婚5周年的纪念日。这次，她主动提出举办一个盛大的宴会，再次披上婚纱拍一组写真，用这样仪式感满满的方式，进一步加深两人之间的感情。

婚姻会不断放大夫妻双方的缺点，不断做着幸福指数的减法。只有用心经营婚姻，才能让感情不断做加法。在特定时间节点举行仪式感很强的活动，就是一种非常好的经营婚姻的方式。

孙祉鑫真心替赵紫莹高兴，可有个人却让他非常头疼。上次她直言不讳，分明对自己动了真情。为了不引起陈雨婷的误会，孙祉鑫只能先瞒着。

要是她当着陈雨婷的面……

只能期盼她的公司接到非常紧急的任务！

上次情侣餐厅一别，她给自己发过不少消息，打过N个电话。孙祉鑫只能装聋作哑：电话不听、信息不回……这种软钉子，总比上次硬生生拒绝陈雨珊带来的伤害要小很多。他不想又一个女生因求爱不成而心理扭曲，伺机伤害自己和陈雨婷。

不过最近一个月，她不再用电话和微信骚扰自己，孙祉鑫紧张的情绪稍有缓和。估计她的耐心也消耗得差不多了。

现场遇见这个穿着时尚的、主动上前打招呼的女生，孙祉鑫瞬间有一种"妈妈啊，快把身体赤裸的我抱走吧"的想法。罗夕瑶还是来了，估计她清楚孙祉鑫不会缺席组员的活动。上次两人私底下相处，彼此之间有了新的认识，这次她要在大庭广众面前公开两人的关系。

这就是欲擒故纵之策，孙祉鑫傻愣着不知如何回答。他只好不自觉地转过头去，一路小跑躲进厕所。躲在厕所里的时候，孙祉鑫庆幸陈雨婷刚刚不在身边。

过了几分钟，孙祉鑫才探头探脑地从"避难所"出来。

幸好，这个让他避之不及的幽灵不在视线范围内。仪式就要开始，按照座位安排，孙祉鑫和心灵小组全体成员坐在一桌上。

完了，是祸终究躲不过。

赵紫莹夫妇请了不少亲友，整整坐满十几桌，这架势赶得上5年前他们的婚礼。穿着晚礼服的彬彬有礼的司仪,向大家一鞠躬,洪亮的嗓音拉开早已驾轻就熟的开场白。

孙祉鑫魂不守舍,司仪的话一句也听不进去。罗夕瑶就坐在他对面,此刻正含情脉脉地看着他。孙祉鑫为了避免两人的目光交汇,视线始终落在桌子边的那个空位子上。

这个座位,就在罗夕瑶的旁边。他将桌子上的人扫了一圈,除了在北京治病的郑浩轩、身体不适的黄墨萱,其他5位心灵小组成员全部到齐。

这个位子留给谁?会不会和罗夕瑶有关?

7

"快看群里郑浩轩发的好消息。"穿着红衣服的杨晓燕兴奋地对大家说。

以往来参加活动时,杨晓燕一般身着黑色或灰色的外衣,没见她穿过如此喜庆的颜色。看来,她已经逐渐走出丈夫离去的阴霾。

陈雨婷点开这条链接,映入眼帘的是一张郑浩轩做着V形手势的照片,下面配有这段时间他在北京治疗期间的实录性文字。

就在两个月前,郑浩轩和妻子风尘仆仆地赶到北京307医院。这家赫赫有名的部队医院,即将要进行一项针对恶性肿瘤的"靶向药"临床实验。这个药物叫索凡替尼,是通过抑制在肿瘤上生成新的血管来控制肿瘤进展的一款"靶向药"。

"靶向药"的费用一个月动辄几万元，普通家庭根本承受不住。但是参加"靶向药"临床实验，能免费接受实验药物和大部分检查。郑浩轩决定去试一试。这款"靶向药"刚出来，或许对自己有奇效。

"不行，你不能去做小白鼠。"

"亲爱的，你放心，我命大福大，不会有事的。或许这是上天派来拯救我的'天使'。"

"可是……"

郑浩轩紧紧握住妻子的手，那双原本细腻润滑的双手，因为干了大半年的粗活，变得有些粗糙。"亲爱的，我不想你这么累。现在的治疗方法根本不起作用，'靶向药'不花钱又能看好病，这是便宜的买卖。"

腊月的北京天寒地冻，郑浩轩的内心却充满希望。办理完住院手续，主治医生宣布一项决定：为了验证"靶向药"的效果，按照规定会设有对照组，大概有三分之一的概率会吃到没有效果的安慰剂，以此对照服用"靶向药"病人的症状。

郑浩轩的内心默默祈祷。两个月后的全身检查，结果令人振奋：癌细胞的各项指标得到抑制，自己吃的是真药。

他一脸得意地对照料他的妻子说："我没说错吧，你老公天生运气就那么好。"

妻子狠狠地揪了一下他的耳朵："让你再贫嘴，要不是我这半个月'衣带渐宽终不悔'，哪有你现在的病情稳定？"

郑浩轩"痛苦"地捂着耳朵:"谢谢老婆大人救命之恩!"

文字和图片中的郑浩轩,与参加活动前的他判若两人。他不再悲观,不再害怕死亡,不再担心自己的离世会给妻子带来痛苦,即便进入生命的倒计时阶段,家人这个"支持系统",会让他更加积极地配合治疗。也许是"靶向药"起了作用,也许这是亲情、爱情的奇迹。

孙祉鑫为这条链接点完赞,重新抬头时,发现那个空位子上已经坐着一个人。

怎么会是他?

8

姚峻峰在办公室里来回踱步,双手不停搓揉,心怦怦直跳。明天的临时股东大会,一个时代将重新开启。他终于停下不安而兴奋的脚步,对坐在对面沙发上、面无表情的陈雨珊说:"陈雨婷和孙祉鑫已经构不成威胁,我改变主意了……"

"不行!他们必须消失……" 陈雨珊看了姚峻峰一眼,反驳道。

"我的目标只是夺回属于我的东西,现在目的达到,没必要再去冒风险……"

陈雨珊失落的神情溢于言表。姚峻峰这个自私自利的小人,只不过利用了她心中的仇恨,让她充当"急先锋"。等到她没有利用价值，他就会毫不留情地将其像垃圾一般丢弃。

陈雨珊不禁想起那次谈话，看来那人对姚峻峰的评价完全不带偏差。

也许是看出陈雨珊的失望，姚峻峰走到她的身旁，轻柔地抚摸她的秀发："你为我的大业付出这么多心血，我绝不会亏待你。等到我拿回德凯公司的控制权，我会在合适的时机帮你完成心愿。"

离开那间彼此充满不信任的办公室，回到赵紫莹与丈夫结婚5周年的现场。孙祉鑫不会想到，巩志杰居然出现在罗夕瑶的身边。他对罗夕瑶极其恭顺、言听计从，完全不是平日里那个玩世不恭的富家公子。

"你怎么会？"孙祉鑫瞠目结舌，无法将巩志杰和罗夕瑶两个毫不相干的人物联系在一起。

"还要谢谢老兄，要不是你一再回避她，或许……"

"祉鑫，有些事我想和你单独说。你愿意再给我最后一个机会吗？"罗夕瑶的眼中倏然放出别样的光芒。

就给她这个机会吧。

上次在情侣餐厅的包厢里，催眠状态中的孙祉鑫说出的都是对陈雨婷的爱。罗夕瑶有国家二级心理咨询师的证书，创业间隙研读过大量心理学的书籍，也做过一段时间兼职的心理咨询师助理。她明白孙祉鑫在这种情况下讲的是心里话，同时，她也开始反思自己对他的感情。

她究竟爱的是孙祉鑫这个人，还是爱着内心编织出来的理想形象？

回想参加心灵小组活动的经历，她越来越认同后一种情况。她意识到自己对孙祉鑫产生移情，这只是一份虚幻的爱，注定不会有善果。

对心理学的深入研究，能增加她对问题的理性思考，然而她还有感性的另一面，从情感上来说，她不会这么轻易放弃好不容易爱上的这个男生。

理性和感性这两股力量，在她的内心鏖战、厮打。任何一方都无法轻易战胜另一方，用一种思维去压制另一种思维，只会带来更大的痛苦。她想好好散散心，给自己一个放松的机会。她没去人员复杂的酒吧，而是选择了环境相对高雅的咖啡馆。

正巧，她路过巩志杰的咖啡馆。

罗夕瑶直接开口要了两瓶鸡尾酒。这些年在外闯荡酒量渐长，这点儿酒根本难不倒这个"酒精考验"的女战士。她觉得不过瘾，又要了3瓶，这次达到她酒量的极限，她真的醉了。

她的视线开始模糊，对周围环境失去警觉。酒真是好东西，可以让人放弃对现在和未来的思考，迷迷糊糊地睡上一觉。罗夕瑶希望自己永远这么醉下去，不要醒来。

有个人心疼地在一旁守候她。

第二天一早，罗夕瑶在头痛欲裂中醒来，发现自己睡在一张干净的床铺上，四周还有茉莉花的芳香。她害怕地摸了摸身体，还好未受到任何伤害。

巩志杰敲门进来，左手端着一杯香浓的奶茶，右手端着一份小点心。昨天，他在自己神志不清时没有起任何歹念，罗夕瑶不禁对他心生好感。

罗夕瑶并未道出孙祉鑫的名字，只说自己喜欢上一个男生，对方却对自己的表白不置可否。蒙在鼓里的巩志杰，鼓励她不要这么轻易放弃，好不容易遇到对的人，上天肯定会给她增加一些困难。如果追求成功，等到年老时，回想起来，那也是一份美好的回忆。

于是，就有了后来对孙祉鑫在电话、微信上的"狂轰滥炸"。当这一切努力均告失效后，罗夕瑶发现自己爱上了一直愿意充当"备胎"的巩志杰。

一厢情愿的爱只会让自己万劫不复，有时候一个转身，也许就能发现爱你的人原来就在身边。

回到现场，孙祉鑫假装对巩志杰生气："好啊！你居然挑唆她对我步步紧逼！"

巩志杰无法接受"挑唆"这个词，极力为自己辩解："你不但不该责怪我，还要感谢我帮你扫清障碍。不让她把所有力量都使出来，又怎么会对你死心？你现在还能这么踏实地去追求陈雨婷？"

"你居然把我当作孙祉鑫和陈雨婷之间的障碍，找打是吗？"巩志杰最后那句话被罗夕瑶听见，这厮惨遭"揪耳朵"的"酷刑"。

"老婆，我再也不敢了，高抬贵手。"他一边喊痛，一边求饶。

"老公，这可是为你特别定制的按摩，以后可要好好享受哦。"罗夕瑶从母夜叉模式，迅速切换到小女人状态。

9

"别进去了！这次寄信人又是无名无姓，不知道他怀有什么目的让我们参加这个会议。"眼看就要进入德凯公司临时股东大会会场，陈雨婷拽住孙祉鑫，眼神中非常担忧。

这段时间以来，伴随着神秘人和神秘信件的是各种意外和横祸。即便是一向性情冲动的陈雨婷，也在现实的打磨下变得谨慎小心。孙祉鑫态度非常坚决，股东大会属于对媒体开放的公共场合，那个歹人应该不敢在光天化日之下造次。多年压在心中的这个秘密，是该到了水落石出的时候。

就在通往会场的走廊上，陈雨婷和孙祉鑫遇到趾高气扬的姚峻峰。他轻蔑地斜睨一眼，轻佻地说："我还以为缩头乌龟不敢来了！"

"谁是缩头乌龟？"要不是被孙祉鑫摁住，陈雨婷估计直接一个嘴巴子扇到他的贱骨头上。

"信是你寄的？"孙祉鑫将陈雨婷护在身后。

"当然！我人生最高光的时刻，怎能缺少你们这对活宝来见证？"姚峻峰狞笑着，笑得让人汗毛都竖起来。

"你要把德凯公司……"

"和聪明人打交道就是不费力气。你说得没错，以后我就是德凯公司的新掌门人,实话告诉你,今天的股东大会就是通过公司改制重组方案。会议结束,那个老女人就会被赶出德凯管理层,只保留一个有名无实的名誉顾问。反正她身患重病,估计苟延残喘的时间所剩无几。"姚峻峰越说越得意,仿佛这个宏大计划将在今日画出一个令人诧异的惊叹号。

"这是你们公司内部事务,与我何干?"孙祉鑫对于姚峻峰的夸夸其谈丝毫提不起兴趣。

人最怕不被别人关注。如果惊天动地的成就,不能引起自己最在乎的那个人的关注,心中的成就感和获得感就会大打折扣。姚峻峰当然不能容忍孙祉鑫的不屑一顾,特别加了强调语气说:"怎么没有关系?本来那个老女人要把公司给你,给你这个书生气的傻冒儿。"

"难道她是?"孙祉鑫有些清醒过来。

不对!生母离开时孙祉鑫已经开始记事!即便岁月会改变一个人的模样,也不至于让她变得自己都认不出来。

"我没时间再和你们这两个撮鸟闲聊。"姚峻峰挺胸抬头地离开,没走出多远就有一大群媒体记者围住他。面对一圈话筒的围攻,他彬彬有礼地说:"各位少安毋躁,股东大会一定会给到各位想了解的信息。大家都辛苦了!冯秘书,让你准备的东西呢?"

记者人手一个信封,满意地走进媒体座位区。

临时股东大会准时开始,姚峻峰神采飞扬地来到前台中央,通过PPT图文并茂地介绍德凯公司即将重组的几项核心业务。除了坚持广告传媒等传统业务，未来公司将重点进军文化影视传媒业，合作一批"90后""00后"新锐作家，打造一批有广阔粉丝基础的IP作品，通过全版权运作实现超额收益。

当然，要实现这个重组目标，公司必将面临人员结构的重大调整，还需要雄厚的资金予以支持。接下来，德凯公司将和顺昌集团公司合作，后者注资15亿收购德凯公司35%的股权。

台下的股东非常震惊。媒体座位区更是闪光灯不断，记者们的手指不断地在键盘上飞舞。

德凯摊上大事了！想起前些天巩志杰向自己透露的情况，看来姚峻峰确实想趁掌门人魏亚玲住院期间，硬生生抢夺公司的经营主导权，同时打上属于他自己的烙印。

姚峻峰的陈述结束，接下来是决定德凯公司命运的股东表决阶段。

陈雨婷的心悬起来。魏亚玲对孙祉鑫不薄，对心灵小组更是恩重如山，眼看她就要被台上这个小人算计。

情况却在这一刻发生逆转。

麦克风里突然出现一个女人的声音："请等一等。"

姚峻峰被这个声音惊得差点儿没从椅子上摔下来。他回头打量身后的会场，想找到声音的来源。终于在会场入口处，发现那个让人既恨之入骨又敬畏三分的魏亚玲。

魏亚玲没有患上绝症的病态，走路也不需要别人搀扶。她不紧不慢地走到会场前方，走到姚峻峰的身边，冷冷地说："你的闹剧，可以收场了吧？"

10

"你不是？不是？"

"你是不是以为我已经客死异乡？不好意思，阎王爷还没想要收我过去。"

"那些病理化验报告，平时开会时你说话气喘吁吁，还有这次去美国看病……"姚峻峰无法将眼前的魏亚玲，与这一年来看似病入膏肓的她联系在一起。

"那些不过是我有意炮制的假象，就是为了引你这条蛇出洞。"魏亚玲不紧不慢地说。

"你别得意！用这种办法就能阻止我改制德凯公司？做梦吧！后面就是表决阶段，你无权干涉股东们的决定。"

"估计你给参加会议的股东们送了不少钱吧。钱是个好东西，能让人变成鬼，能让鬼变成人。钱本身并无过错，错在掌握钱财的人。钱在好人手上可以造福社会，钱在坏人手上就会为害一方。"

"你不必和我讲这些道理。把我惹急了，就是那顶名誉顾问的破帽子也不打算给你。"

"是吗？今天到底谁会栽在对方手里，马上就会见分晓。陈雨珊，把准备好的录音和其他证据展示给在座的股东和记者朋友们。"

姚峻峰的脸瞬间青了，他回头瞅了一眼让他最放心的陈雨珊：

"雨珊，你？"

"姚峻峰，魏总一直给你改过自新的机会，没想到你执迷不悟。你干的所有勾当，我都清晰地记录在案。要不要现在就放给大家看看？"

"几年前，我败在这个老女人手中。没想到，今天我又败在你这个女人手里。哎，这就是命！"

屏幕上播放着扫描件，麦克风里出现那个熟悉的声音，姚峻峰无力地瘫坐在椅子上。

"陈雨珊，让警察同志进来把这个败类带走。"

"魏亚玲，这些只是你在诬陷我。"

门外进来几位荷枪实弹的警察，一副明晃晃的手铐戴到姚峻峰的手上。

这次是警察回答他："姚峻峰，你指使方伦斌犯下故意伤害罪、绑架罪。刚才方伦斌在住所自杀，留下一封遗书指控你的罪行，还有几起案件的实施人均已落网，人证物证均在，你别想再负隅顽抗。"

方伦斌就是德凯公司的方总监，他在遗书上这样写道：

魏总、姚总的在天之灵：

我对不住你们多年来对我的器重。自从进入德凯公司，我一直将它当作自己的事业，每日兢兢业业工作。我只想着做好自己的工作，从未有过其他非分之想。然而我那个不孝子，让我这把老骨头晚节不保。

他居然被姚峻峰引诱去嫖娼、吸毒。这个畜生，我家还从来没人干过这种事，我狠狠地扇了他的耳光，他就在我面前哭诉，说自己好后悔，不该听信姚峻峰。我这个孩子就是太傻、太单纯，被充满心机的姚峻峰利用。我的心软了下来，把浑身哆嗦的儿子抱在怀里。我们父子，一直流泪到天明。

我清楚姚峻峰为人狠厉，为了达到目的不择手段。既然他对我儿子下手，肯定不会放过我。那天他找到我，给我放了一段视频，我骂他卑鄙、无耻。他竟恬不知耻地说："廉耻能当钱花吗？老方，你是个明白人，要是我把这段视频交给公安局，你儿子……"

我是中年得子，儿子今年才20岁，大学还没毕业，未来还有很长的路要走，怎么可以被这个畜生毁掉？为了保住儿子的前途，我只能顺从姚峻峰。没想到，这就是我走向罪恶深渊的开始。

姚峻峰要得到德凯公司，最大的敌人就是孙祉鑫，他恨不得将其除之而后快。就在孙祉鑫国外求学时，他让我安排人闯入其住所，幸运的是那天孙祉鑫并不在住所。一年多前，姚峻峰又让我在孙祉鑫租来的车上动手脚。原以为刹车失灵会让孙祉鑫送命，没想到这个小伙子又捡了一条命。可怜一个无辜的采茶女，在这场阴谋中殒命。

心灵小组成立前,他又让我打恐吓电话给孙祉鑫。小组成立后,他让我想办法将孙祉鑫引到那幢高层建筑,用高空坠物这种看似意外的方式,终结他的生命,不知中间哪个环节出了差错,孙祉鑫侥幸又逃过一劫。随后,我又策划安排了劫持吴崇豪事件、果蔬基地撞人事件。吴崇豪被谁放走,至今我还没想明白,还有果蔬基地撞人的目标,为什么选择陈雨婷而不是孙祉鑫?

这些问题,还是留待黄泉路上再去思考吧。

还有一点需要交代,黄墨萱是姚峻峰安排在心灵小组的卧底。她伪装得很好,一直没暴露身份。近几次针对孙祉鑫和陈雨婷的行动,就是因为有她的帮助才能顺利实施。

做了这么多坏事,我惶惶不可终日。躲避抓捕不是人过的日子,只要听到身边有警笛声,我的身体就会莫名抽搐,浑身冒冷汗。我害怕被抓,又渴望被抓。

现在我要死了,终于可以摆脱这种恐惧和焦虑。

为什么要结束自己的生命?因为我那个不争气的儿子,昨晚因为吸毒过量,死了。

我清楚地记得他的死状,双眼半睁,直勾勾地盯着天花板,仿佛对这个世界有太多不甘。

其实死,对他来说亦是一种解脱。

他终于可以不再忍受毒瘾的折磨。愿他在天堂没有痛苦、没有烦恼,回到无忧无虑的童年。

"人之将死其言也善,鸟之将死其鸣也哀。"作为一个要死的人,我真心忏悔,也想对活着的人说,很多事情一开始就不能走错,一步错步步错。我就是活生生的例子,在错误和罪恶的泥潭中不能自拔。

说得太多了,就此打住了。希望燃烧我的尸体的烈火,能一并燃尽我身上的罪恶。

11

陈雨婷的注意力,不在眼前这场惊天动地的反转。她最大的惊喜就是,失踪的妹妹终于完完整整地回到自己身边。只是陈雨珊还不愿面对姐姐热切的目光。她低着头,闪到会场左侧的音控室。

妹妹,难道你还不能原谅姐姐?

黄墨萱被两名女警察押到现场,她一脸死灰地对姚峻峰说:"姚总,一切都结束了。"原来,她也禁不住警方的心理攻势,对自己的罪行供认不讳。

孙祉鑫走到她跟前,满眼怒火直视黄墨萱:"其实,自从上次你提供虚假地址开始,我就已经怀疑你的真实身份。你不是一个内心险恶的女生,我始终想给你机会。可有一点我想不明白,你为什么要充当姚峻峰的爪牙?"

"因为你杀死了我的姐姐,我要你血债血偿。"要不是被警察按住,黄墨萱估计会一拳头挥到孙祉鑫的脸上。

她就是在孙祉鑫的车祸中不幸身亡的采茶女的妹妹。那天孙祉鑫的车辆翻下山崖，正巧下面是一片茶园，黄墨萱的姐姐正在一片翠绿中忙碌。不料天降横祸，一个妙龄女生瞬间殒命。姚峻峰打听到死者还有一个妹妹，他说可以帮助黄墨萱复仇。就这样，黄墨萱心甘情愿地充当姚峻峰安插在心灵小组的"卧底"，为他实施后续计划不断提供信息等各种支持。

黄墨萱哪里知道：被自己视若知己的姚峻峰，居然就是害死她姐姐的凶手。姚峻峰一手策划这场车祸，孙祉鑫逃过一劫，可她的姐姐就没有这份幸运。这个秘密，也许她以后会明白，也许永远会被蒙在鼓里。

黄墨萱刚被警察带走，姚峻峰就突然放声大笑，笑得让人毛骨悚然，他一边笑一边对魏亚玲说："老女人，你又赢了。不过，你赢了又能怎么样？孙祉鑫这小子，打死也不会认你这个狠心的母亲。若干年之后，德凯公司谁来继承？你争来争去，到头来也只是一场空。"

尽管是疯人疯语，姚峻峰却在无意间戳中魏亚玲的痛点。孙祉鑫会认自己吗？魏亚玲看了一眼面露惊愕的孙祉鑫，这个问题她不敢肯定。

孙祉鑫一把拽住姚峻峰的领口："你胡说！她不可能是我母亲！我母亲不是这副模样。"

姚峻峰坏笑着说："这个女人为了迷惑我的养父，特地去韩国整过容。她以前真是丑，正因为这样她才被前一任丈夫虐待。"

孙祉鑫回过头，仔细打量魏亚玲的容貌，从细枝末节上比对记忆中母亲的形象。他的手开始颤抖,抖动得特别厉害,嘴张开却吐不出一个字。

"儿子……我就是……你的母亲。"魏亚玲一字一顿地说。

"你们都在骗我!"孙祉鑫双手抱头尖叫,这显然不是平日里那个性情温和的心理学博士。

陈雨婷心疼地抱住他,拍了拍他的肩膀说:"祉鑫,你别这样!我知道你一下子不能接受这个事实……"

魏亚玲走到孙祉鑫面前,扑通一声跪下来:"孩子,我确实是你的母亲。这些年你受了不少委屈,如果觉得不解气,就……"

孙祉鑫"呸"她一声,喷得她脸部有些湿润:"即便有血缘关系,从你抛下我跟别人走的那一天,我的生母就死了。"

魏亚玲吃力地从地上站起来。这么多年来,她从未在大庭广众之下求过别人。为了取得儿子的谅解,她宁愿不要脸面,可是即便卑微到这种境地,还是无法化解孙祉鑫心中的恨。

她恢复到女强人的姿态:"儿子,你真不认我这个母亲?"

"即便你死了,我也不会落泪。"

"好吧,既然你这么绝情,别怪我不客气。"

"愿意奉陪。"

12

孙祉鑫想独自找个地方平复情绪,陈雨婷没有勉强他。她还是牵挂躲在音控室里的陈雨珊。还有一个问题没想明白：妹妹何时卷进德凯公司的纷争？

推开音控室的门，陈雨婷终于在分别很久以后，再次坐在这个亲人面前。陈雨珊的脸色不再阴晦，向姐姐说起那场车祸的真相以及车祸以后的经历。

被孙祉鑫绝情拒绝后，陈雨珊由爱生恨，进而被姚峻峰利用。当她以姐姐的身份坐在孙祉鑫驾驶的车上，内心既兴奋又难过：兴奋的是终于可以长时间、近距离地和心爱的人在一起，难过的是耳边的这些甜言蜜语都只属于姐姐。

要是公开自己的真实身份，他还会对自己这么柔情似水吗？

其实，她清楚这辆车被人动过手脚。

本来，姚峻峰只想让孙祉鑫一个人去死。可是这个被爱冲昏头脑的女生，明知这是一条通往死亡的道路，却义无反顾踏上这趟死亡之旅。就连一向冷酷的姚峻峰，都不禁对这个为爱痴狂的女生一阵唏嘘。毅然的眼神，足以证明孙祉鑫在她心中的分量。

由爱生恨，爱有多深，恨就有多深。

在共同赴死前，陈雨珊想求证自己在他心中的位置。

即将到达事发地点，她忍不住说出自己是陈雨珊。孙祉鑫不出意料地表达出愤怒，让她滚下这辆车。随后，就是媒体报道上的那场车祸。

只不过孙祉鑫的大脑因为车祸受到损伤，关于陈雨珊提前下车的记忆，被他人为删除了。他不仅以为车上有一个人和他共同经历这场灾祸，还将此人误以为是陈雨珊的姐姐陈雨婷。

孙祉鑫昏迷住院时，陈雨珊曾经去ICU病房探望过。在她离开不久，姐姐陈雨婷又来到病房，两姐妹就这样阴差阳错地未能碰面。不过就在医院的电梯旁，陈雨珊遇到一个陌生女人，这个女人想找个地方与她好好谈谈。

这个陌生女人就是魏亚玲，两人在她的办公室聊了近两个小时。魏亚玲告诉她，自己就是孙祉鑫的生母，由于种种原因他们母子暂时还不能相认，不过她一直在暗中帮助孙祉鑫。她对陈雨珊说，爱一个人不一定非要占有，只要他过得幸福就足够。有时候，放手更是爱得深沉的表现。听到魏亚玲劝自己放手，陈雨珊的情绪有些控制不住，一方面骂孙祉鑫无情，另一方面又指责姐姐抢走自己心爱的男人。

魏亚玲未与之争辩，将她带到办公室的内室，一个大玻璃缸里居然养着一条眼镜蛇，吐着令人胆寒的蛇芯子。魏亚玲指着这条蛇说，如果让它咬你姐姐一口，会有什么后果？

陈雨珊不解地盯着魏亚玲，不清楚她这句话是真是假。尽管在内心非常憎恶姐姐，但也不至于到了要取其性命的地步。魏亚玲自问自答："你的姐姐会立刻毙命，你似乎可以得到孙祉鑫。你能得到他的人，却不能得到他的心。他会一辈子伤心欲绝，你会爱一个心死的男人吗？姐姐让你很伤心，但她终究是你的亲姐姐。"

陈雨珊非常惊诧，魏亚玲何以知道这么多情况？就在她猜测这些信息的来源，魏亚玲又揭开姚峻峰自私丑恶的面目。这个从小被娇惯的孩子，心里只有自己，为了自身利益可以牺牲任何人。她还列举了"亡夫为何将企业交给自己，而不交给亡夫一向溺爱的姚峻峰"的原因。此外，姚峻峰在德凯公司飞扬跋扈、胡作非为，员工对他敢怒不敢言。

魏亚玲动情的讲述，平息了陈雨珊的愤怒。听说姚峻峰要将孙祉鑫和陈雨婷置于死地，她愿意帮助魏亚玲阻止此人疯狂的举动。

也就在这一刻，她在心里原谅了姐姐。

此后，陈雨珊表面上配合、顺从姚峻峰，实则不断收集他祸害德凯公司、伤害姐姐和孙祉鑫犯罪行为的证据。

那些匿名信和匿名快递是她寄出的，每当有危险降临，她总是在第一时间予以提醒。

花盆事件中，她提前找到那个实施者，让他故意失手。

墓地活动中，她主动开车带着林惠伦来到现场，就是防止他对姐姐和孙祉鑫不利。

吴崇豪被劫持事件中，她一开始配合姚峻峰，将吴崇豪诱骗出来，以取得姚峻峰进一步的信任。随后她又暗中放走吴崇豪，并用匿名信通知陈雨婷人质已经不在绑匪手中。

果蔬基地活动中，估计姚峻峰联想到此前几次失手，对她产生一些怀疑，她才没能及时将信息传递给姐姐。

至于为什么陈雨珊遭到通缉，还能大摇大摆地出现在公众场合？她对姐姐说，警方曾经找过她。上了警方"黑名单"的人，即便伪装能力再强，也逃脱不了人民警察的火眼金睛。于是，她对办案人员说明了实情，并表示愿意配合警方将相关案件的幕后黑手揪出来。正因为如此，她才得以继续"潜伏"在姚峻峰身边。

陈雨珊在暗地里劝说过方总监，无奈方总监冥顽不灵，直到儿子身亡才幡然悔悟，留下揭发姚峻峰罪状的遗书。

"姐姐，我想开始一趟环球旅行，或许一段时间内不会联系你。不过，我会在远方默默地祝福你和孙祉鑫。"

陈雨婷这次没有干预妹妹的决定。

她终于明白：不该刻意让妹妹回到自己身边，要求妹妹原谅自己。她有自己的生活，关于生命的"主权"，只能由她本人来行使，即便是最亲密的姐姐也无权干涉。

不必背负过多的责任和道义，以前她就执着于这份期待和责任中。只有放下这个执念，才能开启崭新的生活。

还有对孙祉鑫，她也不会再像以前那样，一次次将他从身边推开。

13

几天后，孙祉鑫收到法院寄来的传票，魏亚玲状告他不履行赡养母亲的责任。为了取证需要，他不得不做了DNA亲子鉴定。

"卑鄙""无耻"，魏亚玲在孙祉鑫的心中又多了两个负面标签。

姚峻峰东窗事发，也殃及签署阴阳合同的林惠伦。由于涉嫌偷逃税款,他被关押在看守所。陈雨婷庆幸自己战胜贪念,未在那份让人身陷囹圄的合同上签字。

冯诺涵得知这则消息后,提出想和陈雨婷一起去看守所探望林惠伦。陈雨婷拒绝了,她不想见这个男人,最终冯诺涵一个人到看守所单独和他聊了一小时。

冯诺涵走出看守所后,信誓旦旦地对陈雨婷说:"我愿意等他出来。"

飞黄腾达时的林惠伦,一度看不起外表普通的冯诺涵。当林惠伦身败名裂、粉丝们一哄而散时,只有冯诺涵还在乎他,但愿他从牢狱出来以后,能不辜负这个女生的一片痴心。

狱中的姚峻峰,突然想和孙祉鑫见上一面。孙祉鑫想了一会儿,还是满足了这个宿敌的心愿。对着双手叉在胸前的孙祉鑫,自负的姚峻峰喋喋不休了整整一个小时,几乎不给他插嘴的机会。

姚峻峰提到有一个大半辈子都在忙事业的男人,身边围绕着不少女人,风格类型迥异:魔鬼身材的、饱满丰腴的、性感妩媚的、清纯靓丽的、秀外慧中的……只要他肯开口,就会有一打女人愿意投怀送抱。

可是这个男人的精力不在女人身上。30年前,他就想开创一个商业帝国。他做到了,很多明星都为他的公司代过言,在他手下也打造出一批红极一时的新星。

鲜花、掌声、财富……该有的都有了,他突然意识到身边缺少一样重要的东西。

没错,就是一个知冷知热的女人。

在一次回内陆洽谈商务时,他补上了这个缺憾。

相比以前在他身边的佳丽,眼前的这个女人根本不算是美女。可是她有其他女人无法比拟的优势,那就是她的睿智、聪慧和战略思维。都说男人是好色的动物,其实只是说对一半,男人对于美女的追求,只是人体内动物性的需求,要想长时间拴住男人的心,光靠美貌远远不够。

正因为如此,才有"红颜薄命"之说。美丽是一件易碎品,韶光易逝,女人的漂亮光鲜也就是那几年。当美女失去那副令人艳羡的皮囊,估计和历史上那些"白头宫女"的命运是类似的。

随着这些年女权运动盛行,女性自我意识觉醒,更加追求经济和人格上的独立。然而几千年来形成的传统,不是几十年女权运动能轻易颠覆的。女性在骨子里,还是希望能找一个靠谱的男人,有一个可以依靠的肩膀。

但是这个女人不一般。她提出的建议总能切中要害,男人开始和她商量公司里的事务,她进入公司管理层,兼具男性的战略眼光以及女性缜密细致的思维。有了她的相助,公司发展更加稳步向前。

那年冬天,男人被查出癌症晚期。临终前,男人居然把公司的大部分股权和经营权交给女人。

他为什么要这么做?估计只有去问他本人才能弄明白。

女人接手公司这几年,即使面临复杂多变的外部大环境,她始终没有辜负死去丈夫的嘱托，带着公司逐一渡过危机。不幸的是，她在一次体检中查出乳腺癌，切除了半边乳房。这之后她突然宣布自己在世上还有一个儿子，百年之后，偌大的产业将归这个儿子所有。

这家公司是男人创立的，女人不过是中途上车的乘客，凭什么篡夺成果？

"你说说，那个儿子凭什么得到这份家产？哈哈，他凭什么？"姚峻峰的脸部表情狰狞，再次不受控制地大笑，继而痛哭流涕。

孙祉鑫知道他口中的女人就是魏亚玲。

这个满脑子想夺回财产的可怜人，此刻因想法破灭在精神上出现轻微失常。他将为自己的贪念和疯狂的举动付出沉重的代价。

14

经过前期的调查取证，这场母子之间的官司正常开庭。

就在庄重严肃的法庭上，原告席的座位居然空着。

审判长宣布魏亚玲缺席本次庭审，委托代理律师向法庭提出撤诉，并给儿子孙祉鑫留下一封信，要求当庭宣读。

祉鑫吾儿：

请允许我这样称呼。与你走上法庭实属无奈，向你赔罪。如今，我准备撤诉，因为我想要的已经得到，那份亲子鉴定书圆了我的梦想。"母子关系成立"的字样，让我泪流满面，但心中暗喜。我知道，本次诉讼我是失败者，因为我根本讨不回一个成年人的监护权，可我还是不甘心。

你的生父是一个地地道道的酒鬼，喝醉后会乱发酒疯，被他毒打的日子，现在回想起来还心有余悸。幸好在一次谈判中，我遇见了第二任丈夫姚建华，他年近四十尚未娶妻，我本想带着你嫁给他，无奈他不答应。

你的生父在我离开后的第二年酒精中毒而死。我特地乔装打扮参加了他的葬礼，尽管他生前对我很不好，但是毕竟夫妻一场，我有必要送他走完最后一程。

第二任丈夫给我留下巨额财富，可那有什么用？丈夫临终前对我说："去找你的儿子吧，当年我不该拒绝你的请求。"

你身边的陈雨婷是个好女孩，好好珍惜她。有件事我不想再隐瞒，很多年前陈雨婷母亲掌管的公司是我公司的主要竞争对手，为了争夺市场，不得已采用了特别的手段对付她。她的公司经不住打击，此后一蹶不振，最终不得不低价转卖。我对不住她，请你代我向陈雨婷赔罪。

这些年一直没去找你，因为我无法面对自己的错误。直到后来参加日本长崎追悼先灵的盂兰盆会，在崇福寺求签时，我才鼓起勇气回国寻你。我清楚地记得求到的签上是这样写的——"实地有缘，生死相认"。长老的解签是，你命中有子，到原地去寻吧。而我的理解是，我儿确实活着，经历这样的生离死别，我们定能相认。

　　我一直在你的身边默默帮助你，资助你创办心灵小组，就是为了求得你的宽恕。不料当你我身份公开后，却遭到你无情的拒绝，我才知道是自己理解错了。长老的话只说了前半句，后半句要自己去悟。亲子鉴定书的出现，让我悟出只有我的死、你的生，我们才能相认。既然是上天的旨意，那就让我们随缘吧！

　　永别了，吾儿！

深爱你的母亲

　　陈雨婷不再记得那天是怎样走出法庭的，她觉得头有些蒙，一边是心爱的孙祉鑫，另一边是两代人的恩怨。她感情的天平，不知该向哪一边倾斜。

　　这天下午，巩志杰的咖啡馆只属于心灵小组的成员。赵紫莹夫妇、吴崇豪和父亲吴世贤、朱丞聪夫妇、郑浩轩夫妇，都在饶有兴致地DIY咖啡甜点。另一边，杨晓燕和平时从不说话的张云霞聊天。就在那场官司开庭前，张云霞找到孙祉鑫，道出自己的真实身份。车祸那天，他就是弯道反光镜上出现的那辆车的司机，他参加心灵小组，就是为了找机会向孙祉鑫赔罪。

　　众人都为黄墨萱叹息，慨叹她被仇恨吞噬。就在大家展示DIY成果时，罗夕瑶对巩志杰使了一个眼色，巩志杰心领神会，让服务员点起蜡烛，关闭室内的灯光。

在摇曳烛火的映照下，巩志杰亲手为罗夕瑶戴上一枚钻戒。这是罗夕瑶为自己设计的珠宝，此前她都是为别人"作嫁衣"。她终于体会到，爱一个人是多么幸福的一件事。

"只可惜孙博士和陈雨婷不在现场。"杨晓燕忍不住说了一句。

"也许，缘分会让他们再次相遇。"赵紫莹肯定地说。

尾声

壮族"三月三"的传统节日，好客的壮家儿女用欢快的舞蹈、动听的歌声、香醇的美酒，欢迎全国各地的游客。

陈雨婷已经在这里住了整整一个月，她的心情比出发之前好了许多。

绚丽的烟花在黑暗的夜空中竞相绽放，一颗不起眼的小火种在半空中崩裂，随即变幻成一把绿色的大伞在夜空中飞旋，又有一颗颗亮点直蹿夜空，好似天女散花，又犹如丰收的稻谷撒满天。

熊熊的篝火燃起来，人群开始围着篝火跳起欢快的舞蹈。陈雨婷没有舞蹈天分，笨拙地舞动着手脚，一不小心踩到身边人的脚。

刚想道歉，却与一张充满笑容的脸不期而遇。

她也笑了！

正如不断绽放的烟火，那流光溢彩四散开来的点点金光，把夜空点缀得灿烂夺目。

（全文终）